記憶の断片

TOmiKo
Miyao

宮尾登美子

P+D
BOOKS
小学館

目次

第一章　創作 ――――― 9
第九回太宰治賞受賞の言葉 ――――― 11
直木賞のこと ――――― 12
『序の舞』連載を終えて ――――― 16
京ことば ――――― 20
私の小説ことばの原型――広辞苑 ――――― 24
天璋院篤姫 ――――― 27
歌舞伎の奥深さ痛感 ――――― 31
最後の豆本 ――――― 34
スポーツの秋 ――――― 37
女の歳時記――作家が仕事場を変えるとき ――――― 40
薄氷踏む思い一年 ――――― 48
『鬼龍院花子の生涯』秘話 ――――― 50
「すばる」と私の二十五年 ――――― 56
物語と風土――『藏』の誕生まで ――――― 60
エジプトの奥深い魅力 ――――― 68

第二章　こころ ―――― 73

秋風と心臓病 ―――― 75
不安病 ―――― 78
女のけなげな心意気 ―――― 82
彩夢 ―――― 85
「山椒の木のようにおなりや」 ―――― 90
正月往来 ―――― 92
黒髪 ―――― 96
寅年生れ ―――― 101
足もと ―――― 106
助走のとき ―――― 109
字を書く ―――― 112
仕事場 ―――― 115
講演 ―――― 118
演奏会あれこれ ―――― 121
手紙 ―――― 124
色紙嫌い ―――― 127
漆器 ―――― 130

水引 133
手 136
大通寺 139
きもの 142
お針道具 145
入院生活 148
日記 151
身もひきしまる年頭の緊張感 154
活字は心の支えだった 156
気宇壮大な土佐人気質は五月の鯉の吹き流し 160
おんなの節目 163
墓ありてこそ 174
第三章　暮し 177
めんきち 179
長唄 183
目 185
鰹のたたき 189

余暇 191
花の十二カ月 195
一時《いっとき》の女性のぜいたく 206
くらしのうた 208
安産腹帯——十七歳のとき 270
マッサージ機 274
こんにゃく茶屋 277
ポワロ 280
お中元 283
夏の終り 286
わが書斎 289
成城のとんかつやさん 292
欠航 295
のど 298
師走 301
睡眠 304
大根 307
歳末雑感 310
土佐自慢 313

アイスクリーム　316
茄子　322
コロッケ　324
皿鉢料理　326
最後の晩餐　328
好きなお菓子との出会いは「到来もの」にあり　330

第四章　思い出　333

土佐浦戸湾　335
幻の砂丘　338
太宰賞の受賞者　341
嶋岡さんのこと　344
中国残留孤児迎えて　347
俳優さんたちとの旅　351
ロウバイ　356
土佐の早春　358
「寒椿」散りて　363
日本人の掛軸　375

忘れ得ぬ人 380
信頼できる人——篠田一士さん 387
金さんの死 391
芸と技の伝承 394
歳月 397
芝木さんからの電話 400
文という字のあるビル 404
文学の友、同病の友 411
再会の涙 414
クレオパトラを歩く 421
さまざまの正月 439
ギリシアの旅で 443
君は強き撫子の花 447
はじめてのパリ 451
本の運命 457
仁淀川と暮した二十年 461
雨の夜のお別れ 472
あとがき 476

第一章　創作

第九回太宰治賞受賞の言葉

私の文章作りは、いつもひたすらに彫心鏤骨《るこつ》、孜々《しし》営々と励んでさへゐればいつかは必ず結晶をみる、と思ひ込んでゐる、まことに無器用な一徹型なのですが、かういふ人間が、小説も大量消費時代に入つてゐる現代を果して生き抜いてゆかれるか、受賞に際して今、新たな不安におびやかされて居《お》ります。これは、私の好んで陥る、微視的思考のせゐなのかも知れませんけれど。

今後はせめて、もつと恣意《しい》的に、もつと豊潤な思ひを保ちながら作品に立向ひたい、と希《ねが》つてゐますが、改めて各位のご指導を心からお願ひ申上げる次第です。

「展望」昭和四十八年七月号

直木賞のこと

まな板の上のコイ

この頃《ごろ》は文学賞がやたらにふえて、石を投げれば何かにあたるといわれるほどだが、そのなかでもやはり老舗《しにせ》の強みで芥川賞直木賞に世間の関心はいちばん強く集まるらしい。何しろ戦前も昭和十年の創設で、今回で八十回、たくさんの作家を世に送り出して来ているし、候補作品も審査日時も公開されるのだから、世の文学シンパを刺激するのも無理からぬところもある。

またしかし、単なるヤジウマの側からみれば、これはいささか知的な賭《か》けの遊びでもあって、まるで馬券でも買うような楽しみもなきにしもあらずといえようか。年二回、消息通を自認する人たちが集まって、今度は単だ、いや複だ、これは成長株だから買いだ、いや手控えよう、などと予想するのはちょっとおもしろいもので、私などのような、日頃人の作品を皆目読まない人間はこういう時期に俄仕込み《にわか》の勉強をさせてもらうのである。

少し不謹慎ないいかたかもしれないが、こういう楽しみでもなければ、一般の文学ばなれはますますひどくなっていくのではなかろうか。他の賞は大てい非公開で、候補に上っても本人と関係者だけしか知らないから、関心はあってものぞき見もできないのである。

ところで、俎上《そじょう》にのせられた候補者の側からいえば、騒ぎが大きければ大きいほど精神衛生によくはなく、よほど悟り切った聖人でもない限り、選考日が近づくにつれて何らかの肉体的症状が現われてくるように私は思う。どうせ当りやしない、と口ではいっていても、審査員の風向き次第でタナボタ式でころがり込んでくる例もあり、たとえ宝くじのような確率であっても一縷《いちる》の望みを抱くのが正直な姿ではなかろうか。

下馬評にかき廻され

私の場合は候補三回で、第一回は昭和三十七年、女流新人賞をもらった『連』だった。このときはまだ高知在住だったたし、東京の文壇の様子は全くわからず、まわりが「ひょっとするとひょっとするかも」などと根拠のないおだてかたをしたが、あっけなく勝負は決まり山口瞳さん、杉本苑子さんが受賞されたのだった。このときもしまちがって当選していたとしても、きっと受賞第一作の段階からつまずき、再び起き上れないほどの傷を負っていたのかも知れぬといまにして思う。それほどまだ実力はなかったし、当人もそれを承知だったから落選してもあまり気落ちはしなかった。

二回目はおととし、長篇《ちょうへん》『陽暉楼《ようきろう》』が上ったが、このとき私は持病の自律神経失調症と戦っているまっさい中のことで、まっ先にこれは困ったことになった、と思った。その三年前太宰賞をもらっていて、賞をもらえばどういう状況になるかがほぼ判《わか》っていたし、もしや受賞の暁、死んでしまってはつまらないと思い、しばらく考えたほどだった。やっと決心がついてまず看病人をやとい、受賞後は入院するという段取りになってのち、蓋《ふた》をあけてみればみごと落選、三好京三さんがもらったのだった。

そして今回、候補作が新聞発表になるずっと以前、旧暮あたりからまた私の身辺は風雲急、というおもむきになり、年明けてから毎日三組、四組の来客を捌《さば》くだけの毎日が続いた。持病はおととしよりはずっと軽快しているものの、やはりあちこちから入る下馬評にかき廻《まわ》されて仕事もろくに手につかず、十九日の選考日前はもう疲れ果て、当落などどうでもよく、早くこの騒ぎが終ればいいとそればかり念じていたのである。

息長くよい作品を

三度目の正直で賞は授かることはできたが、ずっと昔からマイペースでコツコツと書いて来た私は、今さらこの方針を変えることはできず、華やかな受賞第一作の発表などとは全く無縁であるのはちょっと世間に申しわけない気がしないでもない。しょせんスターにはなれない人間だから、せめて息長くよい作品を生み出してゆくことで読者に応え、受賞の責めを果したいとおもっている。

「サンケイ新聞」昭和五十四年一月二十二日

『序の舞』連載を終えて

体の弱い私が、「休載は死ぬときだけ」といわれる過酷な新聞連載の作業に果して耐えられるかどうか、それがいちばんの心配でした。

用心の上にも用心して、二カ月分の書き貯《た》めを作ってスタートしたのが昨年五月十一日、そのあとはまずまず順調で、書き貯め分を食いつぶすことなく一年三カ月、七月初めに無事脱稿したときはどれほどうれしかったか知れません。

これもひとえに、読者の方々のお励ましと、モデルの上村松園さんとの緊張感があったからだと思います。

お便りは毎日のように全国の見知らぬ方から頂きました。誤りのご指摘もあればお叱《しか》りもあり、その嘆息やつぶやきがじかに聞こえてくるのは、まるで舞台俳優の心境だなどと思ったりいたしました。

今度の仕事に、読者が重要な役割を果してくれたのは、津也の恋人、村上桂三の存在を知らせて下さった一通の匿名のお便りでした。取材は念入りにしたつもりですが、京都では村上兄弟のことはあまり知られておらず、このお便りの内容を手繰って行った先になんとおびただしい量の、津也から桂三に当てた恋文が発見されたのでした。

愛蔵家の方との固いお約束もありますので、場所も名前も明らかにできませんが、その肉筆の、恋に悶《もだ》えた四十歳の津也の生々しさに接したときの私のおどろきと興奮は、いま以《もっ》て忘れることはできません。

謹厳そのもの、といわれたかの松園さんが、われわれ凡人とおなじく、裸でのたうっており、それは大きな発見であると同時にまた一種の安堵《あんど》でもありました。もし松園さんが、こういう命がけの恋も知らず、単に未婚の母というだけの経歴だったら、後期代表作の『夕暮』『晩秋』に見られるあの澄明な美しさまでは到達し得なかったと思います。

実は私、松園さんをモデルに、と思い定めた頃からずっと、実にひんぱんに彼女の夢を見ました。覚めたらすぐ忘れてしまう他愛ないものですが、それでも頻度からいえば、私の死んだ母などよりずっと多いのです。

いまでも鮮やかにおぼえているのは、彼女が右の肘《ひじ》に怪我《けが》をしたのを私が繃帯《ほうたい》してあげている場面でした。そのとき私は、絵を描くって右腕から血を流すほど大へんなことなのだな、と腹の底で感嘆のうなり声をあげたことを記憶しています。

恋文に接してのちの松園さんの幻はさらに私に近くなり、その息づかいまで聞こえてくるようになりました。年譜の文字をじいっと見つめていると、その行間から真実が湧《わ》きあがって来るような気がし、そして私は、松園さんのことなら誰《だれ》よりも私がいちばんよく知っている、と自負を持つようになったのです。

気負ったいいかたですが、小説『序の舞』は、この自負がなかったら決して描けなかったと思います。前人未到の領域に敢然と挑み、女性初の記念塔を打ちたてたひと、しかも内面は世間並みな結婚にもあこがれる、この女々した画家を小説に彫り上げるのには、こちらにもそれなりの覚悟が必要でした。

いまおよそ四百回、原稿枚数にして約千二百枚の量をかけて松園さんの生涯を語ったあと、私の気持はといえば、まだまだ語り尽くせぬ思いでいっぱいです。

これは作家としては邪道であって、原稿紙に最後の完、を書いたときはすべてを吐き尽くしていなければなりませんが、ざんねん、私の非力は四百回に入り切りませんでした。

いやこれは、このあといくら長く書き継いでも、活字ではとうてい語り切れるものではないかも知れません。とりあえずは、この秋に刊行される単行本に、後半を百枚近く書き加えましたけれど、しかしなおなお、松園さんの心の襞《ひだ》は文字にも言葉にもできず、私の体の中深く沈んでいます。

彼女を理解するために、日本画と謡曲の稽古《けいこ》を始めたのでしたが、こちらのほうは才無くてちっとも上達せず、小説が終ればもとのもくあみ、たくさん買い込んだ画材と謡本はいまや埃《ほこり》にまみれております。連載終了後、この絵を朝日新聞社のロビーに並べ、チャリティバザーをしたいという夢ももはや破れました。これには幻の松園さんも「しょうもないおひとどすなあ」と苦笑いしていられるようです。

終りになりましたが、下村良之介さんの画《え》は、とかく古くさくなりがちな紙面に明るい近代性を加えて下さいました。この画も反響ごうごうでしたが、新鮮さという点でも私は下村さんに改めてお礼を申上げたいと思います。

読者の方からのお便りには、つとめてお返事のハガキをさし上げましたが、まだ未処理のものも大分残っております。いましばらくお待ち下さいませ。

ほんとうに長丁場のご愛読、ありがとうございました。心から感謝しつつ。

「朝日新聞」昭和五十七年八月三十一日

京ことば

小説『序の舞』を書くとき、いちばん自信のないのが京都弁だったので、担当記者と相談して三人の方を選び、生原稿の段階でなおして頂くことをお願いした。

うち、お若い方二人は京都出身の京都住まい、一人は六十代はじめの京都在住の方で、どちらも原稿コピーに赤を入れて送り返して頂くという方法をとった。

昔から京都弁はとてもむずかしいといわれ、これまで京都を舞台にした小説で満点のことばは無かったなどという風聞を耳にすると、三人の方がいくらベテランとはいえ、すっかり人任せにすることはできないと思った。

頼みの綱は、私の出身地土佐は関西の文化圏内にあり、子供の頃からたびたび京阪神に旅してどうやらうろ覚えに京都弁が記憶にあることと、それから京都語辞典その他の参考書があることだった。

辞典を一冊まる暗記しようという意気ごみで読むうち、土佐ことばとずいぶん共通していることが判り、またその出典は大てい古語であるのを知って、急に自信を深めることができたのはうれしかった。

方言指導の方をお願いしてある場合は、作者は標準語で書いて渡し、それを改めてもらうというかたちらしいが、私は京都語辞典を片手に、最初から京都弁を使って原稿を書いた。お三人は最初それを、原稿紙が真っ赤になるほど訂正して下さったが、たぶん三十回あたりからその数はぐっと減り、こちらもほぼコツをのみ込めたのでお一人ずつ順に引退して頂き、半分以降は、言葉よりも京のしきたりをなおして頂くため、年配の方おひとりに見てもらったのだった。

ただ、私には疑問点がいくつかあり、それは返戻された三つの訂正個所を較《くら》べると、必ずしも一致していないという点であった。

たとえば「お母さん」という呼び名ひとつでも、一人はおかはん、といい、一人はおかはんは下品なことばどす、町のものは皆お母ちゃんと呼びました、と断固といい、また一人はどっちゃでもよろしな、という。

いや慣用語というのはむずかしいものであって、実は私も、自分は土佐の下町言葉の文化財保持者ではあるまいか、とうぬぼれているが、これがまたうるさいことで、私とは全く違う言葉を使う自称文化財保持者は他《ほか》にもいっぱいいる。

たとえば、『鬼龍院――』の映画で、夏目雅子扮《ふん》するところの「なめたらイカンゼヨ」は流行語になってしまったが、これなど私は最初試写を見たときびっくり仰天、若い娘が「なめたらイカン」とまではいっても、「ゼヨ」というのはぜったい口にするべき言葉ではなく、もしいうとしたら「なめたらイカンぞね」だと断じて思うのである。

土佐出身だったら誰でも方言指導ができる、と考えるのはこれは大まちがいで、土佐にも東部西部山間部海沿い下町と地域によって大いに異なり、我々下町に育ったものは、在のことばを同じ土佐弁でもいなか言葉と少々見くだす風潮がある。

これと同じように、京都でも上京と下京は微妙にちがい、祇園《ぎおん》はまた別のエリアで、そして近郊は中心とはだいぶん違うらしい。

それにしても京ことばの何と優美なこと、発音は鼻にかかってやわらかく、いいまわしもやさしくて角がない。

きっともとはお公卿さんのことばかと思われ、かくも伝統的な日本語をうっちゃったままで、何故味けない東京地方のことばを標準語にしたか、理解し難い気がする。

京都弁を少々マスターしはじめた頃から私は日常これを使いたくてたまらず、ときどき口にのせてはみるのだが、書くとしゃべるのは大違い、考え考え、実に時間がかかる。

それをさしえの下村良之介さんが評して、

「宮尾さんのは、ドスの効いた京都弁やな」

といい、これにはぎゃふんと参ってしまった。

一説によると、人間の言葉とアクセントは十五歳までの土地のものが一生を通じるそうで、とすると私など、四十歳まで住んでいた土佐の言葉がいまだなおらないのは当然であろう。方言というのは皆依《よ》って来るところあり、これを失ってまで標準語を使う必要がどこにあろうかと思われるのだが、いまやその標準語さえ乱れに乱れ、さきゆき心細いありさまである。

私の小説のなかの京都弁は、さいわいというか、こんにちまでことばについてのクレームは一件もないが、これは逆に、京都在住のひとでもいまはだんだんほんものの京ことばを知らなくなってゆくのではなかろうかと考えたりするのである。

それにしてもことばは生きもの、そして寿命のあるもの、と今度よく判り、これを残してやるのは人間の使命だとしみじみ考えている。

「文藝春秋」昭和五十七年十一月号

私の小説ことばの原型——広辞苑

戦時中に女学校を出、大卒の学歴もない私が、小説を書くときいちばん頼りにするのは辞書のたぐいである。

言葉の疑問点がまことに手っとり早く、ずばり解明されるのは何より有難くうれしいが、たくさんある辞書のなかで最も私が信用かつ愛用しているのは広辞苑である。

手もとにあるのは昭和三十八年一月発行の第一版十一刷、二千三百円のもので、これをもらったのは私の実家の甥《おい》からだった。

三十七年に私は女流新人賞をもらったが、土佐在住でいて文学賞をもらう例は最初とあってずいぶんとみなさんに喜んで頂き、甥からも「好きなものをお祝いにあげよう」と申し出があった。

その頃、私の本棚には大言海があったが、いま少し手軽で、新しい言葉を収録したものを、と考えていたとき、たしか先輩の一人が「広辞苑には何でもある。デパートとおんなじだ」といっていたのを聞き、欲しいと思っていたそれを甥に告げて贈ってもらったのだった。

以来、この辞書は私の座右にあって常に頭脳となり、ものを書く場合のみならず、日常知識の上でも手離すことができなくなってしまったのである。昭和四十一年に、事情あって私は家財道具のすべてを売り払い、東京へ出て来たが、そのとき、蔵書の一切は手離してもこの一冊だけは離さなかった。

上京後のどん底生活のなかで、本を買う金さえなかった私が、どれだけこの広辞苑によって助けられ、慰められたことだったろうか。読みはじめるとおもしろくなってやめられず、そのうち、この本から得た知識が自分の頭のなかで散逸してしまう惜しさに気がついてノートを取りはじめたが、これがこんにちの私の小説ことばの原型となってしまったのである。

私の小説はよく漢字が多すぎる、という批判を受けるが、広辞苑をひもとけばすべてそこに収録されてある言葉であり文字だから、一種の普遍性はあるといいわけはできる。

ここには二十万語という厖大《ぼうだい》な数の言葉が出典を添えてまことに正確な文章で収められてあり、編者新村出氏の後記を読むと、昭和十年に辞苑の改訂を思い立ったのがきっかけだったが、戦争にはばまれ、やっとスタッフをそろえて発足してのち昭和三十年の初版発行までに六年の歳月を要したのだという。

いつか私は、校正のベテランがこの本を自分の指先と同じように極めて迅速に使いこなしているのを見て驚嘆したことがあったが、きっと彼も私以上に、これを頼りにしているのだなと思ったものであった。

このなかで、いちばん数の多いのは「し」の項で、これは大、のつく「た」の項だと考えていた私の予想が違った発見もあり、そしてずいぶん読みこなしたとうぬぼれていても、いまなおページを開くごとに新しい言葉に出会うのもうれしい。

私の持っているもののあと、広辞苑はいく度か改訂になったらしいが、いまだに買い替える気がしないのは、この一冊に限りない愛着があるためである。

表紙はぼろぼろ、セロテープ、ガムテープで縦横無尽につくろい、かつ中身は赤の傍線だらけのこの一冊は、おそらく死ぬまで私のそばを離れないだろうと思う。もし万一無くなれば魔法の解けたように私の頭脳はたちまちからっぽになってしまうのではないだろうか。

「東京新聞」昭和五十八年一月七日

天璋院篤姫

ここ十年ほど、我が身辺のことばかり書き続けてきた私が、自分に対する一種の義務というかその任務からやっと解放されてのち、素材を他に求めて書いたものが『伽羅の香』『序の舞』、そして今回の『天璋院篤姫《てんしょういんあつひめ》』である。

他人の人生を描くのはすこぶる責任が重いが、そのひとの深奥に踏み込んでゆくとき、そこに感動の発見があり、啓示が読み取れるうれしさはこれぞ小説を書く者のみに与えられた醍醐《だいご》味《み》かと思われ、一瞬生みの苦しみを忘れてしまう。

天璋院が私の脳裏の一隅に座を占めるようになったのはもう大分以前から。明確な動機といってはないが、和宮の事蹟《じせき》を読むたび、では嫁ぎさきの姑《しゅうとめ》にあたるひとはどんなであったろうか、という疑問が必ずつきまとい、それというのも、私自身がその両方の立場を経験した故もあったかと思われる。

血のつながっていない女同士が、結婚によって母娘となる仕組みは人類はじまって以来の美しい秩序にちがいないが、なかなか思うとおりにしっくり運ばないのがこの関係で、天下の将軍家といえども例外ではなかったらしい。

私の最初の結婚のとき、姑はよく「嫁は下からもらえ、という言葉があってね」と聞かせてくれたが、いま思えばこれは暗に、町の暮しの我がまま娘が農家の嫁となった、その扱い難さにほとほと手を焼いた嘆息ではなかったろうか。当時まだ十代の私は何も知らず、思ったことをすぐ口にし、実家の母親に甘えるように姑に接したが、姑としてはもっと思慮分別をそなえた賢い嫁を望んでいたに違いないと、いま頃になって悔まれるのである。

天璋院は武家出、嫁は皇族から天下りしてきた和宮という取り合わせでは、あまたの侍女も介入し、あつれきのないというほうが無理だったと思われる。書くに当っての取材では、和宮の事蹟については比較的明らかにされているものの、天璋院についてはその出生さえまちまちで、断片的なエピソードをあちこちから拾うより他なかった。写真はたった一枚、晩年のものが残っており、それをじっと眺めながら物語を組立ててゆかねばならない苦しさは、資料が少ないからかえって書きやすい、という説が私にはあてはまらないということがつくづく判ったのだった。想像をふくらませる能力が乏しいのか、或《あるい》は無意識のうちにも歴史を歪曲《わいきょく》することを恐れたあまりか、ほとんど徳川幕末の年譜どおりに人物を動かしたが、結果としてはどうだったろうか。

ただ私として、資料をはみ出した遊びはいくつか試みており、たとえば、大奥では扇子というものはほとんど使わなかったという意味のことが、たしか『三田村鳶魚《えんぎょ》全集』のなかに書かれてあったと思われるが、私は老女に皆、これを持たせたし、天璋院にも使わせた。懐剣もおなじで、テレビなどで見ると奥女中は大てい錦の小袋に入れたものを胸にさしているが、資料には不吉なものとして遠ざけるとあるのを、一度だけ天璋院にも改めさせている。

そしてまた、大奥では女同士のリンチがひんぱんで、ある資料には老女たちが天璋院にしきりに勧め、弓の折れで謀叛《むほん》を企てた侍女を折檻《せっかん》させた様子が書かれてあったが、これも摂《と》らなかった。いまとはものの考えかたも違い、一口に大奥三千人といわれる女中衆を統率してゆくのには、こういう一種の腕力も見せしめとして必要だったろうとは判らなくはないが、やはり弓の折れで侍女を糾明する天璋院の姿は、私自身の胸にある彼女のイメージをいたく損傷させてしまう。

こんな場面を描けば、嫁いじめの意地悪な姑として読者には受け取られるおそれもあり、それは私の固く忌むところだったから、つとめて避けた。

『序の舞』を書いているとき、私はモデルの松園さんの夢をまことにひんぱんに見たが、ふしぎに今度は天璋院は一度も私の枕《まくら》には現われなかった。ただ一度、書きはじめるに当って、寛永寺に納められた彼女の位牌《いはい》をカラー写真に撮ったのを父の仏壇に供え、どうぞ終りまで気力充実して天璋院を描けますように、と一心に祈っている最中、突然、写真に灯明の火がうつり、ぼうーっと燃え上った。

あ、危い、と思うまもなく、写真の燃えがらは黒い一枚のふわふわした板になり、仏壇のなかを飛びまわったあと、父の位牌の前に落ちた。これはどういうこと、と私は動悸《どうき》がおさまらず、きっと天璋院は私に描かれることを拒否したのだと思うと暗然たる気持だったが、しかしまた、ものは考えよう、少ない資料などにたよらず自分の好きな天璋院になさい、と励ましてくれたところかも知れず、そう思うと改めて勇気が湧いてくるようだった。

私の結婚は満で十七歳だったが、和宮もたしか数え年の十七歳で家茂と婚儀を挙げており、身分と時代は大きく隔たっていても、若い嫁の立場は基本的に私には理解できなくはないと思った。天璋院はそういう私に、いま改めてあなたの姑だったひとの気持を深く洞察してあげるのですよ、と教えてくれたところかもしれなかった。

日本の歴史は女性について触れること極めて吝《やぶさか》だが、幕末の動乱のときを立派に生きぬいた姑としての天璋院を、私は同性としてしっかりみつめてあげたいと思っている。

「本」昭和五十九年十月号

歌舞伎の奥深さ痛感

おおよそ三十年にわたって私が体内であたため続けていた『きのね』の光乃さん、十一月二十二日を限りに、とうとう最愛のご主人のあとを追って天国へ旅立ってしまいました。とてもさびしく、また空虚で、もはや書く必要もなくなった白い原稿紙を前にして、このところ私はぼんやりとすごしています。

『きのね』を書こうと決意し、それが次第に具体化しはじめたころ、私はほとんどの知人から取り止《や》めるよう忠告を受けました。理由は、歌舞伎界というのはしきたりのみならず、人間関係も非常にむずかしい世界で、いたずらに触れると思いがけぬ深傷を負うか、嘲笑《ちょうしょう》を浴びるかが目に見えているというのでした。

しかし私の目ざすのは、歌舞伎界そのものではなくて、そのかげに生きた一人の女性の献身の生涯なのですから、熟慮の上、決断し、勇をふるってこの素材に挑みました。何よりも体内の光乃さんはすでに月満ち、世に出ることを強く私に訴えていたからです。

そして私は、取材の過程で、多くの忠告がまさに真実だったことを知りました。それは、取材が非常に困難であったとか、或は妨害されたとかではなくて、逆に、日本中にいかに熱烈な歌舞伎ファンが多いかという現実を、したたかに知らされたということでした。

第一の証拠として、歌舞伎ファンには底の入った方が多くて、父祖伝来というごひいき客は珍しくないし、また新参のファンでも必ず一家言を持っています。そのせいもあってか、資料文献はおびただしい数に上っており、また芸談のたぐいも多く、私ははじめて資料を選択するというぜいたくを味わいました。

書き手の側でいえば、苦心して関係者をさがし出し、いちいち談話を取るよりも、資料を読めば一目瞭然《りようぜん》、というほうが楽ですけれど、しかしこれは、気をゆるめていると人の著作からの盗作や剽窃《ひようせつ》ともなりかねません。

ですから、山のような資料に埋もれて書きながら、私は日々薄氷を踏む思いだったというのが正直な告白です。

また、私が『きのね』を書くことによって、多くの歌舞伎ファンの方々を落胆させないよう、悲しませないよう、との懸念も大きな重圧感になり、この重圧との心理的な闘いにエネルギーの多くを割かれたのも事実でした。

しかしそのかたわら、むずかしい素材に取組んだおかげで、思いもかけず勉強させて頂いたしあわせも感じています。先人たちが生み出した脚本の巧みさ、美しい日本語の科白《せりふ》、独特の様式美など、いまさらのように感じ入りましたが、これは大きな余得だったといえるでしょう。

書き終えてふり返ってみますと、歌舞伎というのは味わえば味わうほど奥深く、極めるという頂点がありません。制約のある新聞小説ではすべて書き切った、といえないうらみも残りますので、いずれ来年、心おきなくさらに加筆して単行本とし、みなさまにお目にかけたいと存じておりますので、そのせつはまた、仮借なくご批判下さいませ。

終りに、私にはひとつの誤算がありました。歌舞伎はほとんど一極集中型ともいえる興行で、純粋には東京大阪以外に常設の小屋がありませんので、『きのね』は都会にお住まいの方たちのみに読まれるものと考えていましたが、お励ましのお手紙は北海道から鹿児島まで全域から頂き、また古い写真などもずい分送って下さいました。これはやはり、日本の伝統芸術の底力の頼もしさともいうべきものではなかったでしょうか。

私にとって、背丈に余るほどの重い荷を背負って書いたような一年三カ月でしたが、これらのお手紙によってどれほど救われたかしれません。

ただ、忙しさにまぎれ、今回はどなたにもお返事をさし上げられなかった非礼を、紙上を借りて改めておわび申上げますとともに、長いご愛読、心から感謝申上げたいと思います。ごきげんよう。

「朝日新聞」平成元年十一月二十七日

最後の豆本

さきごろ、私の七冊目の豆本『女のこよみ』がようやくでき上り、例によって私の頂く印税ぶんだけ換算し、いく冊か箱に詰めて出版元から送ってきてくれた。

桑原宏さんの未来工房から、私が最初の豆本を出してもらったのは、もう四、五年も前になるだろうか。

私の短篇『夜汽車』が映画になったとき、表紙にガラス板をはめこんだデザインで同名のものを先ず《ま》作って下さり、続いて同じガラス板の『卯《う》の花くだし』を、そのあとは私の古い着物をいく枚か解いて表紙に貼《は》り、『手とぼしの記』『つむぎの糸』『楊梅の熟れる頃』『花のきもの』とつぎつぎデザインを変えて小さなかわいいものを作って下さった。

いずれもていねいな手作りなので、一冊五千円から六千円というかなりいいお値段だが、蒐《しゅう》集《しゅう》して美しいという特質の他に、限定版で少しずつ値上りするため、投資の対象として買うひともあるという。

豆本のもうひとつの付加価値は、作者毛筆のサインと雅印、そして限定何部中何番という朱書のあることだが、実をいえばこの作者サインはかなり苦しい。

長さ七センチの小さな和紙三百枚ほどへ、一枚一枚書いてゆくのはなかなかの骨であって、忙しい先生方はこの時点でもう豆本出版はお断りになるらしい。

しかし私は、自分の豆本欲しさにいつも快く依頼をお受けし、どれもおよそ一ヵ月ほどかけてサインを終えた。

そしてもらうべき代金をお金でなく、豆本で頂くのだけれど、一冊でき上るとうれしくなってすぐみなさんにお配りするので、もう手もとにはほとんど無い。

このたびの『女のこよみ』は桑原さんがちょっと変ったデザインを考えて下さり、長い和紙を折重ねてお経のようなかたちにし、前後に表紙をつけるもので、最初、この表紙は象牙《ぞうげ》のはずだった。

ところが、世の中だんだん動物愛護の声が高まって来、桑原さん手持ちの象牙はずっと以前買ったものだからかまわないとも思うけれど、とは聞いても、やはりうしろめたくて、相談の上、表紙は裏表とも陶板に変更してもらったのだった。

本音をいうと、象牙と陶板とではずい分値打ちもちがうと思うけれど、これ以上、地球上から象を抹殺するのはしのびないので、やむを得ないところ。

だとすると、上等のキッドやカーフで装幀《そうてい》を施した金文字の本なども今後は生れないわけで、とすればハンドバッグやベルトも同罪というわけになるのだろうか。

それとも牙《きば》と皮とでは残忍性に差があるので、皮だけはゆるされるのだろうか。
そんなことをぼんやり考えながら、糸車の絵をプリントした白い陶板の豆本を眺めている。

「日本経済新聞」平成二年九月二十八日

スポーツの秋

親しい知人のひとりが私にいうことに、

「あんたの小説には、芸だの技だの美術だのはよく出てくるが、スポーツとセックスは全然出てこないね。これをぜひ入れなさい」

との有難いご忠言。

なるほどご指摘どおり、この二つは私にはとても苦手なのです。

今月号の『新潮45』に、千家紀彦さんが書かれた文章のなかに、若き日の三島由紀夫の姿が出てくる。学校時代、いつも教室にこもってばかりの彼に、たまには外へ出ろよ、というと、首を振って、

「日に当ると溶けちゃうから」

と拒む個所を読んで、ああ全く私とおなじだな、と思わず笑ってしまった。

私なども小さいときから学校の体操の時間ほど憂鬱《ゆううつ》なものはなく、のどに湿布をし、着ぶくれて教室の窓からいつも見学ばかりしていた自分の姿が浮んでくる。

彼はその後、自分の肉体を鍛えに鍛えてたくましい筋肉をつけ、ついには自分の写真集まで

出版してそれを誇示したが、私には全くその勇気はなく、いまだに「太陽の憂鬱」を持ち続けている。

いま世のなかはスポーツ礼讃《らいさん》の大合唱、栄養と運動のバランスさえよければ長寿は望みどおりとあって、全人類の関心はいやが上にも高まるばかり、私も流行におくれじと一、二回、ジョギングのまねごとをしてみたが、しょせん相性が悪いとみえて、たちまち全身疲労の症状となり、こりてしまった。

ま、世のなかには、せっせと健康生活の実行に余念のないひともあれば、私のように無為無策、自分の持つエネルギーを少しでも長くひきのばそうと念願するだけの怠け者もあって、それでいいのではないだろうか。

自分ができない分だけ人のを見るのが好きかといえば、これもわざわざ出かけていって観戦したいと思うのは相撲ぐらいのもの、あとはテレビで、勝っても負けてもどっちでもいいくらいに眺める。

運動をしない私の唯一の精神の支えは、昔、健康について全く関心を持たぬひとでも、八十、九十まで元気に生きた例もあり、げんに私の祖母は、歯の一本もないまま、八十七歳の天寿を全うした。

彼女がどんな日常をすごしていたか、私はほとんど知らないが、少なくとも頑健だといえる体格ではなかったから、おそらく無理をせず、自然に適《かな》った生活だったのだろう。
で、セックスはさておき、スポーツは経験ないため書く自信なし、といえば、では殺人事件を書くために作家は人殺しをしなければならないか、といわれそうだが、多少なりともスポーツ精神を理解するだけの姿勢がなければならないのは事実だから、目下のところ、私の小説にスポーツが登場するのは望みうすといえそうである。

「日本経済新聞」平成二年十一月二日

女の歳時記——作家が仕事場を変えるとき

一年で三度の引越し

あなたの愛読書は？　と聞かれて、貯金通帳、と答えた人の話は有名だが、私の愛読書は自分の日記である。

いろいろなデータの検討のためだが、今年の日記を熟読してみると、年初と年末ではかなり元気の度合いが衰えているのに気がつく。それもそのはず、昨年末から今年にかけて私は引越しを三度もやっており、仕事以外のエネルギーを少々使いすぎた感がある。

最初の引越しは暮の二十九日、五年一カ月のあいだ仕事場だった六本木を閉めて狛江《こまえ》の自宅へ帰ったとき。

ここは盛り場の近くとは思えぬほど閑静なところで、おまけに九十六平米という広さがあった。狛江の自宅七十六平米に亭主とお手伝いの三人で暮していた私は、このひろびろとした部屋がとても気に入り、自由気まま、思う存分にものを買い込んだものだから、引越しのときはそれはそれは大へんだった。

何故六本木支店（？）を閉鎖することになったかといえば、これには複合的な理由がいろいろある。

最も明確なのは、要するにくたびれてしまったことで、六本木の一人ぐらしでも私はキッチリとカツブシをかいてダシをとる生活を続けていたし、また「近くまで来ましたのでちょっと寄りました」という来客もふえるばかり、それに最初のころは、深夜の、「すぐ近くのバーにいるから、ちょっとおいでよ」という誘いにも断らずに応じていたものが、老来体力の衰えとともにつきあい切れなくなってしまったのである。

狛江の自宅に帰れば家付きのお手伝いがいるし、遊び友達とは遠《とお》退《の》くし、私もそろそろ宿願のテーマに取組む時期にもさしかかっていたから、とうとう里心が出たというところかもしれなかった。

で、狛江に帰る決心は八月ごろから固めていたが、身内に相談すると皆、「これほどの荷物を持って帰っても置き場所がない。もう少し六本木にいたほうがいいんじゃないの」という冷たい反応。なるほど見廻してみれば、ピアノ、大きなベッド、ソファ、和箪笥《だんす》六棹《さお》、本棚八個、机と椅子《いす》が各二脚、その他、どこの家にもあるテレビ、冷蔵庫、洗濯機などもちゃんと揃《そろ》っている。

これらが全部七十六平米に入るわけがなく、娘どもはひたすら全部捨てるように、というが、まだ弾けるピアノや、こわれてもいない冷蔵庫などどうしてみすみす捨てることができようか。

たびたびの家族会議はいつもけんか口論で、結果、私は涙をのんで本と衣類を三十ケースくらい捨て、あとは我が家に物置をもう一個建て、他は娘二人の家に置かせてもらうことにした。引越しには、荷物の行先をガムテープのいろで分けたが、高校生の我が家のチビなどをアルバイトに雇ったためかなり混乱し、あとあとまで後遺症が残った。

さて、かくの如《ごと》くようやくにして狛江のもとの書斎に戻り、新年は自宅で迎えてすっかり気分は落ち着いたが、いやいや何といってもここは狭い。机を取囲む書棚二つには、ただいま執筆中の資料でさえ全部並べられず、いたしかたなく床に積み上げておくと、身動きした拍子にどさっと崩れ落ちる。

日記には一月二月三月ごろまで、この憂鬱をところどころ洩《も》らしてあるが、しかしもはや一人でべつの仕事場を捜そうというほどの馬力はなかった。

昔のように、掃除洗濯をすませたあと、台所のテーブルに原稿紙をひろげて書いていたのとはいまは違う。おびただしい資料に目を通しておかなければ信用にかかわるし、それにはやっぱり日常性と隔絶された書斎が必要不可欠だとすると、狭くても当分がまんしなければならなかった。

ところが、四月に入ってから、我がマンションのすぐ裏手の梅林が伐《き》り払われたあとへ何やら建造物が建ちはじめ、それがあっという間に三階建てマンションとなってしまったことへの関心が記述されてあり、一日私は内部を見せてもらって、五月十二日、ここの三〇一号を契約第一号で借りることにしたのだった。

ここなら我が家とは直線にして三十メートルも離れておらず、歩いても近道なら三分とかからず行くことができる。毎朝行って日中仕事をし、夕方帰るとお手伝いが箸《はし》を取れば食べられるようにしてくれてあれば、これ以上のことはない。

広さは五十八平米、東向きなのが難だけれど、そんなことといっていられる場合じゃない。さっそく東急ハンズにたのんで天井までの書棚を全部の壁面につくってもらい、引越しは六月三十日だった。

実をいえば、六本木からの暮の引越しで家の者たちはバテてうんざりしているのを懸命で督励し、お駄賃の増額をしてやっと無事、こちらへ机椅子と資料などを納めたのだった。

三度目というのは、これを機会に自宅の壁紙の貼替えやじゅうたんの敷替えを行なったが、そのとき家具を娘の家のと取替えたり、資料をまた運んでもらったりで、九月十八日、またまた引越しやさんの御世話になったのである。

引越し労働というのは、人間の思考に何のプラスももたらさないし、あとから不気味な疲労がやってくるが、しかしここを通りこさなければ快適な書斎は生れっこない。

池波正太郎さんの言葉で

いま私は、長いあいだ渇仰していた、天井までの四面の本棚を前にし、一日瞭然すべての背表紙の見える机の前で、ほぼ満足しながら毎日励んでいる。

この夏は一日も休まずこちらへ通い大いに原稿の量を稼いだが、年末の疲労にはこれも加わっていたのかも知れない。

考えてみれば、私が理想の書斎を求めてさまよっていたのも、そろそろ仕事の上で決断と選択を迫られていることもあり、その直接のきっかけとなったのは、池波正太郎さんの言葉だった。

さるパーティで池波正太郎さんにお会いしたときのこと、

「宮尾さん、あんたいくつになったんだね」

と聞かれ、私はすっかり赧《あか》くなって、

「先生あたし恥しい。もう六十になっちゃったんですよ」

と答えると、池波さんは真顔で、

「そりゃあいい年だ。作家はみんな六十代でいい仕事をするんです。よくものが見えてくるし、雑念がなくなって心が澄んでくる。あんた、これからだ。しっかりやんなさい」

と私の肩をハタハタと叩《たた》いて下すった。

私はとたんに目からうろこが落ちた感じがし、ハッと気付いて自分の仕事を改めて検討してみると、本業の小説作品よりもずい筆などの冊数のほうが多くなっている。

これは、小説の注文に応じ切れないぶんをずい筆でおゆるし願っていた結果なのだけれど、こんなに道草食ってちゃ、私の抱えているテーマは、全部書き切らないうち私の持ち時間は尽きてしまう、と思った。

池波さんの金言どおり、なるほどその後の私には「よくものが見え、雑念がなくなる」感じはありありと実感されるだけに、私は翻然としてずい筆は以来、やめてしまったのである。

二十歳の初め、作家への志を立てて四十年余あたため続けていたいくつもの小説テーマは、どれもふくらみ切っていままさに弾けようとする時期にさしかかっており、それを悉《ことごと》く自分で満足できる作品に仕上げようとすると、まず書斎をはじめ、環境整備が絶対に必要というわけだった。

そのひとつに仕事場がほぼ完成したからには、つぎに試みているのが家事一般のこと。

長いあいだ主婦作家の肩書きでとおして来た私も、掃除洗濯、料理、整理、親戚《しんせき》づきあいまでだんだん手が廻らなくなり、ひとつずつお手伝いに場をゆずって最後の砦《とりで》はいま料理だけになっている。

これも御飯炊き、下ごしらえまでは人の手を借り、献立とフィニッシュだけはなおがんばってはいるが、しかし自分の味までは奪われたくないので、或はこれだけは死守するかも知れない。

いま金満ニッポンは働きすぎが罪悪のようにいわれ、朝星夜星の勤勉家は肩身が狭いが、しかし私などの職種に働きすぎということは永遠にない。頭脳には休憩時間はないし、字を書く作業は職人芸の範疇《はんちゆう》に入っている。一日休めばそれだけ何もかも後退すると思えば、酷暑の夏も昼寝などしてはいられなかった。

以上、あんまり鼻息荒くいきまいてしまったので少々恥しく、おわびに日記の中から今年の目ぼしい出来ごとをご披露しよう。といってもやっぱり仕事の話ばかりなのだけれど。

一月　恒例の初詣で三ヶ所。今年は富士山参拝は廃止。十年来続けてきた行事だからやめるとバチが当りはしないかとびくびくしながら。

講演は虎の門ホールと大阪サンケイホール。精神安定剤服用はこの月二回。

二月　府中税務署へ呼び出される。講演二回。藤棚の修理、雑誌用のさつえい二回（吉兆と泉竜寺で）。

三月　一日から十三日まで高輪の都ホテルに入り『きのね』の手入れ。やっと完成。『春燈』芸術座で開幕。二十日から長い風邪のはじまり。それでも講演三回こなしている。

四月　上旬にやっと風邪を撃退。私の誕生パーティ赤坂のクリスタルサロンで。講演は仙台と東京。いつものことながら夜のおつきあい多し。ごちそうの食べすぎなので、家にいるときはほとんど野菜。
五月『きのね』発売でサイン会二回。甲府と下関へ講演旅行。壇の浦を眺めて感動。
六月　月末引越しなのでライトなど買物に忙しい。講演は神戸と東京で。
七月　仕事場通いの毎日始まり。クーラーフル回転。自宅改装なので亭主と二人で都ホテルに入る。暑くても着物着て講演（横浜二回）。狛江の花火。
八月　多摩川河原でバーベキュー。大人たちは全員揃うが、チビ二人は忙しくて日暮れてのち参加。暗いなかで半焼けのものも生のものもムシャムシャたべている。
月末近江八幡から草津へ、講演旅行。
九月　月末高知へ講演に帰って台風二十号にあい足止めくう。夏の疲れで体調よくなし。
十月　ふたたび台風二十一号で高松講演お流れ。エルメスのカシミヤシルクの大判スカーフ、タクシーへ置き忘れ。泣いても泣ききれず。月末、長野へ。
十一月　秋はどうしても講演が多くて四回。だから十二月はお休み。
　みなさまよいお年を。

「婦人公論」平成二年十二月号

薄氷踏む思い一年

いつの場合でも、無事故で新聞小説の連載を終えたあとは、神さまに感謝したい気持でいっぱいになります。

新聞は休載がゆるされないだけに、まず決して病気をしないよう、原稿が遅れて係の方にごめいわくをおかけしないよう、そして突然頭脳が枯渇して書けなくなることのないよう、心のうちでつねに念じながらの、まるで薄氷を踏みつつ進んでいるようなこの一年一カ月でした。

その上、モデルが現存の場合は少なからず気をつかわねばなりませんから、苦しみは倍増する感じですが、しかし私はそれにもかかわらず、新聞小説が大好きなのです。

毎日毎日、まるで舞台俳優のように、客席の罵声《ばせい》、拍手がもろに飛んでくるという生の刺激があります。

今回の『菊亭八百善の人びと』もずいぶんたくさんのお便りを頂きましたが、そのなかでもっとも反応のありましたのは、実際に料亭の仕事にかかわっていらっしゃる方からのものでした。それも、料理についてではなく、大てい従業員との関係についてのご意見や悩みであったのは少々意外でした。

たしかに、いまはどこも人手不足でもあり、昔のような義理堅い雇用関係は失われているでしょうから、とくに高度の技術者とされる板前さんを抱えねばならぬお店では、相方ともにこがいちばんの問題点なのかもしれません。

料理につきましては、小説の昭和二十年代末から三十年代前半のころのものと、現在のものとはやはり大きなへだたりがありました。

とくに料亭料理は、流通や味覚の発達に伴っていまは随分と豪華になっているようで、小説のなかの献立の内容では、現代人にはもはや満足してもらえないかもしれません。

ペンをおいての私の心残りは、もう少しこの料理について書けばよかったということです。毎日三枚足らずの原稿のなかで、いったん料理の講釈をはじめると四、五日くらいはストーリーがストップする危険があるので、一生懸命でペンをおさえたところがありました。

この秋、単行本として出版されるとき、その機が与えられるならば、この点を加筆したいと思っています。

長いあいだのご愛読、ほんとうにありがとうございました。心からの感謝をこめてお礼申上げます。

「読売新聞」平成三年三月二十五日

『鬼龍院花子の生涯』秘話

このごろ、「随筆を」といわれると、とたんにちりけが寒くなるほど困ってしまい、どうにも義理のからんだもの以外は逃げ切ることにしてあるが、今回は別冊の二百号記念という触れだしで、いたしかたなくお目を汚す羽目になってしまった。

随筆は、たのまれればせっせと書いた時代が十年ほどあって、この間、本にまとめて頂いたのが対談集を入れると十三冊、小説の冊数を超えたのでびっくりし、三年前の『わたしの四季暦』を最後に、以後やむなく書いたのは書きすてとし、本にまとめることはやめることに決めた。

あちこちからおすすめも受けるけれど、私ごとき人間の随筆集など大しておもしろくもなし、資源節約の意味あいからも、この決意は正しかったと思っている。

というわけで、今回のおつきあいは、別冊に連載させて頂いた『鬼龍院花子の生涯』の思い出話などでおゆるし頂きたい。

そもそもこの小説を書こうと考えた発端は、たぶん、昭和五十年ごろだと思えるが、ある日、父の残した日記のうち、昭和十五年分の一冊をパラパラとめくっているうち、鬼頭君という名がちらちら出てくるのに気がついた。

読んでみると、十月二十日分に、

「夜間、鬼頭君が見舞に来てくれた」

とあり、次いで十月二十七日分にも、

「鬼頭君、また来てくれる」

と一行、記してある。

そして、十一月十日付で、

「夜間鬼頭君来る。角力興行のことで大阪へ行くに金が無いので、金子借用の相談あり。百円貸す」

つづいて十一月二十三日、

「夕食後鬼頭君くる。金子調達の相談ありしも、都合あしきため断る」

とあり、その後、鬼頭君の名はぴたり出てこなくなっている。

この四日間の記述は、当時作家になりたてだった私に衝撃的な驚きを与えたとともに、この鬼頭君という男に大きな興味を抱かされることになったのだった。

というのは、風土上俠客《きようかく》は育たず、といわれている土佐で、あとにも先にも名を売ったのはこの鬼頭良之助ひとり、その俠客は私の家からは百メートルと離れぬ場所に住んでおり、当時、飛ぶ鳥落すいきおい、といわれたほどの羽振りのよさだったからである。

日記の昭和十五年といえば、私は中学一年生、多感なころで、記憶を手繰ると、鬼頭の親分おでかけの姿は派手な着物に子分四、五人をひきつれ、さっそうと風を切ってのし歩いており、女子供はそれを見るなりさっと家にかくれ、しかしこわいもの見たさで障子の穴からのぞいていたということがある。

このころ、鬼頭の名は広く知られ、神社仏閣などには多額の寄進をしており、高知市が空襲でほとんど焼け落ちてしまったあとでも、彼の名を刻んだ玉垣の石や鳥居の土台など、ごろごろ転がっていたのを見たおぼえがある。

このえらい親分が、うちの父親ごときに何故金を借りに来たのか、しかも、最初の借金申込みから二週間とたたぬうち、再度の申込みをするとは、という私の大きな疑問から発して調べてゆくうち、つぎつぎと個性ある人物が浮び上って来、長い題名の長篇小説が構成されたのであった。

別冊への掲載は、昭和五十三年の百四十五号から翌年百四十九号までの五回分だが、これはふつう、素材をみつけてから徐々に醸成させ、完成まで三十年、四十年かかる私にしては異例のスピード制作だった。

父の日記を読んでから連載完結までたった五年、何故これほど急いだかといえば、取材相手が老いていて、少しでも早く話を聞いておく必要があったことと、そして何より、素材のおもしろさが私を駆りたててやまなかったことがいえると思う。

執筆当時、私はまだ不安神経症のまっただなかで、ちょっとでも調子が狂うと、頻脈、呼吸困難に陥り、人の助けを必要とする状態だった。編集部にホテルにカンヅメにされたものの、夜になるとこの発作が起るので、ひそかに亭主を呼び、荷物をまとめて脱走に及んだこともいまはなつかしい。

しかしこの長篇が少し人に知られるようになったのは、何といっても東映制作の映画のせいだといえよう。監督五社英雄、俳優仲代達矢、岩下志麻、夏目雅子と話題にこと欠かぬ条件が揃っていたし、そして私原作の現在までの作品六本のなかではいちばんできがよく、また原作の筋に忠実だった。

私にとって最初の作品だったこともあり、この試写を見たときの鮮烈な興奮はいまもよみがえってくるが、同時に、映画化によって私というものが読者にまたべつのイメージも植えつけたらしい。

「一絃《いちげん》の琴のような上品なものを書くあなたが、やくざを書くなんてガッカリしました」という読者からの手紙が相次ぎ、また「なめたらいかんぜよの宮尾さん」で通ることになり、そしてある作家からの、

「あの夏目雅子の役は、あなた自身でしょ。自分のことを書いたのでしょう。みんなそういってますよ」

という誤解も受けることになる。

少し訂正すれば、夏目雅子の科白は原作には全くないもので、脚本家の創作だが、こういうことも含めて、世のなかは誤解だらけだし、日頃「誤解をおそれるな」を旨として自分を励ましている私なら、雑音には耳をかさず自分の道をまっすぐに歩くことにしている。

なお、父の日記の前の部分、鬼頭が見舞に来たという個所は、どうやら営業上、大きな損失を蒙《こうむ》ったときのことであるらしい。苦界に売られる女性のヒモは、多かれ少なかれやくざに関わり合っている例が多く、父のだまされた相手が鬼頭とどこかでつながっていたと私は推測している。

これは、日記とともに残された克明な営業日誌と照らし合わせて私が類推したもので、これらをつなぎ合わせて一人称の物語にしたのが『岩伍覚え書』だった。

また父が鬼頭、とも、鬼頭さん、とも書かず、鬼頭君、と目下の者を呼ぶように記述してあることに私は微苦笑を禁じ得なかった。鬼頭はこの翌年の昭和十五年、六十八歳で病没しており、そのとき父はたしか六十歳のはずだったから、日記のなかでしか、君付《くん》けでは呼べないはずだった。ひそかにうっぷん晴らしでもしていたのだろう。

つけ加えると、当時の百円は大枚であって、父の日記には金を借りにくる他のひとには、金五円貸す、とか、気ばって十円貸すとか書いてあり、鬼頭も含めて、これらはすべておん貸し下され、の部類でついに返してもらうことはなかった様子だった。

小説の取材はおよそ三ヵ年にわたり、聞いてまわったが、もと鬼頭の子分というひとの家を訪ねたときはぶるぶるふるえ、どうにも入れなくて入口で引返してしまったこともある。そんなにおそろしいのに何故、書くのかと聞かれれば、やはりはじめに申上げた如く素材のおもしろさに尽きる、といえそうで、もし今後、これに匹敵する素材がみつかれば、私はこの先ずっと立てている仕事の予定をすべてなげうってでも、それに取組みたい。

平凡な人間の地道な人生をじっくりと描いてゆくのも無上のたのしみだけれど、破天荒な人間の生きかたを、舌を巻きつつ辿《たど》るのも作家の醍醐味といえそうな気がする。もっとも、人間の生きかた、だんだん均等化されつつあり、よほど時代をさかのぼらなければ、魅力ある素材には出会えないかもしれないが。

「別冊文藝春秋」平成四年七月号

「すばる」と私の二十五年

文芸誌衰亡の時代、「すばる」もすでに二十五年という厚い年月を重ねたと聞いて、まことに祝着、とおよろこび申上げる思いと同時に、私の上にも流れた同じ月日のことを思った。

私、作家として税金を払うようになったのは昭和四十八年からなので、ことしで足かけ二十三年、してみるとその前二年から「すばる」は誕生していたわけになる。

そのころ私はまだ一編集者として、お濠端《ほりばた》にある保険会社に勤めていたが、作家としての夢を抱き続けこそすれ、実際に自分の書いたものが活字になるなどとは、現実のものと考えていなかった。

折に触れ、本屋で見かける文芸雑誌は、当代人気作家の先生方のお名がきらびやかに並び、読むと必ず我が無能がなさけなくて、意識して遠ざけていたものだった。

その文芸雑誌「すばる」の編集の方々と接触が始まったのは、太宰賞につづいて、女流文学賞をもらった昭和五十二年あたりではなかったろうか。

確実な月日がいえないのは、私、日記は毎日克明につけているのに、読みかえしてみると食べ物や着物や、体調の記述ばかり、仕事についてきっちり書いてあるのはほとんど無く、どうもこんなところ、私のいい加減さ、だらしなさといえそうである。

「すばる」に登場させて頂いたのは、昭和五十四年一月臨時増刊号だが、それを見てわかるのは、私、依頼を受けてすぐ書くということはまず無いので、たぶん二年ほど前からやいやいといわれ、追いつめられた挙句、それでは短かいものを、と始めて二十枚の『金魚』を書いたと思われるのである。

しかし義理で書いたにしてはこの『金魚』、自分ではとても気に入っていて、このときから将来、短篇もきっとうまくなってみせるゾ、とほぞを固めたことが思い出される。

その意味では、長篇しか書けないと思っていた私自身に、「すばる」は思いがけず短篇への欲を芽生えさせてくれた恩顧があるというもので、これは次の連載『朱夏』の場合も同様だった。

『朱夏』は、五十五年五月号から連載をはじめ、六十年四月号まで五年間の長丁場だったが、これについては自分の気持の上でもずい分紆余《うよ》曲折があった。

ことの起りは、ときの編集長Mさん、担当者Yさんの執拗《しつよう》な勧奨によるものだが、何しろテーマは私の中国体験だし、これ書くために作家を志望したという私生涯の命題なので、そう軽々しく書けはしないのである。

自分のひそかな予定では、死ぬ直前、最後の作品として書こうかな、とも考えていただけに、最初は頑強に拒んでいたが、何しろ当方女の細腕、屈強な男二人に迫られれば、泣き泣き書きはじめるより他、なかったのだった。

書きながら、まだ時期尚早ではないかという反省しきりで、それに、中国体験は私の恥部も恥部、できれば忘れてしまいたいほどの地獄絵図だったから、執筆はとても苦しいものだった。

毎号毎号、まるで反吐《へど》を吐くようにして書いた原稿を渡すつらさ、このつらさから逃れたい逃れたいと思いつめた挙句、ある日の午後、受話器を取って休載をお願いしたところ、M編集長は意外とあっさりOKして下さった。

で、一年間『朱夏』から遠ざかることができたが、五十八年初頭から再び始めるときにはよほど覚悟を決めておかねばならなかった。

『朱夏』はこのあと五十九年四月号を一回休載しているが、これは同年二月、クイーンエリザベス二世号で三週間の船旅に出ることになり、その準備に忙殺されて一回だけ許してもらったものである。

この旅はいま思い返してもわくわくするほど楽しく、世界各国の人々と船内でさまざまな遊びに打ち興じたが、なかでも忘れられないのは、ソシアルダンスの世界チャンピオンに私だけ特別指導を受けたこと。この先生、ジョージ・チャキリスばりのハンサムで、私の下船の朝はお名残りに広いホールに出てワルツを踊って下さったが、ふと気がつけばまわりは見物人でいっぱい。あらゆる国のあらゆる言葉で私は祝福と拍手を受け、別れたくなさに涙流しつつ、シンガポールで下船したことなど思い出す。

船のなかで『朱夏』はきっと書くからね、と約束したものの、ダンスの楽しさの前には机の上に待機している原稿紙は頭痛のタネ、書くどころかついにはチョキチョキ切り刻んでメモ用紙にしてしまった。

『朱夏』は、私の心の葛藤《かっとう》のなかで苦しみながらようやく完成させたのだが、いまとなってはあのとき、M編集長とYさんに迫られて書いてよかった、とつくづく思う。放置すればこんな苦しい思いを、もうさらさらしたくないという気持になり、『朱夏』は永久に文字とはならず、私の心のなかだけで終っていたのではなかろうか。

「すばる」平成七年六月号

物語と風土──『藏』の誕生まで

これは戦前のはなしだが、その土地の気風を知ろうとするには、まず花街に当るがよい、というい伝えがあった。

昔は、各県各地に必ず花街ゾーンというものがあり、ここで働く女性たちは大体土地出身者が多かったし、また遊びにくる男性も、仕事の憂さから解放され、赤裸々な姿を見せたであろうと思えるから、土地の人間性を知るには恰好《かっこう》の場所といえたのではなかろうか。

最近は、さまざまな近代化要因のために土地の特色がだんだんうすれ、ほとんど日本国中みな同じになってしまった、とよく指摘されるが、考えてみれば、戦前タイプの花街がすっかり姿を消してしまったことも、土地の特殊性を稀薄《きはく》にしてしまった一因だといえなくはないだろうか。

私はこれまでの作品で、現代を描いたものは先ず無く、ほとんど全部戦前を舞台にしているが、それというのも、その土地の女性像を把握するのには伝聞どおり花街から攻めてゆくのが近道だと思えるし、逆にいえば、昔の花街のなくなった現代では、女性像は全国一律、というに近くて、はっきりと摑《つか》み切れなくてもどかしいところがある。

で、私が最新作『藏』の時代を、このあいまいな現代でなく、大正、昭和の初年に設定したのも、それがまず人間の個性をとらえやすいという大きな理由があった。

たまたま手もとに、昭和四年版の新潟の花街の手引書があり、これが大へんよくできていて、大いに参考にさせて頂いたのだった。

ちょっとご紹介申上げると、新潟は新潟美人の産地で、それは皮下脂肪の発達がよく、肌は色白、弾力があり、まことに挑発的だという。

新潟美人はやぶにらみ、というとおり、笑うと顔の造作がバラバラになってぶちこわしなので、どの妓《こ》も静かに膝《ひざ》の上に袂《たもと》を重ね、お手々をきちんとおいて笑わず、おこらず、ただぼんやりと客の顔を見つめているのが身上である。

一般に無口だが、口をひらけば、

「兄やそん、お前そんどうしなはれたね、おらが心配も知らねでサ」

と一見情のこもったいい廻しをする。

この静的かつ挑発美人は、すべての点において冷静で、金銭には独特の哲学を持っており、金のまえには命をも投げ出すけれど、男振りや口先などには決してまどわされはしない。

故に越後美人の身代金は、東京などに比べて二割も三割も高いのだという。

総体的に薄情で、客と心中などするような情熱も持合わさない代り、毒婦ともなり得ないのが新潟美人だとある。

この美人論を読んで、私は思わず大声を挙げて笑ってしまった。

何故なら、何から何まで、同世代の、我が故郷、土佐のお姐《ねえ》さんがたとは全く正反対なのである。『陽暉楼』『寒椿』などで取材したかつてのノートを取出すまでもなく、こちらは皆、生れながらの黒潮育ちで肌は鮫肌《さめはだ》の地黒、だが健康的で骨格たくましい。

座敷でもおちょぼ口してじっと坐っているのは大の苦手で、何かサービスしなくては、と終始騒々しく、その挙句、客と喧嘩《けんか》になることも珍しくはない。

金銭の面も実に恬淡《てんたん》としており、惚れた男には借金してまでもみつぐし、金に執着がないから皆、浪費家である。

こういう女性たちの世話をしていた私の亡父の営業日誌をめくると、身代金の精算を克明に記帳したあとで、追記として、

「何子、本日家に呼び、重々無駄使いを戒む。今に至るまで一円の貯金も無きは、之全く本人の不心得なり」

など、憤然たる口調で書かれてある。

或は、

「女だてらに客と口論をなすは言語道断なり。今後は悔い改めるよう、本人同道で楼主に謝り

に行く」

というくだりも見えるから、客や金銭のトラブルは日常茶飯事であったらしい。ま、しかしこれは、花街各地の特色でもあり、客はそれをおもしろがって、遠方まで出掛ける向きもあったと思われるのである。

情報の貧しい戦前なら、小さな地域なら小さいなりにそれぞれの文化と習慣を温存することができたから、土地の人間像はやはり土地が作り上げたものと考えられ、それは何も花街ほど露《あら》わでなくとも、風土に順応すべき保護色の一種であったにちがいない。

私など、土佐に生れ育って人生の半分以上を過した南国人間だから、土佐は骨のずいまで染みついており、いま東京に移って三十年を数えても、何から何までやっぱり土佐人である。暖国とはいっても、冬は寒いし雪も降るが、気持の底には、ま、あくせくしないでいいさ、浜辺に寝ころんでいればそのうち木の実も落ちてくるし、などと楽天的に考えているところがある。

金品に深い執着を持たないのもお姐さんがたの了簡《りようけん》と全く同じであって、亡父の何子への説諭はそっくり私向けのものといっていい。

そのために、今日まで私は数え切れないほど人間関係や金銭の失敗をくり返し、無一文になった経験もいく度か持つが、そのころの日記を、自分の文学全集の最後の巻として出版しても

らったのを、読んだひとから、

「全然悲しそうじゃないね。貧乏のどん底だとは判るが、みじめともみえない。何でだろう」

という感想をもらった。

実際はそのころ、とても悲しくてみじめだったたし、こんなダメ人間は生きていても何にもならないから死んじゃえ、などと自殺を考えたことも一再ならずある。

自分では絶望との闘いの毎日ではあっても、人の目にのん気なひと、と映るのは、やはりまだ心の底に前進志向の夢が残っているわけで、これは生国からくるものというよりないのである。

こういう人間は、文字どおりお話にならないひと、であって、早い話が土佐を舞台に生れた演歌はヒットしないし、ヒットしないのはしみじみとうたう悲しい情緒がないからなのだと思う。

土佐に限らず、南国は太陽、黒潮、明日に向って驀進《ばくしん》、のイメージで、どうしても物語性が乏しくなってくる。

小説はサクセスストーリーよりも、読者が優位に立って同情するような悲しい物語が受けがよいのは当然のこと、これによって読者の胸は癒《いや》されるのである。

というわけで、これが「雪の新潟」と来ればもうそれだけで十分に物語性があり、読むまえから悲しい話を期待していると思えるのだがどうだろうか。

暗い海、降りやまぬ雪、凍える寒さ、そのなかをあてどなく歩いてゆく女一人、という光景は想像するだけで涙がにじんでくるのである。

土地のひとたちの内実は、こんな光景のなかのみじめな人間にならないため、知恵をしぼって生きてゆかねばならぬところがあり、それが花街女性の、心中はせぬが金のためなら命もすてるという了見となってくる。

こういう下地を踏まえてのちの『藏』なのだが、まず尨大な新潟県史と亀田町史に目を通しておかねばならなかった。

内容を拾ってみると、米どころなりにたびたび小作の一揆《いっき》があり、してみると家長の意造は単なる田乃内家のぼんぼんでなく、先祖伝来の田地田畑、一枚も減らしてはならじとの覚悟を持った強い家長でなければならなくなる。

新発田《しばた》から嫁いで来た母親のむら、また意造の妻賀穂、そして病弱の賀穂に代って烈を育てる佐穂などの、家長を中心に家をもり立てる気概も立派なもので、私などとうてい真似はできないと感じつつ、書いたことを思い出す。

そして後妻のせき。

私はこのひとが育った野積という土地を見に、極寒の二月、ここを訪れた。

昔からいえばずい分と明るくなった、と案内のひとはいったが、人っ子一人通らぬ海沿いの道に、鉛いろの雲が垂れこめた空の下、陰鬱な波が打ちよせており、その潮のしぶきをよけるように、崖下に二、三軒ずつ家がかたまっている。

それを見たとき私は、この地で育ったというだけでせきはもはや、悲劇を背負うより他ない、と思えたのだった。

新聞連載中、「せきをこれ以上いじめるな」という、せき同情派からおどしの手紙を頂いたが、私はせきを毛頭いじめたおぼえはなく、悲劇は背負っても、野積育ちの強靱《きょうじん》さを見せて、ついには身一つで家を出ることを主張するのである。

貧しい野積に育ち、花街で鍛えられ、大家のおっかさまとなっての変転激しい人生だが、これを何とか乗切って、最後は煙草屋《たばこや》のおばさんという安らかな座を得たこのひとに、私はやっぱり拍手を送りたいと思う。

そして、美しくけなげなヒロイン烈は、私が手塩にかけて育て上げた愛するひとである。盲目といえば越後に多い瞽女《ごぜ》さんをすぐ思い出すが、烈には放浪はゆるされず、自分で家を背負いながら前を切りひらいて進まねばならぬ運命だった。

その点、他の女性よりは一歩踏み出しているが、時代も戦中から戦後にかけており、農地改革の大波もかぶって、いやおうなく前進を遂げざるを得なかった。

南国の楽天的人間が書いたきびしい雪国の物語、これでよかったかどうか、なお不安ではある。

「中央公論」平成七年十一月号

エジプトの奥深い魅力

自分のこの手で、かのクレオパトラを描きたい、いや、きっと描いてみせる、と大それた決意をし、ひとりひそかに武者ぶるいをしたのは遠い昔、私の三十代のころの話である。以来、コツコツと資料を集め、少しずつエジプト学をまなび、エジプトから目を離さずに見守りながら、その夢の実現する日を待った。

発表の場の目標は新聞紙上、そしてできるなら日曜版、というこのむずかしい諸条件が叶《かな》えられる見通しがほぼ立ったとき、私がまっさきに手配したのは十日間の検査入院だった。

これまでにも、新聞小説のはじまる前には必ずドック入りして、連載期間の健康保証をもらう習慣だが、今回は二年半の長丁場、その前に苛烈《かれつ》な気候の現地取材もある。

もともと頑健な体質ではなし、もしや途中自分の都合で挫折《ざせつ》するようなていたらくともなれば、みなみなさまに申しわけも立たず、何はともあれ、完走することが第一飛び越さねばならぬハードルだったのである。

そして期間中、私はひたすら精進潔斎、暴飲暴食をつつしみ、義理を欠いてでも夜ふかしのつきあいをやめ、カラオケ断ちまでしてあらゆるものに祈る日々だった。

その効験あって一度も休載なく故障なく、一月十五日無事最後の百二十四回目を書き終えたとき、自分でもたとえ難いほどの重い疲労感をおぼえた。

新聞小説の経験はこれまでに六回、そのいずれも最後の原稿を書き終えるや、長い抑制からパッと解放され、ウキウキと鼻唄《はなうた》もので遊びに出かけるのだけれど、今回はいささかちがう。愚痴《ぐち》を承知で聞いて頂くと、読者のみなさまもすでにお感じのように終り三回分、紙数のないために急ぎに急ぎ、筋を追うだけの文章になってしまったうらみが残っている。

私に与えられた紙面は二年半、と最初から決まっていたのだから、物語の展開をきちんと按《あん》分《ぶん》しておけばよいものを、計画性がないのはいつもの悪癖、途中つい登場人物に酔い痴《し》れ、道草を食ってしまったというのが実情だった。

これはしかし、単行本にするとき書き足せばよいという、甚だ姑息《こそく》な方法ながらもいまだ救いの道はあり、げんにアントニー、クレオパトラ最後の場は三倍の量、書き足して出版部に渡してある。

これを以て小説『クレオパトラ』の完成品として頂きたく、連載後、こんなぶざまないいわけをする私を、読者のみなさま、なにとぞご寛恕《かんじょ》下されたく。

そしていまひとつ、「完成品」とする前言とは矛盾するが、このテーマ、書いても書いても書き切れぬ感じがなお残っていることのふしぎである。
私の三十代のころから折にふれ読んできたエジプト資料は、いずれも極めて新鮮、極めて驚異、という他はなく、その大きな衝撃をわずか一篇の小説に仕立てるのは、もともと無理だったかも知れぬと思ったりする。

なぞの古代遺跡群、富をもたらすナイルの増水、紀元前にしてすでに七十万巻を蔵したという図書館、ないものは雪ばかりという国の繁栄、エジプトの森羅万象ひとつひとつが壮大なロマンを秘めており、これだけでも小説材料として最上級のものと思えるのに、その上、この地を舞台に織りなす人間模様のおもしろさときたら、書くほどに調べるほどに魅力いや増してゆく感じだった。

とりわけ私が首ったけになってしまったのは、シーザーという粋《いき》な男であって、この男なくしてはクレオパトラの一生も生彩を欠き、従って物語としてのおもしろさも半減していたことだろうとつくづく思われるのである。
小説『クレオパトラ』は、女王のおんな心一点にしぼって書いたつもりだが、もし私が自分に、書きたいだけお書き、と許すとしたら、女たらしのシーザーのこと、のんべのアントニーのこと、陰険なオクタヴィアヌスのこと、忠誠一途のアポロドロスのこと等々、まだまだ長い時間、おそらく死ぬまで書き続けるであろうと思う。

ということは、エジプトの奥深さとそこに生きた人たちの魅力は、いい知れぬほど大きいという他なく、幸か不幸かこのテーマの虜《とりこ》となってしまった我が身の運命を思うのである。

また、毎回の谷川泰宏さんの力作によって私はどれだけ勇気づけられたことだったか、そして読者のみなさまも、美しい絵によってカタカナ名の混迷から救われたと推察され、改めて谷川さんに伏してお礼を申上げよう。

「朝日新聞」平成八年四月四日

第二章　こころ

秋風と心臓病

ふだんでもそうだが秋になるととくに、目を覚ましているあいだ中、いつも心臓の音に耳を澄ましている臆病《おくびよう》な自分に気付く。

というのはおととしの秋、テレビの仕事で金沢のグランドホテルに泊ったときのこと、目ざめたのは午前四時二十分だった。少し早い鼓動が消え入るように弱々しくなっていて手足がふるえ、別に息苦しくはないけれどももう間もなく死ぬ、というような不安感がある。枕許《まくらもと》の水を飲みしばらく気を鎮めてみたが、鼓動はますます弱く微《かす》かになってゆくようでとうとうフロントに電話したところ、部署を離れられないから下りてきてくださいという。

で、そろそろと下りて行ってロビーの椅子《いす》で暫《しばら》く休んでいるとやや落ち着き、夜がすっかり明けてからホテルの紹介で近くの聖霊病院へ行った。ここで心電図を取ったところ、別に悪くはないが、強いていえば軽い冠不全だとのこと、しかし私は無理に頼んで入院室を一つ明けて貰《もら》い、病院からテレビ局に通って勤めだけはどうやら果し、一人で東京へ帰って来た。

不思議なことに、その後もずっと午前四時二十分になると必ずあの症状がやってきて、死の不安でよけい手足がけいれんする。誰《だれ》かそばにいてくれると間もなくおさまるが、一人でいると救急車でも呼びたくなるほど気が昂《たか》ぶってくる。帰京後、近くの六郷病院に入院したけれど、ここでも「どこも悪くない」といわれるばかり、不安を強く訴えると鎮静剤の注射ですぐ眠らされてしまう。

私には以前から医者に対する根強い不信感があって、このときも六郷病院を勝手に退院し、薬もすっかりやめてしまった。薬といっても動悸《どうき》を抑えるための錠剤と鎮静剤だけだから、連用していると胃もこわすし、それに患者に対する病院側の粗雑な扱いにも耐えられなかった。

やっと納得したのは、そのあと国立横浜病院で心臓の権威大野先生に診て頂いてからである。先生は、私の心電図を見て「病気ではないが虚弱躰質《たいしつ》の心臓」とおっしゃり、おそらく夏の疲れもあるでしょう、との診断を下さったが、その夏確かに過密スケジュールだった私は心臓だけでなく、神経もかなり参っていたのだな、と思った。

神経に就ては実はもう三十年もの昔、長女を妊娠していた私は鰹《かつお》のプトマイン中毒が原因で、かなりしつこい神経性の心臓を患ったことがある。医者は医学書をめくって「心臓神経伝導刺激障害」という長い病名をつけたが、このとき私は、同じような症状を持つ内田百閒さんの随筆を読んでずい分と力づけられたものだった。突然脈搏《みやくはく》が早くなり、不安に駆られていると き、庭師の使っている鋏《はさみ》のパチンという音を聞いた途端、ふっと鼓動がおさまったというユーモラスな文章など、笑い乍《なが》ら共感を持って読んだことを思い出す。

このときも季節は秋だったから、妊娠とか過労とかで躰調を崩しているときは必ず、夏の疲れが秋、心臓の症状に現われるということなのだろう。ま、今年も用心この上ない毎日ではある。

「潮」昭和五十年十月号

不安病

空気がなくなっていく

今年の夏は何だかやたら忙しくて、ふだんは安息日、と決めてある土日の休みを全くとらなかった。こういう下地があって、その頂点は徳島の阿波おどりにテレビのレポーターとして現地に行き、その帰り、飛行機のなかで突然呼吸が苦しくなったのが、いまの病気の発端である。

さいわいプロデューサーがついていてくれたので介抱してもらいながら無事東京へ帰ったが、呼吸の苦しい自覚症状はときどきやってきて、中一日おいて救急車で運ばれ、近くの病院へ入院した。が、検査の結果どこも悪いところはなく、点滴注射を繰返すだけなので翌日退院してしまった。

ふつうは息が苦しいといえば動悸、息切れの症状らしいが、私の場合は呼吸数も脈搏も極めてゆっくりしていて、ただ身のまわりの空気が無くなってゆくような、あってもとても濃密で吸い難いような、そんな恐怖に近い不安感がおそってくる。思うにこれは、飛行機上という全く逃げ場のない密室で発作が起ったために、その恐怖だけがしたたかに頭に灼《や》きついたものとみえ、以来私はずっとこの不安感から逃れられないでいる。

乗物という乗物はすべて

つまり、乗物という乗物はすべて不安の対象になり、とくに立上って逃げ出せない車は絶対にいけない。一度、車で高速道路を走ったとたん、またこの発作に陥り、死ぬほどの思いをして次のインターで地上へ下りてもらったが、考えてみれば簡単に停車できない高速道路を狭い車で飛ばすのは、飛行機内と条件は同じなのである。

不安はさらに拡《ひろ》がって、エレベーターのなか、デパート、人ごみ、知らない人に会うこと、一人でいることなど新手がふえ、一時は連載小説の休載を願い出るなど弱音を吐いたりした。がこのほうは気力をふりしぼって最終回まで何とか書きあげ、最後の原稿を手渡したあとはもう精根つき果て、手のつけられない重病人になってしまった。

決死の覚悟で汽車の旅

これは一種の神経症だから病院に行っても安定剤しかくれないが、何しろ薬についても不安感を抱いている故によほどの場合でないとそれを飲むという決心もつかない。考えられるのは、日頃《ひごろ》でも不安の要素の多いこの東京の地を去り、空気のよい郷里高知でしばらくのんびりするという方法で、そう思うとやもたてもなく帰りたくなったが、さて途中の乗物が困る。むろんもう飛行機は論外だが、新幹線のスピードと土讃線のトンネルが何よりこわい。ただ私の場合、音楽を聞いているといく分気分が安まるという救いがあるので、それをたよりに、モーツァルトのヴァイオリン協奏曲三番をテープに入れ、決死の覚悟で汽車に乗った。

覚悟のほぞが固かったせいか、グリュミオーのヴァイオリンがよかったのか途中発作は起らず無事だったところ、何と土讃線は阿波池田まできてテープレコーダーの電池が切れてしまった。十二時間はもっという強力のものだったのに、池田から高知までのもっともトンネルの多い個所にきて切れるとは、と地団駄踏む思いだったがいたしかたなく、それからあとの一時間半の苦しかったこと。立ったり座ったり通路をうろうろしたりお経をあげたり、水を飲んだり頭を冷やしたり。

東京に戻ればもと通り

予想通り土佐にいるあいだは症状も軽快したが、再び東京にまいもどるとまた元のもくあみで、大小さまざまの不安感に責めたてられている。以前にくらべると、人を呼ぶほどの発作はなくなったものの、まだ外出は一人でできず、家にいれば仕事上の不安、公害の不安、地震の不安、人間関係の不安が押しよせ気分のからりと晴れた日がない。

医者はこれを都会に住む人間の現代病といい、先輩は女なら誰でも通る更年期障害のひとつだという。いずれにしろ、不安感に打ち克《か》つだけのタフな神経が必要だろうが、元来小心で臆病な私はいまのところ、病気をなおすだけの強い気力がないのである。

「サンケイ新聞」昭和五十一年十一月二十二日

女のけなげな心意気

先日、ある新聞に、女性の和服の持ち数の調査が出ていたが、一人平均八枚というその数字には少なからず驚かされた。

和服はいま、小さいときからずっと着馴《な》れたはずの中年以降のひとたちにすら敬遠されがちの傾向にあるのに、それでもなおかつ一人八枚とは、これがもし洋服も合せた総数ともなればおそらく一人何十枚、という持ち数になるのではあるまいかと思う。平均だから出入りはあるにしても、昭和初期から戦争とそのあとの乏しい時代を経験して来た私などは、この調査を見ていまさらのように感無量におちいるのである。

和服一点張りの昔の頃でも、ふつうの暮しで女は夏冬に礼装用とよそゆきで二、三点、あとふだん着を入れても全部で八枚くらいのものではなかったろうか。何しろいまのように、女が自分の着る物を気軽に買える慣わしではなかったし、それだけに木綿のふだん着でさえ一枚買ってもらえばとても有難く思い、なるべく長く保《も》たせようと大事に扱ったものであった。肩当てや居敷にはたっぷりと丈夫な布をあてて仕立て、毎晩寝押しをおこたらず、早目早目に仕立てなおしていたみやすい膝《ひざ》の部分と袖《そで》とを入れ替え、いつも小ざっぱりとしたなりを心がけるのがふつうだった。

まだミシンが普及していない時代には、針仕事と女の心得は切っても切れない縁があったものので、針は婦徳の昂揚に大きな役割を果していたふしがある。私など子供の頃からもう洋服で育ったが、それでも小学四年になると裁縫は正科になって、まず運針から練習させられた。ふきんやぞうきんなど、刺しもせずそのまま使っていればだらしない女、とうしろ指さされる雰囲気もよく理解できる年代だったから、戦争中、衣料が乏しくなると誰に教えられたわけでもないのに、新しい足袋の爪先《つまさき》、かかとなど、おろす前に木綿糸でこまかく刺したり、またもんぺの膝には内側から布をあて、なるべく表に出ないよう糸で補強したものであった。農村へ行けばこういう節倹の心がけはいっそう顕著なもので、それというのも農作業は衣料のいたみもとくにはげしかったせいなのであろう。

私にも農家の嫁だった時代があり、いまこういう平和でゆたかな世に身をおいて刺子のきものなど見ると、昔をおもい出してふと涙が滲《にじ》んで来る。固い厚い木綿の布を、大きな木綿針に木綿糸でこまかく刺すのはまことに辛《つら》いもので、馴れぬ人なら一度で肩が凝ってしまうのである。

肩や膝など、最初は自分なりに図案を考え、見た目にも美しいものを、と目論んでいても、根気が続かず、結局は中途半端なものを着る羽目になってしまう。いまに残る美しい刺子のきものは、先《ま》ず長く長く着たいという強い執念があってのち、次には図案を考えだす絵ごころと、それから針に馴れた、根気のよい女性が丹念に生みだした作品なのであろう。

それはやはり、解放的な南国生れの私などには持ち合わさぬ、北国特有の辛抱づよい性格も必要条件であったと思われる。外は雪、長い夜のいろり端で、やっと一反買った紺木綿をせめて一年、できれば二年は保たせようとし、同じ刺すならきれいな模様に、という女心も添えながら、電燈を下げ、或《あるい》は老眼鏡をかけて針を運ぶ、そんな姿が目に浮んで来るのである。

これは私などが子供のとき、運針の練習のために、針の通りやすいさらしの布に赤糸で麻の葉模様を刺したのとはいささかわけがちがう。また小さな足袋の爪先をかがる作業とも、目的は同じでも気魄《きはく》は異なる。何よりも衣類を愛する深い精神でもって生活を守ろうとするけなげな心意気がなくてはならぬ。

さしてひんぱんに着もしない和服を平均八枚も持ついまの女性に、この刺子のきものは何かを訴えているのではないだろうか。

「主婦の友」昭和五十四年五月号

彩夢

ずっと以前のことは記憶にないが、少なくとも職業作家になって以来、夢を見ずに眠ったことは一度もない。

ほんの昼寝の、二十分ほどとろとろしている時間にさえ夢は必ず入り込んで来て、覚めたあとはしばらくその余韻が体に残る。

私は他人の夢の話を聞くのはあまり好きでないし、自分も小説のなかになるべく夢の場面は描きたくないと思っているのだけれど、過去の自分の作品のなかには結構たくさん引用してあり、これは象徴や暗示の手段としてわりあい安直に使ったものらしい。

子供の頃、無学な父の貧弱な書架のなかに古びた和綴《わとじ》の『夢判断』という本があって、盗み読みしてみると、文語体で「夢は五臓の疲れだが、その因って来るところがあり、吉夢と凶夢に分けられる」意味の説明が書かれたあと、もし凶夢を見た場合は早朝に起き、東方に向いて吸った息を西方に吐く、これを何回か繰返せば禍《わざわい》を払うことが出来る、とたしかこんな文章であったような気がする。

そして吉凶の夢の例が挙げられてあったが、いまもよく覚えているものには、

貴人と話をなす夢は大病を得、
歯の抜けたる夢は病を得、
人を傷つけたる夢は金銭の損失を招く、
などなどあり、子供心にこうした夢を見ないよう寝床で願ったことなど思い出すのである。明治十五年生れの私の父などの時代は、頼るべき人生の訓《おし》えといえば、先人のいい伝えや古くからの慣習が主だったから、こんな本を手元において、いつも我が未来を占っていたのではないだろうか。
父の祖父に当るひとは材木屋だったが、或《あ》る晩、宝船が家に入ってこようとし、軒先の樋《とい》にひっかかってそこからどうしても進まぬという夢を見、それが三晩続いたため、思い切って樋を外したところ、宝船は無事家の中に入来、それからというものはとんとん拍子に商いが弾み、父の父親が明治五年に三階建ての高級散髪屋を開業する資金が貯えられたのだという。
父はこの話を繰返し家族に聞かせたが、子供の私には童話の一くさりというほどの感覚でしかなかったのは当然だったろう。
しかし、こういう古めかしい夢占いの本でなくても、心理学の先生に聞くと夢は人間精神の深層に根ざしているそうで、とすると全く根拠がないこともないらしい。
世間のいい伝えにも、色のついた夢はよほど疲れているときとか、また死人は夢にあらわれてものはいわぬとか、さまざまあり、どうも前日の思考や経験の残存とか、また身心に受けた刺激に依《よ》るというのが、まあ納得できる説明といえようか。

ところで、片時たりとも夢を見ずには眠られぬ私のそれは、まことに縦横自在、奔放不羈《ふき》、しかもすべて極彩色である。

天皇を始め、皇族方と握手したり談笑したりはしょっちゅうのこと、歯が全部脱け落ちる夢も見れば、人を殺そうと企てたり、また逆に、いま自分が殺される、というおそろしいのや、人の殺人計画を知って悩むのまで、眠りに就くまでは全く予想もしなかった場面が展開する。

また死人とは年中会っており、父、母、兄、と冥界《めいかい》にいる身内たちと話し、笑い、自由に交流しているが、それも亡きひとの命日、というのでもなく、いつ何時、あらわれるか判《わか》らないのである。

自分をも含めて死に関《かか》わる夢はとてもおそろしく、いつも必ず動悸がして目覚め、あと一、二時間は眠られないけれど、そうでない夢は大ていストーリーがあって映画でも見るようにおもしろく、覚めたあと、「ああ、もっと見ていたかった」というようなものが多い。

惜しいことに、見る夢は吉凶ともに翌日はもうほとんど忘れていて、思い出せないが、これほど毎夜毎夜見ていれば頭脳の記憶装置もパンクしそうになり、片っぱしから忘れるように仕向けなければ身が保つまいと思うのである。

それでもこの七、八年のことを考えてみるのに、体の弱っている時期にはやはり死にまつわるものが多く、いくらか元気になったときはおもしろいロマンが出現しているように思える。

私の睡眠は一息が短かいので、夜なかに二度三度と目覚めるが、大別すると宵の口はこわい夢、深夜から暁方にかけてはおもしろい夢というのが傾向らしい。

最近はいくらか足が強くなったせいか、このロマンのほうは遠くへ出歩くのが多く、現時点でまだ覚えているものにドレスデン旅行というのがある。

たしかおとといの夜だったと思うが、ここはドレスデンで、日本人がたくさん住んでおります、といわれ、その大きなアパートを見せてもらった。古びて汚ないアパートだな、と思い、一軒の菓子屋でお土産のチョコレートを買い、ああまた長い時間飛行機に乗って日本へ帰らなければならないか、と考えたところで覚めた。

あとで、ドレスデンってどこだろう、と不思議に思い、地図で捜すとドイツのザクセンの首都でエルベ河の中流にある。私は飛行機に乗れないので外国旅行など考えたこともなく、また、ここ四、五年さきまで仕事のテーマは決まっていて、そのなかにドイツなど片鱗《へんりん》も出てきはしないのである。

何故ドレスデンか、と考えているうち、もし心理学者なら、「あなたは仕事に追われ続けていて、どこかへ脱出したいと潜在的に考えているに違いない、その行先は、子供の頃読んだハウプトマンの『沈鐘』の影響で、ドイツがあらわれたのではありませんか」というに違いないと思った。

それにしても私の夢はあまりに雑駁《ざつばく》で、こうして書くのも恥しいものだが、古今東西の文学に夢はまことに優雅な、そしてときに奇怪な、またこの上もなく便利な道具立てに使われてきている。

作家たちが制作に悩み、とろとろとまどろんだあいだに立派な文章や歌や詩を得たという挿話はたくさんあり、私ももの書きのはしくれなら、せめて一度くらい、夢に名作を生み出したいと思うのだけれど、こうもさっさと忘れ捨てるのなら、空《むな》しい願いだろう。

いつも極彩色で、死人も貴人も自由に出入りするいまの私の毎夜の夢の状態を、もし精神科医に話せば、あなたはとても疲れている、休養が必要だといわれるかも知れない、とときどき考えることがある。

しかし現実に私の仕事の量はわずかだから、これだけで疲労が堆積《たいせき》するなどとはとてもおこがましいと思えるし、ここ当分、もの書きの仕事も続けてゆかなければならないとしたら、この状態はおそらく一生、死ぬまで続いてゆくのではないだろうか。

「文藝」昭和五十七年五月号

「山椒の木のようにおなりや」

毎年春になると、たけのこの木の芽和《あ》えをするために八百屋にさんしょうの若葉を買いにゆくのだけれど、日越しの品は辛味が乏しくなっているので、何とか新鮮なものをと一年、鉢植えで育てたことがあった。

鬼の角のような鋭いトゲのある幹から、線香花火みたいに出ている短かい葉をたっぷりもいで使ったあと、水をやり、陽《ひ》に当てしていると春の終り頃、その葉かげに黄いろいゴマ粒ほどの花がひらいているのを見つけた。

まあまあ何と、実用一点ばりと思っていたこのトゲだらけの木に、何と可憐《かれん》な、何といたいけな花を咲かせることかと、私はそのいじらしさに思わず涙ぐむほどの感動をおぼえたことを思い出す。

子供の頃、祖母は毒虫にさされた私の手の甲にこの葉を揉《も》んでつけてくれたし、まるい実は佃煮《つくだに》にしてお茶漬けに、そして黒く熟したものは煎《せん》じて年一回、虫下しの妙薬として飲まされたものだった。挙句には幹はすりこ木に使い、家の台所には、素人が不器用にトゲを払っただけのさんしょうのすりこ木がいつも大活躍だったものである。

そのさんしょうがこんな愛くるしい花を咲かせるなど、まことに思いもかけない発見だが、しかし考えてみれば花の咲かない木はなく、実りのもとはすべて花の力あってこそなのである。その目でみれば、おそろしいトゲも、力いっぱい張っている葉もすべてこの小さな花を外敵から守る必死の姿であって、植物といえども人間家族の生きかたに大いに類似点があると思った。

祖母は「さんしょの木のように、全部役に立つ人間におなりや」とよくいっていたが、花のことは一言もいってはくれなかった。或は案外すべてを知っていて、「花は目立たんように、縁の下の力持ちでよろし」ということを私に教えたかったのかもしれない、といまにしてそんなことを思うのである。

「週刊朝日」昭和五十九年四月六日号

正月往来

新しい年を迎えるたび、いつも思い出されるのは戦前の正月のしきたりのことだが、今年はとくに、子供の頃はあまりのめんどうさに嫌でたまらなかったそれを、まざまざと鮮やかに目に浮べている。

それというのも、一月中に自作が劇化、公開されるためで、一つは三日、放送された十チャンネルのスペシャルドラマ『天璋院篤姫《てんしょういんあつひめ》』と、もうひとつは十五日封切りの東映映画『櫂《かい》』である。

江戸城大奥の儀式は……

徳川家最後の御台所といわれた天璋院が江戸城大奥で迎えた正月は、元日から二十日すぎまで、ほとんど毎日のように儀式と催しがあり、調べてゆくうち、これはたまらぬ、と思ったものだった。平日でも一日のうちに三度は衣服を着更《が》え、片刻《かたとき》たりともそばに侍女のいない時間はなく、便所にさえついてくるのだから下々の我々にとっては息も詰まる思いだが、しかし馴《な》れるとはおそろしいもので、大奥の女中衆が語った書きものなど読むと、このしきたりが楽しくてたまらなかったという記述がある。

時代と習慣の違い思う

たとえば、鏡びらきの行事などは、餅《もち》を入れた汁粉を御台所手ずからよそい、侍女たちに配ったあとで酒が出、余興があるという寸法だが、座にはご三家ご三卿《きょう》の奥方が居ならび、将軍からすすめられた盃《さかずき》は拒否できないので、やむなく衿《えり》もとに手拭《てぬぐ》いを入れておき、それに流し込んだ女中たちもあったらしい。

決まりごとで縛られた催しなど、何がおもしろいやら、と我々は思うけれど、老女などの談話では「味気ない大奥暮しでは、四季折々の行事だけが唯一の生甲斐《いきがい》」とあり、時代と習慣の違いをしみじみ思うのである。

『櫂』は、私の出生から十三歳までを描いた作品で、まずまっ先に試写を見せて頂いたとき、土佐の下町の、大正末から昭和一ケタ時代の風俗習慣がたまらなくなつかしかった。玄人《くろうと》の社会とは大そうしつけのきびしいもので、これはどうやら世間からおとしめられないための虚勢でもあったかと思われる。

新春を楽しく過すため

年初のしきたりなどはとくにむつかしく、小めんどうで、母は「師走がいちばん嫌いや」とよくこぼしていたのをおぼえている。元日をぴたりとあやまりなく過すためには、十二月いっぱい準備にかからねばならず、ざっと女の仕事を挙げてみても、大掃除、歳暮の挨拶《あいさつ》、晴着の手入れ、おせちの仕込み、祝儀袋その他こまごましたものの買物、と家中毎日あわただしい。いまでも思い出すと、手拭いを頭にかぶり、庭に出て火鉢の灰漉《はいこ》しをしていた母の姿や、私の正月着のぬい上げおろし、夜なべには頭に飾るリボンやぽっくりの買物にも行かねばならず、そして大晦日《おおみそか》は料理のために毎年徹夜なのだった。

こんな忙しさを、私は主婦となってのち自ら放棄し、来客もないのをよいことにホテルへ逃げたり寝正月をしたりで横着をきめこんでいるが、両親が生きていたらどれほどの大目玉をくらうことかとときどき反省する気持はある。

これからは心入れかえ

しかし考えてみると、母も暮正月の激忙を、大奥の女中たちのように案外楽しみにしていたかも知れず、それは映画の試写会を見たあとで、ふっと思い浮んだことだった。

母は四十八歳のとき父と離婚し、母にくっついて家を出た私ともその後別れ、ひとり暮しをはじめるのだが、体も手も空いてすっかり暇になった正月というものが、どんなにさびしかったろうか、といまにして思うのである。

映画ではこのさびしい晩年の母を十朱幸代さんが好演しており、また、女房と食いちがってゆく父の、男のやるせなさを緒形拳さんが全力投球している。

正月往来を、ずいぶん手ぬきして生きてきた私も『櫂』の映画を見て背中をどやされたような思いになり、これからは少し心を入れかえねばならぬ、と目下は思案中というところ。

「サンケイ新聞」昭和六十年一月五日

黒髪

『黒髪』は、邦楽に関わるひとなら知らぬ者はないほどの有名な古い曲で、これには長唄《ながうた》と地唄とがある。

曲のいわれは、昔、伊東祐親《すけちか》の息女辰姫《たつひめ》が頼朝へのわが恋を北条政子に譲り、二人を二階へ上げたあと、髪を梳《す》きながらひとり切ない嫉妬《しっと》の胸をなだめるという筋立てで、なるほど幽艶《ゆうえん》かつ哀切な、しみじみとした曲である。

私が自分流に三味線の糸をさぐり、三線譜を見ながらこの曲をおぼえたのはいくつのときだったろうか。たぶん二十代前半の、肺結核でしばらく養生していた頃ではなかったかと思われるが、まだ若くてこの曲にあまり魅力を感じなかったことと、それに三味線の手が簡単すぎてすぐに覚えてしまったので、つまらなかったということにあったと思う。それというのも、三味線を持つひとならあっちも『黒髪』、こっちも『黒髪』で、鼻歌まじりに早くから節だけは覚えていたということも災いしたらしい。

大体、女が自分の髪について関心を持つようになるのは成熟してからの話ではないかというのが私の憶説で、もとはといえば自分の経験から出たことといえようか。憚《はばか》りながら我が髪について語らせて頂くと、他に取柄もない私だが、髪だけは小さいときから母の自慢だった。

母は誰の手にもかけず、赤ん坊の頃からずっと、まずふのりを溶き、卵を割り入れた液をいつも丁寧に私の頭の地肌に擦《す》り込んでからよく洗ってくれたもので、ときどきいとしそうに眺めやりながら、

「学校へ行って、列のうしろから頭を見ただけでお前がどこにおるのかすぐ判る。真っ黒うて、つやのある髪じゃきに」

と言い言いしていたが、その自慢は半分以上、自分の労をいたわる気持もあったのではなかろうか。

私が鎮魂の思いをも込めて書いた『櫂』の喜和は、この母がモデルだが、小説の筋書きどおり四十代の後半、大病の挙句、ごっそりと髪を失ってしまった。私が小学一年の夏で、このとき以来、みのというかつらを付けていたが、よほど身だしなみには気をつけていたらしくて、私は一度も母の無残な頭を目撃したことはない。

それ以前には、髪結いさんが口を極めて褒めそやすほどたっぷりとした黒髪だったそうで、これにはつやつやした丸髷《まるまげ》に結い上げたいくつかの写真や、近所のひとたちのたくさんの証言がある。

母の髪は命と引換えだったといわれ、髪自慢だった女がそれを失うということがどれだけの

痛手であるか、娘の私にようやく判って来たのは最近のこと、母が亡くなってすでにいく十年も経《た》っていたあととは、いかにも口惜しい気がする。

私は心身ともによほどおくてだと見えて、自分の頭にようやく白髪を発見したのはたしか五十五歳頃ではなかったかと思われるが、はじめは鏡に向かって抜くおもしろさに熱中していても、二、三年経つと、撤去するより増える白髪が多くなり、この頃ではすっかりあきらめてしまった。この辺《あた》りから髪を何よりも大切なものと思いはじめ、一本だって抜き取るのは惜しいのに、白髪ばかりか抜毛も日に日に多くなってゆくのである。

しかも商売柄、長篇《ちようへん》を仕上げたあとなど、体力消耗の証しとばかりに洗髪のたび、櫛《くし》にくろぐろと纏《まと》わりついてくる抜毛を見ると、思わずぞっとし、そして必ず病床でわが抜毛を見つめながら思いに沈んだであろう母を思い出す。

そしてまた、女の髪が大象をもつなぐといわれるように、執念の象徴であることも同時に母のおもかげに重なって浮んでくるのである。小さい頃、母は浄瑠璃《じようるり》の苅萱《かるかや》道心の話を私に聞かせ、道心加藤左衛門尉繁氏というひとが妻子を捨てて山へ入ったのは、或夜、妻と妾《めかけ》が仲よく双六《すごろく》で遊んでいる姿を障子の外から見たとき、二人の黒髪は世にもおそろしい蛇と化し、互いに戦っている影絵になっているのを見てつくづくと世をはかなんだのが原因だった、と話してくれたが、その頃は私は何にも理解できなかった。

それよりもむしろ、子の石童丸が父をたずねて高野山に登り、めぐり合った道心からお前の父は死んだと聞かされ、とぼとぼと山を下りると、麓《ふもと》の宿で母も急死していたという話のほうがもっと哀れで、強く心に残ったものだった。

私の父はこの母と別れ、別の女と新しく世帯を構えることになるのだが、母が私に苅萱道心の話を聞かせたとき、父はすでによそに女を囲っていたのかどうか、またこのころ、母はあの大病の前だったか後だったか、そういうことはいまどんなに記憶をさぐってもはっきりしない。

いずれにしても、母は父の女性問題に苦しんだのは確かで、苅萱道心の話を娘に聞かせながら、その実、髪が蛇になるような真似《まね》は決してすまい、と自ら戒めていたのではないだろうか。嫉妬の感情というものも、実をいえば長いあいだ私はほとんど知らなかった。これは誤解を受ける言葉だけれど、十七歳という、世間知らずの年に結婚し、夫が外でどんなことをしているのか皆目想像もつかない幼い女にとっては、男女間の嫉妬の感情など起り得るはずもなかったのである。

ようやく世間を見渡す目ができたのは離婚を経験してからのことだから、考えてみれば実に二十六年ものあいだ、私の小説が全く売れなかったのも、こんな半端な人間の書いたもの故、まことに無理からぬことだったと思う。

かといっていま、人生の達人になっているかといえばこれは全く自信はないが、少なくとも最近になって、ときたま三味線を取り出し、しみじみと『黒髪』を弾いてみたいという気持が起きるだけ、いく分の成長か、或は変貌《へんぼう》か、と考えるのである。

こころみに歌詞の頭だけ引用してみると、

「黒髪の、結ぼうれたる思いには、解けて寝た夜の枕とて、ひとり寝る夜の仇枕、」

となかなかに意味深長で、興趣尽きないものがある。

若いころはいとも簡単、と思っていたこの曲が、いまごろこれほどの難曲はない、と感じはじめたのも、一にかかって黒髪への執着が起きたせいなのであろう。世にいう、入りやすく奥ゆきの深い曲だとつくづく感じるのである。

髪はお前の財産、と母がいつくしんでくれた私の髪も、もはや染めるのは時間の問題になった。あと三年もしたら真っ白になり、黒髪とは縁が切れると思うと、いまは愛惜の情一入《ひとしお》である。女は、顔がきれいと褒められるよりも髪がいい、といわれるほうがずっとうれしい、という誰かの言葉をじっと胸に嚙《か》みしめながら。

「文藝」昭和六十年六月号

寅年生れ

今年は私、年女だということで、暮から新年にかけてあちこちでコメントを求められたり、原稿を依頼されたりが続いている。自分では、今年は豆撒《まめま》きができるかな、くらいの自覚しかないが、ま、短かい人生なら年男年女の回数は五回、長生きしても六、七回しかめぐってこないのだから、お目出度《めでた》い年であるには違いない。

私の世代の寅《とら》は、戦争中千人針への奉仕で大いに活躍した組で、他の干支《えと》なら一人一針のところを、寅だけは年の数だけ縫えるとあって、出征兵士の家族の方たちから喜ばれたものだった。

日中戦争の始まった昭和十二年から太平洋戦争の終結まで、年を追って数をふやしながら、一針一針心をこめて縫ってさし上げたものである。どんなに先を急いでいても、町角の千人針を見れば素通りできなかったが、よく思ったのは、いまは十いくつ縫えば事足りるけれど、だんだん年をとると大へんだな、ということだった。

実際、近所の寅年のおばあさんなどは、千人針を預かって帰り、またあちこちから伝え聞いて頼みにくるひともあり、夜なべに、膝の前に山と積み上げたのをせっせと縫ってあげていた姿を思い出すのである。

寅は運の強い動物で、千里行って千里戻るといういい伝えから千人針に特権を与えられているらしいが、寅はまた猛獣だけに気性の荒いという面もある。

学校時代、私のクラスは数え年八つ上がりは全員寅年で、七つ上がりの年弱が一部卯《う》年だったが、小学校でも女学校でも、他の学年に較《くら》べると、よくいえば元気のよい組、悪くいえば扱いのむずかしい集団であったらしい。

先生方の言葉によると、年中いさかいが絶えなかったり、目上の者に反抗したりで、骨が折れたのだという。

これは何も寅年の集まりのせいばかりともいえないだろうが、何しろ千人針でも羽振りを効かす組だけに、意気軒昂《けんこう》たる雰囲気は持っていたのだろう。

また私の生家では、大家族のなかで私と女子衆の菊の二人が寅年で、何かにつけて寅の女子だから、とおとなしくしないことの引き合いに出されたものだった。

が、私の寅は病弱で泣きむし、いいだしたら聞かぬ、というガンコ一徹だったのに較べ、菊は、これぞ五黄の寅、とまわりが呆《あき》れたほど猛烈な寅だった。

娘ざかりに男の子と喧嘩《けんか》して、棒切れやほうきで渡り合うのはいつものこと、皿小鉢を割るわ、ものをこわすわ、で、監督者の私の母がほとほと手を焼いていたのを、子供心に私はよく覚えている。

菊は、私が『櫂』に書いたとおり、もとは身許《みもと》も知れない浮浪児だったのを、父が拾って来て私の家の戸籍に養女として入れたものだが、そのとき、生年月日を勝手に作って市役所へ届け出たのだという。

昔の戸籍というのはあまりきちんとしていなかったものと見え、菊は寅年の生れ、というのを本人も信じ、まわりもそれを疑うことなくずっとすごしてきたのだった。

きっと父は、女の子のくせに荒々しい菊の動作を見て、その干支を選んだに違いないが、疑問が起きてくるのは、その後いく十年かのちのことになる。

私が東京に出、ようやく作家として立ったころ、故郷土佐に帰って兄に会ったところ、兄は最近、菊に会ったという話をし、

「どうも親父は、菊の年を少なめに見積もって届け出たのじゃないかねえ。年にしてはえらい老け込んでいて、びっくりしたよ」

ということだった。

菊が私より一まわり上の寅なら、私が生れたとき十二歳でなければならないが、母によく聞かされた話では、私の子守を引き受けてまめまめしく世話をしてくれたそうだから、あるいは

このとき、すでに十五、六歳であったかも知れないな、と私は思った。昔の女の子は七、八歳で弟妹の子守をしたひとも珍しくはないけれど、病弱で気むずかしやの私を上手にあやしたりするのは、やはり十二歳では無理だったのではないかと考えられなくもないのである。

私は兄に、ではひょっとして三つ、四つ上の亥《い》か戌《いぬ》だったかもね、というと、あの老けようからすれば十以上の差があって、気性からすれば辰じゃないかね、と兄はしきりとそれを主張するのだった。

寅年は大胆で勇猛だとはいっても、一面また細心で臆病だというひともあり、げんに私など、猛獣の年に生れながらどうしてこんなに小心だろう、と自分でいつも嘆いている。寅にもさまざまあり、小さいときから病弱で病院暮しの長かった私は、どうしても万事につけ勇猛果敢というわけには参らず、いまだに優柔不断のひと、などとからかわれたりするのである。

李白の詩だったか、虎《とら》、鼠《ねずみ》に変ず、という言葉があって、いま改めて辞書をめくってみると、これは君主も権力を失うときは鼠のようになってあなどられる、という意だそうである。が、私は長いあいだ、自分の寅は鼠のようなものなので、威のない虎をたとえる言葉かと考えていたのだった。

もし私に、寅らしいところが少しでもあるとしたら、それは夜行性だと兄がよくいっていたが、小さいときから宵っぱりの朝寝坊、という私の怠けぐせを指していたのだろう。虎はまた水泳がとても巧みだそうだけれど、あの猛獣が泳ぐさまを想像するとどこか愛嬌《あいきょう》があって、ユーモラスである。

父は自分が午《うま》年で、気性が激しいために人からはね馬だの、荒馬だのといわれ、きっと菊をも最初は午とも考えたにちがいないが、がらが小さかったため、寅年に落ち着いたのではなかろうか。

菊に見当ちがいの年を見積もったと思われる父はもうとうに亡くなり、それをあばいた兄も五年前にこの世を去って、いまはかんじんの菊の消息も途絶えてしまっている。

寅年の年初に当りあんな寅、こんな寅、さまざまの寅年の知人を思い出すのもまたたのしい。

私自身は、寅年の名に恥じぬよう、何とか果敢な寅に成長したいと夢みているのだけれど。

「読売新聞」昭和六十一年一月三日

足もと

忘れもしない昭和十八年の秋、戦争中の軍需工場の徴用令から逃れるため、代用教員となって土佐の山間部の小学校へはじめて赴任したとき、やっとたどりついた玄関に、墨くろぐろと「脚下照顧」と書いた大きな文字が貼《は》られてあった。

私ははっとし、自分の足もとを見ると、木炭バスさえ途絶えがちな時代のこと、約十六キロの山道を徒歩でやって来ただけに、靴は真っ白に埃っている。なるほど、この足で上るな、脱いだ靴は自分で始末せよ、ということだな、と私は合点し、ちり紙で拭《ふ》いた靴をそばの下駄箱に入れて上ったが、以来、強烈にこの言葉は私の頭脳に刻み込まれ、自分のも人のもすぐ足もとへ目が行くようになった。

言葉の意味は、必ずしも単に、足もとに注意しなさいというばかりでなく、あなたの現在を顧みてごらん、という警告の意も託されているらしく、いまでも会社の応接間や、個人の家の掛物などでもお目にかかることがある。

いまは、どこへでかけても履物を人の手に預けることは少なくなり、洋風の家なら土足のままで通せるようになったが、以前は出先で、自分の脱いだものが人の世話になることも多かった。私の家など、今日は父が下足番のいる場所へ出かけるという日は、母は父の下駄が汚れてないか、鼻緒がゆるんでないか、仔細《しさい》に点検し、そして必ず、「足のものをお世話になるのだから」と、下足番への心付けを父に託していたことを思い出すのである。

身につけるもののうち、人目につくのは上から順といわれ、そうすると足もとはいちばん目立たないというわけになるが、そこを手抜きしないのが、そのひとの心意気だという。確かに、きれいに化粧し、よい着物を着ていても、足袋が汚れていたり、ゆるんだ鼻緒の履物をひきずって歩いていたりするとがっかりし、ルーズな性格のひとではないかと憶測したりしてしまう。

逆に、上はもめんのものでも、足だけは清潔にしているのを見るとほっとし、何となく信用できるひと、と感じるから不思議である。もっともいまは着物に下駄、ではないが、それでも足にはくもの、などと見くびらず、靴は毎日みがき、みにくく穿《は》きゆがめた靴、臭い靴、汚れた靴は十分に手入れして大切に扱いたい。こういうことから、昔は人物の評価はまず下足番に聞け、ともいわれたよしで、むろんそれは履物のよしあしもさることながら、自分の足のものを手ずから上げさげしてくれるひとへのいたわりの心、を見るためでもあり、下足番をさげすむような人間は将来出世はおぼつかない、とされたという。

考えてみれば、足もとに関わる日本のことわざはたくさんあり、足もとを見られぬよう、は弱点を気取られぬ身構えの戒めで、足もとの明るいうち、は、人間の体を支えている土台となる足もとを大切に、の意と思われ、また足もとから鳥の立つ、は、不意打ちを食うさまを形容し、用心を呼びかけている。

そして足を洗う、は心入れ替える言葉であり、中国には待ち焦がれるさまの、足を蹻《あ》げて待つ、やゆったりした風景の、足を万里の流れに濯ぐ、もある。足もとを磨きつつ、いまの自分を顧みるのも、また必要なことではあるまいか。

「日本経済新聞」昭和六十二年三月七日

助走のとき

私、作家として世に立ってから、数えてみると今年でようやく十五年目になる。気分でいえば、もういく十年となく作家稼業を続けているような感じでもあり、またいまだに昔ながらのおかみさんで、趣味として売れない小説を書いているような感じもある。

その両者のあいだを始終気持が揺れ動いているせいか、小説の生産量が少なくて、一年一作に充《み》たず、ただいまの時点で、単行本になって世に送り出したのはまだ十一作でしかない。多作というのは、もの書きにとって必須条件であって、一年に四、五冊の本を出しているお仲間の仕事ぶりなど、私にとっては羨《うらや》ましい限りである。

私など始終、編集者の皆さんから尻を叩《たた》かれ、寡作の原因を徹底究明される羽目になっているが、生産性の低いのは何といっても机に向かう時間の少ないのが絶対的な理由であるらしい。日課は厳然と決まっていて、午前中は家事、書斎に入るのは午後一時から五時まで、日が暮れると字は一字も書かぬ主義を貫いて来て、今日に至っているが、編集者の方たちは、午前中か夜の時間を仕事に宛《あ》てればいま少し量が増やせるのではないかという。

いわれるとおり、夜、机に向かうと、これがまあ書けること書けること、ペンはすらすらと進み、昼間なら呻吟《しんぎん》しつつ三時間で一枚しか書けない私が、人の寝静まった時間なら一挙に二十枚、と進むからおそろしい。しかし朝になって読み返してみると、何と内容の薄い、軽い文章になっていることか。まるでお酒に酔っ払ってたわ言を書き連ねているのに似て、こういうのはとうてい商品とはなり得ないのである。

私における限り、やはり机に太陽の射《さ》し込む時間、正気でかっきりと目を見ひらき、原稿紙と格闘しながら文章を生み出してゆかねばならぬ宿命であるらしい。

なら午前中、家事を手伝いの者に任せ、さっそく執筆に取りかかればよい、といわれるが、実はこの時間は、私にとって大切な導入部、欠くべからざる助走の時間である。朝食のあと片づけ、洗濯、掃除、ときには来客もあり、読者の方への手紙の返事も書いたり、庭の草むしりもする。

べつに仕事のことを考えているわけでは決してなく、家事は好きだからそのときどき、全力投球してやっているが、この時間、無意識のうちに、目標に向かって跳躍するための助走をしているのではないだろうか。その証拠に、午前中にテレビや対談などの、他の仕事が入って来た場合、午後書斎に入っても急に原稿は書けず、いく時間かをぼんやりと過さなければならなくなる。

高跳び幅跳びの優秀選手は、助走が巧みで、助走がうまくゆけば最後の踏み切りで大いに効果があらわれるという。

原稿書きは精神高揚しなくてはならず、それには長い、おだやかな助走の時間が欠くべからざる条件となって、作品の誕生に影響する。となると、やはり私のいまの生活時間は将来にわたっても動かせず、死ぬまで多作は望めそうもないのである。

「日本経済新聞」昭和六十二年四月四日

字を書く

いや、もの書きの仕事というのは、肩の凝ること凝ること。もともと私は「肩凝り症」という一種の病気なのだそうで、遠因をさぐれば、小学二年のころから両親を真似てマッサージにかかりはじめたのが、どうやら習慣になってしまったらしい。

ご同業のなかでも、肩凝り苦など全く知らぬという幸福な方もおいでなのだし、また私の仕事は極めて微量で、首肩ばかりとくに酷使しているというわけでもないのだから、やっぱり天性の体というべきだろう。

ひとつには運動不足もあると見えて、自宅で仕事をしていたころに較べ、外に仕事場を構え、毎日そこまで徒歩で往復するようなってからだいぶん軽減したということもある。それでも、机の引出しをあけると、ペタペタと貼る貼り薬、ヒリヒリと塗る塗り薬のたぐいはたくさんあり、戦前の、あんま膏薬《こうやく》という、皮膚のかぶれる痛い貼り薬のころから使っている私は、この手の薬の話なら、ご披露したい体験談はいろいろある。

で、いまから四、五年前のこと、さる機器のメーカーから、ワープロのコマーシャルに出ないかというお誘いがあった。

まだワープロの出始めの頃で、メーカー側は、私が着物を着てキーを叩いている写真を大きく出せばセンセイショナルだから、是非に、という。

機械はからきしダメの私だけど、ただひとつのメリットは、これで肩凝りから解放されるのではないかという希望であって、さっそく我が家に運び込まれたそれに向かって、私は必死で取組んだ。まだいまほど簡単な構造ではなかったから、本社から指導の方が通って来て下さり、その方たちが、ものをいうのと同じ早さで字を叩き出してゆくのに仰天し、私も負けじとばかり励んではみたのだけれど、自分というものをようやく悟り、とうとうご辞退申上げたのだった。

そのころ、ワープロはまだ五十万以上の値段で、OKすればこれを頂けるという魅力的なお話だったが、私にはとうてい、この文字生産機械を巧《うま》く操るだけの能力がなかったのである。

文字盤に向かって字を拾うという作業は、手指がしぜんに動いて空間にその形を描いてゆくのとちがい、何か非常に無理な動きをそこに加えなければ成就しない。私などの思考は極めてのろく、鈍くて、字を書いているうちに次の文章がゆるやかに流れ出てくるが、機械は打てば一瞬、思考はぷっつん、でうねりがない。

私などの世代の人間は、小説を書きたい気持は、字を書きたい欲望と同類項のもので、字を書くのは職人仕事だから、止めたり休んだりすれば思考も退化するのだともいわれている。

先ごろ水上勉さんが、「頭は働くが、手先がその早さに追いつかなくなった」と嘆いておられ、ずい分考えさせられた。私など水上さんよりわずかに若いが、いずれそのときがこないよう、せっせと字を書く訓練を積まなければならないと思う。もっとも私など、手は動いても頭はからっぽという状態がくるのかもしれないが。

「日本経済新聞」昭和六十二年五月二日

仕事場

もの書きというのは皆さん一様にデリケートな神経の持主で、とくに原稿を書く場所についてはそれぞれの流儀があるらしい。

私の場合、ひとりぼっちは恐《こわ》くて大嫌いのくせに、家のうちに誰かがいると全く仕事はできないという、矛盾も甚だしい性癖の持主で、いまだに完全な理想の仕事場にはめぐり合えないでいる。

最初の頃は、お手伝いもいなかったし、自宅の台所の食卓の上に原稿紙をひろげ、一枚書いては流しの前に行って米をとぎ、二枚書いては煮豆をしかけ、また一枚書いてはダシを取り、というふうな仕事ぶりで、それで十分に満足だった。その状態がいまでも続いていたら、これこそ最高の境地だと思えるが、まもなくこの静寂は破られてしまうのである。電話、来客、玄関のピンポンに仕事時間は寸断され、原稿が予定どおりに仕上らなくなると対策を考えなければならなくなり、そこでパートのお手伝いさんを雇えば、書斎に入っていても始終その動静が気になって、頭は全く回転しなくなる。

そうなると、原稿取立ての出版社が強権発動してカンヅメの挙に出るのだけれど、世にこれほど冷酷な仕打ちはあるまいと思えるほど、カンヅメは苦しくかつさびしい。各社のカンヅメ用の寮は大てい人里離れた場所にあり、静かではあっても、窓からネオンが見えなければならぬ私にとっては、暗黒の牢獄《ろうごく》である。

さりとて、都心のホテルに入れられても、自分の持物のなんにもない部屋にいく日も辛抱できるはずもなく、出版社に無断でいく度逃げだしたやら。とうとう私、脱走の常習犯のレッテルを貼られ、監視はますますきびしくなり勝るのである。

で、いまから五年前、自宅の近くに小さなマンションを買い、自分の巣らしく家具も入れ、台所も整理し、毎日通勤して仕事してみたが、方策を誤り、最初から皆さんに場所と電話をお教えしたため、ほどなく以前と同じ有様になってしまった。

やむなくここからもわずか一年四カ月で逃げ出し、今度は都会の喧騒のなかに紛れこんで行方をくらまそう、と考え、現在の六本木に移ってもう二年半になる。

以前にこりて誰にも場所を教えず、電話はすべて自宅経由で取次いでもらっていたが、そういう方式はまことに不便なもので、一年ほどしてその禁をまたもや自ら、半ば破ってしまった。

どうも面目ないが、しかし六本木もまた排気ガスによる空気汚染がひどく、ノド、気管支など次第に健康を蝕《むし》ばまれつつあり、近い将来、またここからも逃げ出すという予感がする。

新聞や出版の記者さんなどは、おびただしい乱雑と騒音の会社のなかで、日々悠然と記事を書いておられるが、あれは入社以来の訓練のたまものなのであろうか。人間如何《いか》なる場所でも、如何なる条件の中でも、平均した良質の文章を生産してこそ大悟の境地というべきであって、電話のベルや来客や雑用に、いちいち苛立《いらだ》っていてはこの複雑な世相に、もの書きとして立ってはゆけない気がする。

強靭《きょうじん》な神経に自分を鍛えなおすか、或はまた理想の仕事場を捜してどこまでもさまようか、目下はそれを思案中というところ。

「日本経済新聞」昭和六十二年五月三十日

講演

表現の方法を、文章という形式に頼っている人間は概して口下手で、私もその例外ではないが、それでも講演の依頼はまことにひんぱんにある。

二時間近く壇上でしゃべり続けるのは、話の組立てにも長篇小説の構想が必要であって、頭脳肉体ともにかなりの重労働だけれど、私は方針として、月に一回だけ、講演をお受けすることにしている。

出来得べくんば一切お断りしたいところだが、重い腰を上げ、憂鬱《ゆううつ》な気分にむち打って何故に出かけるかといえば、日頃私の小説などをお読み下さっている方々に、時折はこちらから出向いてご挨拶やお礼も申上げねばなるまいという、一種の義務感からである。ただし、これは私のうぬぼれから来る大いなる誤解かも知れず、というのは、聴衆の方々はべつに私の小説に関わりなく、ただ単に、もの見高くお集まりの方もあるやと推測されるふしもある。

読書は、先ず読みたいという意志があるからこそ選択してもらえるが、講演は不特定多数の方々がいったい何を求めているか判らないだけに、ふと空おそろしく空しい気分に陥るときもある。まして、あくびや居眠りや、席を立つひとなどが壇上から目に入ると、自分の言葉がいかにも空疎に思われ、イヤになってしまうのである。

私は社会評論や公式論のたぐいが全く苦手なので、自分自身の実証的体験に基づいた作品の話をする以外にはないが、そうなるとどこへ行っても同じような内容になり、聞くひとはその都度変るのだから、と思ってもしゃべるほうはうんざりして来、これも講演下手に輪をかける結果になってしまう。

それに、すでに発表済みの自作の話ともなれば、これはすべて過去のこと、ひょっとしてご自身の前途や、世の未来についての参考意見など求めて出席なさった方には、メリットは皆無であって、強いていうならデータとしての役割しかない。

若いころ学者の講演会に行き、そのひとの仕事の将来についての具体的な展望が何もなかったのに、大いに失望した記憶があるが、いま自分が講師の立場に立ってみれば、今後の予定については一種の企業秘密であって、うっかりしゃべられないと用心してしまうのである。

比較的私の好む講演会とは、小さな部屋でせいぜい二百人まで、お集まりの方は私とご同業の主婦の方たち、そして日頃私のものを読んで下さっていればいっそう有難く、こうした雰囲気でなら、まるで私の家の茶の間にお招きしたように、ときどき質問など浴びながらわりあい気持よく話をさせて頂くことが出来る。体育館などの大会場で、マイクを使っての獅子吼《ししく》などは、とうてい性分に合わないのである。

これから夏にかけて、各地で夏期講座が盛んになり、講師の先生方は日本国中、駆けめぐる季節になったが、私のほうは暑さに弱いので、七、八月はお休み。秋になってのち、また月一のご挨拶を再開させていただくつもりである。

「日本経済新聞」昭和六十二年六月二十七日

演奏会あれこれ

この頃の日の暮れやすくなったこと。肌の感覚からいえば、春分秋分はともに昼夜の長さが同じはずなのに、どういうわけか春分は暮れなずむ長い春日を感じ、秋分はつるべ落しの陽を惜しむ思いがする。

さて長い夜をすごすのには、読書もいいが演奏会に通うのも楽しみのひとつ。この秋はオペラがふたつと、小ホールのこけら落しを予定に組んでいたが、都合で三つとも断念せざるを得なくなり、ただいま残る一つの演奏会に望みをかけているところ。

世界の音楽家にとって、日本は最高の市場だといわれるが、まさにそのとおりらしく、その証拠に、切符売出しの時間を二時間も過ぎるともう売切れなのである。そこで売出し開始の午前九時または十時に、私はいつも家のお手伝いに頼んで電話のそばに座ってもらい、話し中のコールにめげず、根気よくダイヤルさせてやっと確保するという有様。

ところがこの秋来日のベルリンドイツオペラの場合は、みごとしくじってしまった。というのは、演目がワーグナーの『ニーベルングの指環《ゆびわ》』通しの初演なので、四夜連続、のべ十五時間という長いものとなり、当然入場料も十三万円という高額になっている。むろん一回ごとの観覧券もあるが、それでも四万円、五万円という額なので、これでは時間とお金のあるひとしか行けないだろうと思い、せめて一回分なりと、お金の算段をして翌日午後電話すると、何と何ともはや全部売切れだった。

日本にはこれほどもたくさん熱心なオペラファンがいたのか、といささかシニカルな思いにもなったけれど、いやまあ結構なこと、と指をくわえて引下らざるを得なかった。

次のオペラは藤原歌劇団の『イル・トロヴァトーレ』で、これはお手伝いの手柄で切符はみごと確保できたものの、口惜しいこと、当日外せない予定が入ってしまったのだった。

そしてこけら落しはカザルスホールで、まずA新聞の八月三十一日朝刊に予告が出、詳細は夕刊に、とあるので、待ちかねていて夕刊をひらくと、十二月一日の演目を、とても読みにくい横組の小さい文字でびっしりと並べてあり、そしてかんじんのホールの所在はどこにも書いてないのである。

場所というのはなかなか重要で、というのは新設のサントリーホールは、私の仕事場から歩いて十分足らずの距離にあるため、気軽にひんぱんに足を運ぶことができる。上野ならば、途中渋滞を見越して早く出なければならず、それがその日の仕事の予定を左右する。カザルスホールの客席五百十一、というのは、室内楽一辺倒の私にはもっとも向いていると思われるけれど、この広告を見るかぎり当分静観したほうがいいような気がする。

あとひとつは、チェロの岩崎洸、ピアノの岩崎淑を、たぶんこの秋、どこかで聞かせてもらえるらしいこと。先ごろ淑さんからイタリアのシエナ発の絵はがきが届き、九月末にはお目にかかれると思います、とあった。前回は萬養軒でお料理を頂きながら、ご姉妹にさまざま美しい小品を聞かせてもらったが、今度はいつ、どこで、どんな曲か、とても楽しみ。

「日本経済新聞」昭和六十二年九月十九日

手紙

　このごろ、メールボックスのなかのものはほとんど印刷物か、ダイレクトメールになってしまっているなかで、ふと手書きの封筒をみつけるのはなかなか嬉《うれ》しいもの。

　大ていは読者の方からのものだが、「初めてお便りをさし上げます」の書き出しのこの手の手紙を、平均して月五十通も頂くだろうか。

　ていねいにしたためられた手紙に対し、沈黙で答えるのはいかにも無礼の沙汰《さた》なので、たとえハガキに三行なりと返事を書いてさし上げているが、最近はそれも一種苦痛になりつつある。

　私が返事をさし上げる習慣は、知るひとは知ると見えて、なかにははっきりそれを書き、「大事にしまっておきますので是非お忘れなく」と乞《こ》われる場合もあり、そうなると色紙嫌いの私は、きっとこのハガキも額に入れて飾られるのではないかと尻込みしてしまうのである。

　なら一切、書かなければいいようなものだけれど、手紙の主はほとんど女性で、内容にどれも心惹《ひ》かれる部分がある。私と同じ身の上の、平穏な家庭の主婦であっても、心のうちをのぞけば人それぞれ、さまざまな思いを抱いており、それが私の小説を読んで多少なりと触発されるところもあるらしい。

いま手紙はほとんど書かなくなったといわれるが、私の頂くものの中には永久保存したくなるような、せつせつたる文章もたくさんあり、それがプロでなく素人《しろうと》の主婦であることに感嘆させられるのである。

当然こちらも身を入れてお返事を書かねばならず、そうするとまた向うからも頂いて、いわばペンフレンドになり、こういう方たちがいまや全国に拡がって、各県にほとんど分布しているようになった。地方から講演を申込まれたとき、そこに仲好《なかよ》しのペンフレンドがいるかいないかで決めるようになるのも、これはいたしかたのないことだろう。こうして私は手紙のやりとりだけでなく、講演のあと実際にお会いし、短時間なりとお話をしてよい友人をたくさん持つようになったが、これも作家冥利《みようり》のひとつといわねばなるまい。

しかしなかには、どうしてもお返事の書けないものもあり、何故書けないかといえば、そのひとの直面している問題があまりに大きく生々しく、事情を知らぬ私がうっかりした言葉を書き送ると、そこに生じる波紋を考えて慎重にならざるを得なくなるということがある。

福島のある女性は、ここ八年ほど前から月に一回ほど、部厚い封筒を送って来、暴力を振るう夫、持病のある長男、反抗期の長女との日々のいさかいをこと細かく綴《つづ》って来ており、息を呑《の》んでそのなりゆきを見守っているうち、夫は亡くなり、長男は就職できるようになり、長女は従順になって、そうなると手紙の回数はぐっと減ってしまった。私は一度もお返事は出していないが、いわばこのひとのサンドバッグ代りを勤めたことでいまは満足している。
こう考えると、作家に向かって書き送る手紙というのは、内容の違いこそあれ、一種の浄化作用を果しているのではないかと考えられるふしもある。

「日本経済新聞」昭和六十二年十月十七日

色紙嫌い

この世のなかに、色紙を書く習慣などなくなってしまえばいい、とつねに呪《のろ》っているひとがいるが、それはかくいう私である。

講演のあと主催団体から、或はごちそうを食べたあと料亭のおかみから、或はまた、路上で見知らぬひとから色紙を乞われたとき、いつも一瞬背筋を冷たいものが走る。

それでも、「私は色紙は書きませんので」とにべもなく断る勇気がなくて、おずおずと、「それじゃあ、自分の名前だけでよかったら」などと、恥さらしな真似をしてしまい、あとしばらくは悔むことになる。

私が色紙を憎む理由はいくつかある。決定的なものは、字が下手で常に劣等感を持ち続けていることだが、その他に、書いたものの行方が見届けられないという不安、そして片言隻句のたぐいが大の苦手で、気の利いた文言が容易に浮んでこないということもある。

さし上げた色紙は、破ってもらえばありがたいけれど、床の間に飾って大ぜいの人目にさらされるとなると、いても立ってもいられないほど恥しい。字は書くひとの体《たい》をもろに表わすもので、先人の残した色紙をみつめていると、闊達《かったつ》なひと、小心なひと、几帳面《きちょうめん》なひと、だらしないひと、さまざまの憶測が生れてきておもしろいが、私などの字は、達見の士にたちまち見抜かれ、無教養、怠けもの、臆病があばかれてしまう。

文言もまたむずかしいもので、大ていはそのひとの座右の銘を記すらしいが、私にはもともと座右の銘などありはしないのである。そこで俳句をたしなんでいるひとに頼んで、何かこう寓意《ぐうい》的な言葉で、そして語呂《ごろ》のよいのを考えて、とねだり、しばらくはそればかり書いていたが、この頃はもうそれも飽きてしまった。

またもうひとつ、何故か色紙とともに持ってくるのは必ず筆ペンであって、具合のよくないことには私はこの筆ペンとは大そう相性が悪い。筆ペンで書くならいっそサインペンのほうがましだと思うけれど、これも毛筆の、墨の濃淡、大小のアクセント、字配りのおもしろさに較ぶべくもなくてさく然とする。

私が色紙嫌いだということを、暗に皆さんに知って頂きたくて、これまでに私、いく度ずい筆に書いたやら。しかし日本は広くて、或は活字など読まないひともいて、相変らず色紙の強要は続いているが、なかには単に、色紙集めのマニアもいるらしい。

小包みで白い色紙を送ってくる方に対しては、またていねいに包装して白いまま送り返すことにしているが、こりもせず同じひとが何度でも送りつけてくる例がある。

こういうわけで、年末などに行なわれるチャリティの色紙展にも出品したことはなく、また寺院などへの寄進もずっとお断りしている。いずれ横着者、と神さまからバチを当てられるかも知れないけれど、一切受付けないというわけでもない。
そのうち時間をとって、習字のおけいこをし、禅語のなかから示唆に富んだ言葉をさがし、自分の雅印をていねいに押して立派な色紙を作り、いま頼まれている約束を全部果したいものとは考えている。

「日本経済新聞」昭和六十二年十一月十四日

漆器

旧年秋、思いがけずアメリカ旅行をする機会に恵まれ、ロス、シスコ、ニューヨークの三都を計十日間ほどで見物することができた。

当方言葉もできぬ臆病者のこととて、頼もしい同行者もついていてくれたが、それとは別に、行く先々にも女性の案内役をお願いした。出発が近づき、さて考え込んだのはその方たちへの手土産のこと。

かつてＱＥⅡ号に乗って三週間の船旅をしたとき、荷物のなかに美しい千代紙の手帖《てちょう》をたくさん入れておき、船内でお友達になった各国の方々にそれを差し上げたところ、皆さん大よろこびで、とても感謝されたという経験がある。が、今回はお三人とも日本女性だし、特別お世話になるわけだから千代紙くらいでは気がすまぬところもあり、一日デパートに出かけて念入りに選んだのは、黒と朱で一対のうるしのワイングラスだった。

この頃、お祝いの贈答や、結婚式の引き出物は次第に簡略になって生活実用品など使うことが多いが、私などのようなものは、お祝いの品やあらたまったときには必ず漆器、という固定観念がある。頂いた包みを開けて、「あら、またお盆」などといいながらも、消耗品よりはやはりおしるしとして残る、塗りの美しい道具のほうがうれしい。

道具のしきたりからいえば、漆器は冬のあいだのもので、とくに一月は正月用のお目出たいものを使う。おとそセット、かさね重、ぬり箸《ばし》、など手入れがめんどうだし、しまうときも厄介だけれど、一方また、大事な道具を扱うときの心のつつしみというのも、雑駁な日常を過している私などにとっては、またなかなかにいいものだと思う。

いま私の愛用の品は一年を通じて朱漆の湯呑みである。これは義太夫《ぎだゆう》のたしか綱太夫さんが高座用にお使いになっているのを見て私も欲しくなり、紹介して頂いた京都の吉象堂さんで作ってもらったもの。

大ぶりで胴が凹《へこ》み、外側は朱に金で私の家紋を描いてあり、内側は黒漆になっている。大夫《たゆう》さん方の持物は内側を金になさるそうだが、私は黒を希望した。

作って頂いてからもうかれこれ、六、七年になるかと思われるのに少しも古びず、もちろん塗りも剝《は》げたりはせず、ずっといまなお美しい姿を保っているのも、日本独特の丁寧な手仕事のせいなのだろう。

手土産のワイングラスは、同色のコースターもついており、それぞれお三人にお渡しすると、予想以上のお喜びで、とくに中のお一人は、なつかしい日本の香りがする、としばらく鼻に当てていらした。

そういえば、昔、買ったばかりの漆器の臭みを抜くには、米櫃《こめびつ》のお米のなかに突っ込んでおけばよいともいわれ、試みたことが何度かあるのを、忘れていたのだった。

いまは世界も狭くなり、日本にあるものは大ていアメリカにあるが、このうるしのグラスはプレゼントとしてまず及第の一例か。

「東京新聞」昭和六十三年一月九日

水引

一月も今日あたりになると正月気分もだいぶん薄らぎ、さあ仕事、という平常心が戻ってくる。

暮に頂いたご挨拶の品々も、あらかた始末のつくのもこのころで、今年もまたそれらを始末しながら、例年どおりちょっぴりさびしい気持も味わうのである。

というのは、どの品々も、御歳暮、と印刷されたデパート製ののし紙を貼りつけてあるばかり。なかにはデパートのお届け用紙や宅配便のメモを見れば判る、とばかり差出人の名を書いてないのもずいぶんある。

昔ばなしをすると若いひとに嫌われるけれど、盆暮に限らず、もののやりとりには謹みの気持が欲しく、それを表わすのには日本のしきたりとして、のし、のし紙、水引のたぐいがある。

昔の贈答品は、包装した上からもう一度白い紙で包み、御中元、御歳暮、御祝、御礼など、贈る目的と差出人の名前とを手書きした上でまん中を紅白の水引で結び、そして右肩にのしを貼ってのち、先方へ届けるのである。

どの家でも小さなのしと水引は日頃から買い溜《た》めてあり、そしてつつましい主婦は、頂いたのしを剝ぎ取って引出しに入れておき、またそれを使ったもので、私など、母がしていたこんなことをよく覚えている。

これを略して、のしと水引を印刷したのし紙が出廻るようになり、そのうちいつのまにか、こういう簡単なのし紙でさえ少なくなって、いまはのしを自ら折るひとや、水引を手ずから結ぶひとなど、全くといっていいほど見かけなくなり、これらはほとんど婚礼用品となってしまった。

お茶やお香をたしなむひとなら、水引をも含めて紐《ひも》結びがいかに厄介なものか、よくお判りかと思うが、それだけに、水引の蝶結《ちようむす》びさえ知らないひとが多いのを、いま、嘆く気持はなきにしもあらずなのである。

外国ではたぶん、水引の役目をリボンが果しているかと思われ、この習慣も日本に蔓延《まんえん》、定着しているが、リボンも十分に美しく華やかで、頂ければうれしいものの、礼、という点ではやはり水引に比して少々軽い感がある。

というのも、もとを辿《たど》れば日本民族の血液がなせるわざかと思われるけれども、しかしそれにしては、もはや水引の美など、接したこともない世代のひとたちにしては、ひらひらしたリボンのほうがどうやら好みに合うらしい。

先ごろ、加賀の水引工芸を見る機会があり、金銀、あるいは紅白の水引を使って鶴亀《つるかめ》など、さまざまのお目出たいものを作り出しているのに接し、ほとほと感じ入ってしまった。

これほどでなくとも、せめて生活のなかに日本伝統ののし、水引のたぐいは残しておいてもいいのではないかと思うのだけれど、めんどうなしきたりを嫌うひとたちにとっては、これらはやっぱり無用の長物というものかも知れない。

「東京新聞」昭和六十三年一月十六日

手

私の本を読んで下さるのは圧倒的に主婦の方が多く、それを如実に感じさせせられるのは講演のときである。

話し終り、壇上から下りて来ると、必ず聴衆の方から握手を求められるが、その手は皆いちように少し荒れていて、そしてちょっと固い。握りしめたとたん、ああこの方も私と同じように、毎日水仕事をしていらっしゃるのだと思うと、何ともいえぬ親近感が湧《わ》いてくる。

もっともいまは大ていの家にお湯の使える設備はととのっており、またゴム手袋も普及しているし、それに水仕事のあとのハンドクリームもよいものがたくさんある。

このごろは主婦といえどもいろいろな集まりやパーティに出席することも多く、ガサガサの手でワイングラスを持つのも気がひけるので、手の美容は顔とおなじくらい大切に考えておいでの方もあり、これも正しいと思う。

写真には手や髪、足などの、体の一部分だけのモデルさんもあるそうで、そういう方はまめにマッサージをし、念入りな手入れを欠かさぬらしい。

ただ、日夜家事に追い廻されている主婦の立場からいえば、手袋をはめていればできない仕事はたくさんあり、何をしても隔靴掻痒《かっかそうよう》の感じはまぬかれず、そのうちとうとう素手になってしまって気のすむまでやりたくなるのは、皆さんご経験のことと思う。

また、流しもとを洗い空けて、手にクリームを塗ったとたん、すぐにもお茶を入れなければならぬ用ができたり、水仕事とそうでない仕事とが劃然《かくぜん》と区別されないのも、家事なのである。私の母など、家に使用人はいく人かいても、一日中火鉢の前に坐《すわ》っていることはなく、自ら「手を濡《ぬ》らさぬ日はない」というように、先に立って水仕事をしたものだった。私もそれに似たのか、自分は書斎にいて、お手伝いには口だけで命令するということはなく、やはり台所に立って自分の領域は守り続けている。

京都では、嫁をもらうのに先ず相手の娘さんの手を見たそうで、よく働く手と、怠け者の手とを見定めてから話を決めるのだという説もある。この話をいまどきのお嬢さんに聞かせると、「そんな、働かされるばかりの家へお嫁に行くのは嫌」と一蹴《いっしゅう》されそうだが、女ならばたしかに、ほっそりとした指になめらかな肌の手にあこがれもする。

私など、人前で本にサインしなければならないことも多く、人々の視線に耐え得るような美しい手でいたいと切に願うけれども、しかし現実に日々洗剤を使っての水仕事は休めないのである。

寒もこれからはますます底が入り、暦の上の立春をすぎてのちまだ一カ月以上、水は冷たいが、女性のみなさま、どうぞ手をお大事に。

「東京新聞」昭和六十三年一月三十日

大通寺

手当ての必要な古い建物は、たぶん日本中にたくさんあると思われるが、私の極めて狭い経験のなかでこの大通寺の荒れかたにはいたく心を動かされたので、ちょっと書かせて頂くことにする。

大通寺は滋賀県長浜市にある真宗大谷派の別院で、本堂の大伽藍《だいがらん》は東本願寺にあったという伏見城の遺構を移築したもので重要文化財。

私がひょんなことからここを訪れたのは、去年三月、そのとき、たまげるほど驚いたのは、寺院内部の襖絵《ふすまえ》がむき出しにされていることだった。

狩野山楽、山雪の山水図、円山応挙の曲水図、岸駒の老梅図などが鼻をくっつけて見られるほど間近にあり、手でも足でもさわれるのである。

もし心ないものがいたずらしようとすればまことに簡単にできるし、また子供があやまってクレヨンでも塗ろうとするなら、これも至ってやすやすと可能になる。

襖絵を観光客に観賞させる寺はたくさんあるが、そういう場合は竹の結界をひきまわし、ここから内へ入ってはいけないという指示と、禁煙などの戒めがあるのに、ここでは全くの無防備、見張りの坊さんもいないのである。

観光の手引きの写真では、緑も美しい立派な寺だったのに、現実は畳、建具はガタガタに古び、庭も荒れて索漠たる思いであった。

ただ本堂の大伽藍はいまのところしっかりとしており、真向かいの伊吹山と競い合って天空高く聳《そび》えていて、私は寺院全体の再建を祈っておさいせん箱に一万円札を入れた。

その後、私は何故か大通寺のことが気になってならず、時間をやりくりして一ヵ月後の四月、また訪れたところ、午後四時で見学者は締切っており、仕方なく一泊して翌日、今度は寺のすみずみまでひとりでゆっくりと見て歩いたのだった。

思うに、年間わずかな重文指定の費用と、たかの知れた数の入場料二百円の収入だけでは、とうていこの寺格に見合うだけの手入れはできないらしい。

これからの日本で、かくも立派な木造建築はもはやできないと思われるし、襖絵もまた貴重な財産だが、今後どうやってこれを保持、再建すればいいだろうか。

何しろ、大気汚染による建造物の衰退のスピードは異常に早いというから、ぐずぐずしていては襖は破れ、大伽藍はいまにくずれ落ちてしまうかもしれず、文化庁あたりに大英断でもって予算処置を講じてもらうしかないように思うのだが、どうだろうか。

で、私、この秋にはまた長浜の町におもむき、本堂の阿弥陀如来《あみだにょらい》さまに手をあわせて、大通寺の美しくよみがえらんこと、一日も早かれ、と祈るつもりでいる。

「日本経済新聞」平成二年九月七日

きもの

ようやく九月。

今年の夏の、私における特長は、例年になくきものをクリーニングに出したこと。

予定表を見ると、八月一日から九月三日までの私の外出は十三回。（ちょっと多いかな）いつもの夏なら、このうち八回くらいまではきものにするのだけれど、今年はクーラーのふきだし口できものを着ても、もう暑くて暑くて、がまんが出来なくなり、失礼して洋服にしてしまったことが二回。

でも、どうにもいたしかたなくきちんときものを着、帯をしめたのは講演二回を含めて四回あるから、まあがんばったほうだろう。

もちろん家に帰ってみれば長じゅばんきものまで絞るほどの汗で、おまけに帯あげ、帯じめに至るまでぐっしょりと濡れている。

私はもともと汗はかかないほうで、夏の外出も、車にも出先にも冷房はある故に、きものをクリーニングに出すことはほとんど無いことだった。

脱いだら衣紋竿《えもんざお》にかけ、風をとおすだけで手入れは十分だったが、今年は汗の量がすさまじい。

気温が高い上に、中東状勢のしわよせで冷房は省エネということもあるだろうし、それに、これはいいたくないが、ボディが肥満気味になったことも大いに関わっているらしい。

それにしても、昔の女性はえらかった。母など生涯ついにアッパッパなど着なかったし、家で帯をといている姿を見たこともなかったが、これは決して暑くなかったわけではなく、私はたびたび、母のえりもとを伝って流れる汗を目にとどめている。

一しょに風呂に入ると、帯の個所に当る皮膚はあせもがいちめん噴き出ており、上ると赤ちゃん用の天瓜粉《てんかふん》をはたいていた姿も浮んでくるのである。

さなきだに、女性の胸をしめつけるこのような苛酷《かこく》な民族衣裳《いしよう》、もうすっぽりと忘れてらくな洋服一辺倒にしよう、と私もいく度決心したことか。

しかし、どんなに正装していっても、洋服では、「手抜きしたね」といわれるし、また仕事相手からはほとんど、

「おきものでお願いします」

と乞われると、ま、着付師を呼ぶわけでもなし、自分で簡単に着られるのだから、とつい応じてしまうのである。

が、これから先、地球はますます温暖傾向にあるとすると、夏のあいだだけでも、きもの姿は日本から影を消してしまうのではないかという気もする。

きものが日本文化の一端を担っているとすれば、ブンカもなかなかに苦しいもの、よほどの心意気がなければ、その担い手から脱落してしまうのである。

どうぞ、来年は涼しい夏でありますように。

「日本経済新聞」平成二年九月十四日

お針道具

あるひと、知人の娘さんが新婚旅行に出発する際、これなら最上の贈物として喜んでもらえるだろうと、ガマ口型の裁縫セットを手渡したところ、娘さんは礼を述べたあとでかたわらの母親に、

「荷物になるからうちへ持って帰っておいてね」

と頼んだという。

贈主はいたく機嫌を損じ、娘も娘なら親も親、と憤慨やるかたないていだったが、これには二通りの解釈法がある。

私などの若き時代は、バッグにはお針道具のみならず、七つ道具という耳かき、爪きり、楊《よう》子《じ》、小鋏、毛抜き、小刀、安全ピンのセットを必ずしのばせ、困っているひとがあればさっとそれを差し出したもので、

「見上げた心がけのお方だ」

と喜ばれるのを、最上の美徳としたものだった。

そしてまた、昔は、着るものはくもの使うものすべてにわたって粗悪品が多く、こういう小

さな携帯道具の出番はたびたびあった。

たとえば、下駄の鼻緒を切らせたひと、着物の縫目がほころびたひと、トゲがささって困っているひと、そのときどきに応じてそれぞれ役に立ったものだったが、いまは少し事情がちがってきている。

すぐボタンがとれるような洋服は、消費者が黙っていないし、家具道具すべて安全の保証がなくてはならないし、だからバッグを大きくふくらませて用心の小物を持ち歩かなくとも、身ひとつで軽快に外出ができるようになってきている。

また、いまは世界中の一流ホテルでは、最小限の、小さなシャツのボタンをつけるていどのお針道具は室内に備えつけられており、このセットがかわいらしくて私は一時、集めたものだった。

日本のものは紙に黒白の糸とボタンはさみをさし込んであるだけのものが多いが、外国ではきれいな小箱や、稀《まれ》に七宝のものに入っているすてきなセットもある。が、しかしこれまでに実際に使った記憶はなく、私の蒐集《しゅうしゅう》箱も一わたり集まると、実用性のない故にいつしか飽きてしまった。

とすると、かの娘さんはこういう事情をよく知った上で、ガマ口型の重いセットはうちに残していったと思われるし、贈主のほうは昔の美徳感覚をいまだ持ちつづけているということなのだろう。

しかし私なども、本音をいわせてもらえば針箱に対する郷愁はあり、このせつ、針の一本も置いていないという家庭が増えていると聞くと、ちょっとした絶望感に陥ってしまう。

なあにいまはアイディアの時代、そのうち針なんて前時代的なものは地上から消え失《う》せ、すべて接着剤がとって代るさ、といわれれば、なあるほど大したもんだねえ、とひき下るより他はないが。

「日本経済新聞」平成二年九月二十一日

入院生活

昭和十四年に、八十六歳で亡くなった私の母かたの祖母は、生涯医師に手を握ってもらわないのを一の自慢にしていて、また事実、老衰症状がひどくなったとき、家族の誰もが祖母の気持を汲《く》んで、ついに医者を呼ばないままあの世に送ってしまったのだった。

いま思えば、何てしあわせなひとだったろうと、多病な私には羨望《せんぼう》に耐えない感じがする。これといった病気がなくとも、一年一度は健康診断を受けるのが現代の常識だし、そうでなくても病気の情報がはんらんしているため、むやみとおびやかされることが多い。

私もこれまで、十二カ月に一回を、十四、五カ月に一回ほどの割合いで、いやいやながら簡単な検査を受けてきたが、ことしは少々覚えあり、思いきって短期間の入院であちこちしらべてもらうことにした。

覚えというのは、今年の夏、忙しくて休めないこともあって、土日なしでせっせと仕事に励んだせいか、秋口になると何だか体力のおとろえとともに気力も乏しくなり、これなら休養がてら入院して一度オーバーホールしながら、のんびりしようと考えたわけだった。

ところが、いざ入ってみるとそんな甘いものじゃなく、いや疲れる、疲れる。第一、緊張しっぱなし、不安におののく毎日なのである。

あしたはレントゲン、あさっては超音波、そのつぎはCT、そのつぎは何々、と、先生方は痛くも何ともないとおっしゃるが、日頃キカイと付合いのない私にとっては、前の晩からすでに想像力が縦横にのびひろがり、キカイが途中で故障しやしないかしら、万一故障して放射能を大量に浴びたらどうしよう、またCTのような大きなおカマをかぶると、窒息するかもしれない、などと心配はふくれ上るばかりとなる。

従って血圧は上ったまま、かぜまでひいてしまい、発熱のために体中のふしぶしが痛くて、車イスというものに生れてはじめて乗って検査場まで運ばれて行った。

結局、九日間もいて、あとあと予定が詰まっているため退院してきたが、現在はすっかり疲れ切っている。

何しろ、朝ごはん前にたくさん血をとられ続けたせいか、体中からすっかり血の気が失せたような感じがあり、これをもとの状態に戻せるのは約一カ月はかかりそうに思う。

しかし検査の結果、判明したことはいくつかあり、これからさきの生涯の上でずい分参考資料となるものを得たが、それにしても、不安を伴わぬ検査方法はないものか、目下考え込んでいるところ。

そして思い知ったのは、病院は休養の場所ではないということ。この疲れは、心得ちがいを神さまに叱責《しっせき》されたというところか。

「日本経済新聞」平成二年十一月九日

日記

今年も師走の声を聞かないうちから、はやばやと来年の博文館日記が送られてきた。まことに有難いことで、押しつまってのち本屋の店先で日記帳をあさらなくとも、来年一年のぶんはこれで確実に用が足りることになる。

博文館から、いったいいつ日記帳を送って下さるようになったかというと、私が父の代から熱心な日記好きで、もういく十年、一日も欠かさず記帳していることを、何かに書いたのがきっかけではなかったかと思う。

私の父は、十四年間の日記帳を残して死んだが、それは実にめんみつ、克明なものだった。天候温度、発信来信、巻末には年間収入、税金の額、大きな買物など書き込んであり、そして赤インクで旅行記も記されてある。

作家となった私に、これらが資料としてどれだけ役に立ったか、改めていうまでもないが、刺激されたわけではないものの、一日の終り、日記をしたためてから寝床に入る父の姿は、日常の習慣としてしぜんに私もおぼえていたらしい。

私は、ただのノートのような自由日記よりも、一日一ページの日付入りのものが好きで、昭和二十二年の夏からずっとこのタイプを愛用しているが、たぶん昭和四十年の終り、作家になりたてのころから、博文館の寄贈を受けるようになったとおぼえている。

そして一年、いつもの日記帳に添えて「十年連用日記」という大判のものを送って下さった。これは同じ日付が一ページのなかにあり、〇月〇日の十年間のできごとが一目瞭然《りようぜん》、判るようになっていておもしろく、私はさっそくそれもつけはじめた。

が、私はふだんからレギュラーの一冊の他に家計簿もつけており、十年連用日記を加えると一日に三冊記帳しなければならないので、ついに八年目、力尽きてこれはやめてしまった。

仲田空之助さんの『明治商売往来』をひらくと、「博文館」の項があり、それによると、いまは日記の発行所と思っているひとが多いが、明治の後半期から大正期にかけて、日本最大の出版書肆《しよし》だったそうな。

ずい分さまざまな本を出版していたらしく、日本橋本町の社屋は二階だて土蔵づくりで、軒先には木彫りの看板があり、店内は畳敷きだったことが書いてある。

読んでいると、この百年間の日本の出版界の移りかわりをかいまみるようで興味深いが、それにしてもこのごろ日記帳を買うひとはずい分減っているとのこと、日記の効用は私自身身にしみてありがたく思っているので、ぜひみなさまにおすすめしたい。

季題にもあり、

余白多き古日記とはなり了す　　石塚友二

ではあっても、

秘めるものなくて鍵ある日記買ふ　　辻三枝子

であってほしいと思うのである。

「日本経済新聞」平成二年十一月三十日

身もひきしまる年頭の緊張感

私が子供のころ体験した正月というのは、とても窮屈でまた、おそろしいものだった。何故なら、おびただしいタブーと儀式があり、それを破れば父には叱《しか》られ、母は一年中嘆くという憂き目をみるために、子供ながらずい分緊張してすごしたことを覚えている。

元旦は家長の父に続いてまず粛々と新しい槇《まき》の桶《おけ》の若水をつかい、揃って初日を拝んでのち祝膳につき、年頭の挨拶を交わすまでは口をきいてはならず、またその他、元日に火を焚《た》いてはならず、銭をつついてはならず、さるといってはならず、薬罐《やかん》の口を北向けてはならず、爪を剪《き》ってはならず、と数えあげればきりがないほどの禁忌があって、家族一同それらをさわりなくくぐり抜け、無事に七草粥《がゆ》をすすれば、その年はめでたく大吉というわけになるのだった。

こういうめんどうなしきたりは、私の生家が花街で、とくに縁起を担いだせいもあろうが、いまひとつには戦前の世は全くさきの見通しが効かず、一寸さきは闇《やみ》、という感覚を誰しも抱いていたため、とりわけ何かに祈ったり忌みたりの思いが強かったものであろう。

また、日本文化は型の文化という説もあるとおり、儀式と決まりによって精神を昂揚《こうよう》させた面も大いにある。

我が家の習慣は、その後、戦争中の人と物の窮乏によって次第に簡略化され、そしてとうとう父の死とともに絶えてしまったが、考えてみれば年頭のこの厳粛なしきたりは、家長制度を誇示するためのものであったのかも知れない。

しかし、昨日と同じ水道の水ではあっても、それが一夜明ければ清らかな若水と思える有難さの感覚は私にとっていまなお生きており、それだけに、元旦からふだんどおり洗濯機や掃除機を使っている音を聞くとああイヤだな、と思うし、しめ縄のひとつもない家を見るとやはりがっかりする。

六本木の、ほとんど外人ばかりのマンションにしばらく住んでいた私は、クリスマスのリースは盛大に飾っても、正月は極めてあっさりすごす彼たちを見て、つくづくお国がらの違いを感じたのを思い出す。

私たちにとって大切な一年の始まりはやはり一月一日、家長制度のほとんど崩壊したいまの日本では、正月の儀式の復活はもはや困難だろうが、あの身もひきしまるような年頭の緊張感は何とか持ち続けたいと、いつも念じるのである。

「家庭画報」平成三年一月号

活字は心の支えだった

あれはたしか昭和二十一年の秋、私が命からがら、身ひとつで満州から引揚げてきたばかりのときだった。

満州の難民収容所以来、本に飢えていた私は、少しでも文化の匂《にお》いのするものに近づきたく、そういう矢先、高知日報という新聞社が記者を募集していることを知った。

当時私は高知市に隣接する農村地帯に住んでいて、一歳半になる長女を抱えており、勤めるのが無理であるのは十分承知していたが何か矢もたてもたまらず、一日、子供を姑《しゆうとめ》にたのみ、長時間木炭バスにゆられて入社試験を受けに行った。

B29の爆撃を受けた高知の市街地はいまだ復興ならず、見渡す限りの瓦礫《がれき》のなかにたったひとつ焼け残っていた、高知日報社のビルに一歩足を踏み入れたとたん、プンと鼻をつく印刷インクの匂いに思わず涙ぐんでしまったことを思い出す。

当時新聞はまだタブロイド判だったが、印刷物のとても乏しかった時代にあっては、新聞だけが文化の窓ともいうべきものだっただけに、当時のわれわれがどれだけ新聞にあこがれていたか、とていいまの若いひとには分かってもらえまい。

印刷インクの匂いは正しく文化の原点、ここから珠玉のような文章が生れ出るのだと思うと私は感激で体中ぞくぞくし、そしてどうしても受かりたいと思った。

入社試験はまず筆記で、試験官が黒板に概要をメモした事件を、正確に、できるだけ早く記事にせよ、というもので、文章の巧拙はともかく、気短な私はすぐ書きなぐっていちばんさきに提出した。

次は面接で、社長以下四、五人の記者に取り巻かれ、八方質問攻めだったが、皆、女の私が子供もいながら試験を受けに来たことに驚きをかくせない様子だった。

なかでも、やさしいお父さんみたいな社長は、私の家庭環境についてこまかくたずねてくれた上で、やっぱり、子供づれの家庭持ちの女性が一時間に一本しかない木炭バスにはるばるゆられて通勤することの無理をいい、不合格をいい渡されたのだった。

私はとてもがっかりし、肩をおとしてとぼとぼと帰ったが、運命とはふしぎなもの、このとき、万々一婦人記者の職を得ていたらいずれ過労で倒れたにちがいなく、というのは家で農業を手伝っているうちこちらも過労で肺結核にかかってしまったから、どの道を歩いても私には闘病の運命が待っていたのだと思うのである。

パスやマイシンの結核の特効薬ができたのは昭和二十四年、私の発病は二十二年で、大気栄養安静の三大原則を守っても、治癒の確率は極めて低いものだった。

死の床にあって、私が長女への遺言として満州体験を日記形式で綴りはじめたのが小説を書くきっかけとなったことは、既にいい古したが、同時に私が日々の病床で何よりの頼りとしていたのは活字であった。

あの、紙に一字一字しっかりとめり込んでいる鉛の活字とそのインクの匂い、そこから何でもよい、知識を吸収し、かつ心の糧としたく、しかしこのころの現実としては、一日一回の新聞と、乏しい小遣いを割いて買う文芸月刊誌一冊が私の欲望を充たしてくれるすべてだった。

三年後、私の結核は奇蹟《きせき》的に完治し、まず家の近くの保育所に勤務するかたわら、同人雑誌を作り、その後は雑誌の編集者をも勤め、そして本格的に作家をめざしてゆくのだけれど、考えてみれば引揚げ直後、婦人記者を志したあの日以来、私は活字とは切っても切れない深いえにしに結ばれてきたといえる。

そして私の小説が最初に活字になったのは、出版社のひとの手によってではなく、自分の働いた月給を貯めたお金で作った私家版『櫂』だった。

大きな五号活字でしっかりと紙に埋め込んでもらい、すべて本字を使ったので、活字にないものは木彫にしてもらってようやく完成させたのだが、数えてみれば作家を志してより二十六年目にしてやっと我が文章を本にできただけに、その喜びは言葉ではいいつくせないほど深いものがあった。

いまは、印刷物全般でいえば活字より写植のほうが多いらしいけれど、私はやっぱり活字が好きだし、それに、印刷物の極端に乏しい時代からはんらんの現代に至るまでをつぶさに経験した者にとっては、活字にはさまざまの思い出がこもっている。

先ごろ、朝日新聞大阪本社の地下の活版工場がもうすぐ閉鎖されるという時期に行きあわせ、工場に下りて行って親しく見せてもらったが、なつかしいインクの匂いのなかで危うく涙がこぼれそうだった。

これから先、世のなかがどんなに進んでも、活字文化の果す役割というのは決して後退しないと思うし、むしろ、自分自身の頭脳でしっかりとものを把握してゆく手段として、活字の価値は高まってゆくのではないだろうか。

「朝日新聞」平成三年一月ＰＲ版

気宇壮大な土佐人気質は五月の鯉の吹き流し

昔から土佐人かたぎについてはさまざま語られてきたが、もっとも端的にいい得て妙、と思うものに「文化は関西、気質は江戸」というのがある。

たしかに土佐は関西の文化圏に属し、言葉も訛《なまり》もそうだし、衣食住すべてにわたって京阪神の影響を強く受けているが、性質だけははんなりまったりの雅《みや》びやかさではなくて、威勢のいい「五月《さつき》の鯉《こい》の吹き流し」である。

明治維新で東京に変るまえの江戸っ子は、俗謡にもあるとおりの、「火事ぃ火事ぃとけんかさわぎ、べらぼうめこんちくしょうめやっつけろ、さつきの鯉の吹き流し」であったらしく、そのけんかっ早さ、気の短かさ、そして吹き流しの鯉のように腹に一物も持たぬさっぱりとした気質が、土佐人と大いに共通していたと思えるふしがある。

私事で恐縮だが、私の生家は、名もない一町人ではあるものの、江戸時代は貞享のころから土佐の下町でのみ縁組し、他県人の血は一滴も混っておらぬ、というのが父の自慢だった。

こんなことはいささかも自慢にはならないと思うのだけれど、父は自ら土佐の男、を擬することによって、自分を駆り立てていたらしい。生前は少しばかりの稼ぎもあったのに、「江戸っ子は宵越しの金を持たぬ」に似て、右から左へすぐばらまいてしまい、終戦時には家一軒、やっと建てるだけのものしか手許には残っていなかった。

父に限らず、土佐の男たちは皆、気宇壮大で、「隣はアメリカじゃ。一またぎじゃ」などとうそぶき、こせこせしないのは果して長所というべきか短所とすべきだろうか。

こういう気質のひとたちは当然、人集《ひとだか》りが好き、さわぎが好きだから、土佐では何かといえばお客をする。

春夏秋冬、神社仏閣の祭りはむろんのこと、冠婚葬祭、子の誕生、節句、家業繁栄の祈禱《きとう》から盆暮の行事まで、招き招かれ、飲んでうたって陽気に一ときをすごすのである。宴《うたげ》には酒がつきもので、もとを正せば飲んべの土佐人の企てたこと、だから婚礼や節句という大きな大義名分のつく宴は、えんえん四、五日も続くことは珍しくない。

つまり、当日、そして翌日はきのうの残りもので「残《ざん》」という宴をひらき、翌日は「残の残」をやり、また次の日は「残の残の残」という宴の案内にまわるのである。

何しろ、明日食べる米がなくても、今日の祭りをたのしくやろうという気質が根底にあるひとばかり、明日は明日の風が吹く、くよくよせずにまあ飲め、という話になって、朝まで鯨飲《げいいん》、というありさまになってしまう。

土佐ではどこでも、三十客や五十客を呼べるくらいの皿鉢《さわち》、物据《ものずえ》、徳利、皿小鉢は用意してあり、またどの家の嫁でも手早く五枚や十枚の皿鉢を作れなくては一人前とはいえないとされている。

かくいう私も、祭りの当日は早起きし、腕まくりして創作の皿鉢料理をたくさん作り、姑にほめられたものだった。土佐では女性も大いにいける口なので、そもそも皿鉢料理のはじまりは、予《あらかじ》め作っておいて、客といっしょに女房も飲むためのものではなかったろうか。だから全部、料理は作りおきの冷たいものばかりなのである。

このごろ世はさまがわりし、何かの祝いの宴はパーティなどと時間を切った催しになってしまったが、土佐生れの私としては、やはり身代はたいてひらく豪快な祭りがなつかしい。

費用おかまいなし、時間おかまいなし、すっかり酔いつぶれてしまうまでのおおらかな宴は、このせつの言葉でいえば爽快《そうかい》な一種のカタルシスであることまちがいないのである。

「家庭画報」平成三年五月号

おんなの節目

私の自戒三箇条

人間のからだの条件はずいぶんと個人差があるので、私などのデータをご披露申上げても何の参考にもなるまいとは思えるが、子供のころ多病で、おそらく三十歳までは保《も》たないだろうといわれた私がいまともかく六十五歳まで生きのびたいきさつについて、少しばかりお聞き頂こうと思う。

幼児のころの私の記憶は入院生活の光景ばかり、ピンセットや鉗子《かんし》、膿盆《のうぼん》、聴診器、それにずっとお世話になった小児科の先生の顔など、消毒薬の匂いとともにいまでもふっと頭を掠《かす》めることがある。

母からはいつも「お前は弱いから、人並みのことをしてはいかん」といいきかされ、小学校入学後も、転んだら起き上れないほど着ぶくれ、年中のどに湿布し、元気な友だちとは決して遊ばず、マッサージも小学二年のときから経験して、こんにちまでずっと、何よりもまず自分の健康管理を第一義としてきた感がある。

昔の諺《ことわざ》に、女子のせぬもの、として「かげ口、木のぼり、川渡り」というのがあるが、私のせぬものとしての自戒は「徹夜、団体旅行、オーバーワーク」がいまも厳然たる鉄則である。睡眠は最高の良薬だから、一日たりともそれを摂《と》らないでいることなど考えられないし、事実、学校時代のテスト期でさえも私は徹夜の経験はない。

同様に、団体旅行というのは疲労状態は人によってまちまちなのに、就寝起床、行動は全部一律なのだから、私のようなものにはついてゆけるわけもなく、省みてずいぶんと不義理を重ねてきているらしい。

またオーバーワークの戒めは、とくに作家となって以来、固く自らに課しており、これもずっと一日三〜五時間である。どんなに責めたてられても日が暮れたら字は書かないし、人との面会は午前中に限らせて頂いている。突然思い立って何かをするということは絶対になく、すべてにわたって長い準備期間が必要なのも、もとを正せば「弱いから人並みのことをしてはいかん」という母の言葉がよくよく刻印されているせいなのだろう。

しかしこんなふうに臆病に小心に、ひたすら我がからだの機嫌をとりつつ六十五年間もすごして来たかといえば、あながちそればかりでもない。女のからだは成長し、成熟し、花ざかりから余香をたのしむ時期へと順に移りかわってゆくのは誰しもおぼえのあること、私にも旺盛《おうせい》なる生を自覚する時代は一度だけあった。

三十代で得た自信

それは三十代のとき、二十代前半の肺結核から生還し、その余後のぐずぐずした状態からも完全に脱したころ、私は県の社会福祉協議会に勤務していた。

その時代、日本の社会事業は未開拓の分野といってもよく、やろうと思えば仕事はいくらでもあり、私は勝手に手をひろげて次から次へと新しい仕事に取組んだ。毎日がおもしろくてたまらず、張り充ち、そのうち職場へ蒲団《ふとん》まで運び込んで奮戦したが、仕事がひとつずつまずまずの成功をおさめるたび、私は少しずつ肥りはじめ、四十五キロそこそこだった体重がついには六十キロをはるかにこすまでになった。このころの写真を取出してみると、私はまるまると肥り、自信にあふれた顔をしており、まるで健康優良児という感じをうける。三十代では母の言葉も全く忘れ去り、病気の気配もなく、輝くような健康、といういいかたがぴったりだった。

女の厄年三十三もこの時期に迎え、母からは帯とともに「気をつけるように」とくれぐれもいわれたが、当時の私はその前後のことなど全然記憶にもないほど、歯牙《しが》にもかけなかったのである。

女の三十代は一般的にいって心身ともに成熟期に入る故に誰しも冒険を好む、といわれるが、たしかに私は当時おそろしいものはなくなり、さあどこからでもかかっておいで、とどんと胸を叩くような気持だったと思う。いま思っても、がむしゃらの迫力で仕事をこなしていたと感じられ、もしこの時期、私ががっぷり四つに組んだ相手が仕事でなく、男性であったとしたらそれこそ猪突《ちょとつ》猛進、いまごろはどんな運命を辿っていただろう。このことは現在でもよく思い返すのだけれど、作家としては福祉の仕事などにのめり込むよりは、目もくらむような恋に陥ったほうがはるかにプラスではなかったろうか。

ただ、孤軍奮闘の仕事はまもなく疲労と空しさのみを手にして撤退したが、その直後、足かけ二十年の結婚生活を解消し、離婚に踏み切ったのは、このときのエネルギーの余勢を駆ってのことだったと思う。もしや三十代でも私にまだ仕事上で得た心身の自信がなかったら、いまなお不満を沸《たぎ》らせながら、婚家先でじっと我慢していたかもしれないのである。

そのあと、三十八歳で再婚した私はなお気力はあったものの、まもなく迎えた四十代では、私の女ざかりはもはや過ぎ去ってしまったという感慨であった。

貧しくてもおだやかで不満のない生活がそう思わせたとも考えられるし、からだも疲れやすくなり、眼鏡も必要になり、そして鏡をのぞくたのしみもなくなってしまった。ちょうど四十歳で私の生活には大変化があり、一家を挙げて生れ故郷を出て上京し、馴れぬ生活と闘うのがせいいっぱいで、自分を省みる暇もなかったということも、そういう感じを抱かせたのかもしれなかった。

長いトンネル

私はまたもやひどく臆病になり、母の言葉がよみがえって、「人間の寿命は四十代の食物によって決まる」などの警告を聞いて日々の食物に細心の注意を払うようになったのもこのころ。

体重はふたたび四十六キロに戻り、ときどき医者がよいもはじまれば、自分はやはり行動するよりは沈思するほうが性分に合っていると気づいたのだった。仕事の上でいえば、驀進《ばくしん》の三十代を過ぎて四十代は出版社に勤めながらひたすら読み、かつ書くという時期で、私にとっては蓄積の時代というべきものであったかもしれない。

そして四十坂を越した四十七歳、とうとう私にも、あの憂鬱な、長いトンネルの入口が迫ってきたのだった。病気はすべて、そのまんなかにいるときは正体が摑《つか》めないが、過ぎ去って年を重ねるごとにその全体像が理解できるようになってくる。私はこのトンネルを、長いあいだ更年期障害というイヤな言葉で捉《とら》えていたが、ここからぬけ出たいまは、案外そうではなかった、と否定するほうに傾いている。

何故なら、医学的にいえばこれは女のからだが花ざかりに終りを告げ、古い蕊《しべ》に移り変ろうとする端境の症状だというけれど、必ずしもその説にあてはまらない例がいっぱいある。

私の場合、医学書にあるような目まい、のぼせ、動悸、不眠という症状はあまり顕著ではなく、専ら心臓の止まる不安と息苦しさで終始した。まわりの空気がだんだん薄くなり、やがて無くなる、同時に、力なく打っている心音ももうまもなく止まる、と思うと叫び出したいほどの不安に駆られ、誰かに助けを求めずにはいられなくなる。救急車のお世話になったこともあり、担ぎ込まれた病院で心電図をとってもべつに異常はなく、人さわがせな、と叱られたこともあった。

一人でいるとどうしようもなく不安なので、寝ても起きてもかたわらにいつも人を頼み、甘え病だのわがまま病だのといわれても、それに打ち克《か》つことはできなかった。もちろんいろいろな療法をこころみ、皮膚を焼く熱さと死の不安とを較べれば痛苦のほうがはるかにましだと思ってすすんでお灸《きゅう》も据えたし、いいという薬は何でも飲んだ。健康器具もつぎからつぎへと買い込み、試してみたし、また視覚と頭脳の訓練が精神安定に好影響をもたらすとすすめられ、囲碁の道具を買い込んで夫にしばらく教えてもらったこともある。

このような症状はあながち同性ばかりでなく、若年壮年の男性にもみられ、心臓神経症、あるいは不安神経症の仲間はあちこちにできたが、症状は人によってずいぶんまちまちだったようである。

仕事への強迫観念

いまになってみれば、これはどうも仕事から来たおびえであったらしく、症状のはじまったのは太宰賞をもらってようやく作家になれた直後のこと、何しろ書いても書いても認めてもらえない二十六年間をすごしたあとだったから、受賞後は極度の緊張の日々だったと思うのである。

今度失敗したらもう永久に作家として立てない、といつも強迫観念におそわれており、まるで綱渡りのときのように、奈落へ落ちる恐怖と闘いながら一歩一歩、慎重の上にも慎重に作品を生み出していった感がある。

賞はもらっても、そのあと続くものがなければ空しく忘れられる例はいくつも見ているだけに、『櫂』から四、五作のあいだ、私は朝八時から夜十一時まで、原稿用紙の前でひたすら呻吟する日の連続だった。これでは病気にならないほうがふしぎなくらいだったが、作家の職業病は、大別して「心臓神経症型」と「胃潰瘍《いかいよう》型」とがあるといわれているだけに、心のなかではこの憂鬱をなかばあきらめているふしもあった。

このころの私を見て、「声をかけると倒れてしまうのではないかと思えるほどかぼそく、顔いろわるく、病的だった」という人も多いが、事実自分も、長生きはとうていできないだろうと覚悟を決めてもいたのである。

しかし、思いがけなく光明が見えてきたのは、私五十六歳のとき、仕事の上でいえば『序の舞』の新聞連載が終った直後だった。私ははじめての新聞小説にすっかり疲れ果て、ただでさえ弱い心臓は不整脈がひどくて、いよいよ終りかと思ったが、このとき、近所の医師からもらった心臓の薬が徐々に効きめをあらわし、その一年後にはようやく気力を取り戻すことができた。

ひとつには、モデル問題もあって苦しんだ『序の舞』が吉川賞を頂き、評価を受けたことの安堵《あんど》も大いに作用していたらしい。作家としてデビューしてちょうど十年、読者も少しずつ増え、励まされ、自信というにはおこがましいが、さきゆき明るいものを得たことは私の健康状態に好影響を与えたとみえて、ようやく長いトンネルから抜け出したのだった。

五十七歳を境に、私はまた三十代のときのようにどんどん肥りはじめ、行動も積極的になって、以前は一滴もいけなかったアルコールさえ、わずかながらでも飲めるようになったのは我ながらふしぎだった。以前『天璋院篤姫』を書くとき、鹿児島までの取材旅行の飛行機は、女性編集者二人に両側から手をしっかり握ってもらってふるえながら乗っていたこともまるでうそのよう、いまはたった一人で鹿児島、北海道までも飛行機に乗れるようになったのである。

自分なりの舵取り

しかしながら、私がいま、三十代のときのように輝くような健康かといえば、それは即座にイエスとはいいかねるところがある。何故なら、年齢からくる成人病の気配も全くゼロとはいえないし、それに小説を書いている限り、例の職業病とは縁の切れるわけもないと思えるからである。

ただ、いまは食欲旺盛で、体重も五十五キロ前後ならあるていど体力はあり、それに何より、まもなく死ぬ、という不安感はずっと薄らいでいる。それというのも、伊達《だて》にこんにちまで生きて来たわけでなく、積重ねた健康上のデータの上に立ってわり出した自分なりの見とおしがある。

総括すれば、からだの状況はまことに個人差が大きくて、自分は自分のデータが何よりも参考になる。私の場合、母の過保護から発した病気への臆病さと、仕事への関わり、それも成否が確実に健康状態を左右してきたと断言できると思う。その上、十年間も病名もつかない得体のしれない症状に苦しめられ、いまだにそのしっぽをひきずっている身なら、いまさら病院に入って物理的な検査をしてもらうよりも、自分で上手に舵《かじ》を取る方法を会得してきている。

人間のからだは本来、自然に治癒力をそなえており、大ていの病気は医薬を用いずとも抛物《ほうぶつ》線《せん》を描いてのち納まってゆくもの。こういう症状は寝て静養していれば快《よ》くなる、これは病院で手当てをしてもらったほうがよい、などの判断も自分でできるようになってくる。

考えてみればこんにちまで、私は三十代を除いてほとんど切れめないほど病気をしたが、このうち、中耳炎とか結膜炎とか、大病とはいえないものを除けば、病名のつくものは肺結核だけ、そして外科に関する病気はない。

このことをよく考えてみると、案外私のからだは丈夫なのかもしれないし、また逆に、弱いからだを注意の上にも注意を払って、こんにちまで保たしてきたのかもしれないとも思う。

四十歳になってからの私は、いままでの日記にさらに克明なヘルスの部分をつけ加え、睡眠時間はむろん、毎日の薬は消化剤に至るまで量を正確に書き、万歩計の歩数も忘れず、そして自分だけに判る記号で日々の便通もきちんと記述してある。これは私の貴重なデータであって、たとえば旅行などのとき過去のぶんをめくってみれば、風邪は真冬よりも花冷えのときにひきやすいとか、講演のあとの疲れは、年とともに恢復《かいふく》が遅くなっているとか、ごちそうが続くと便秘しやすいとかが判り、それなりの注意を怠らないのである。

若いときの体の無理はすぐもとに戻るけれど、熟年期ともなればちょっとの不注意がとり返しのつかぬ病気につながることもあり、油断大敵の思いは年とともに大きくなるのはいたしかたないことなのだろう。

しかし人間は機械ではない故に、折々ぬかりもあり、これほど用心深い私にして昨年夏、七、八、九の三ヵ月、休みなしに書斎にこもったせいか秋口には疲労甚だしく、さまざまの症状をおぼえて、とうとう検査のための入院をした。十日間、毎日毎日不気味な機械との接触ばかり、不安と緊張と不吉な想像とにずいぶんと苦しめられたが、先生からは、

「外見は若くても体のなかは着実に年をとっています。少しはトシをお考えなさい」とくれぐれもいい渡され、私は一瞬ぽかんとして、この上まだ用心しなければならないとしたら、私の生活の全カリキュラムを改めなければならないではないか、と思ったものだった。私はべつにぬきんでた長命を望むため大げさな注意を払っているわけではなく、仕事を続けている限りは日々気分を安定させていたいこと、人さまに迷惑をかけたくないことを目ざしているため、自分自身は自分の手で管理していたいと考えるだけ、それというのも病気と精神のありかたはまことに密接に結びついていると思えるからなのである。

「婦人公論」平成三年六月号

墓ありてこそ

私の生家の墓所は、父が生前いささかの自慢のたねとしていたもので、場所は高知市五台山の中腹にある。

ここは昔、聖地といわれ、墓所を得ることがまず誇であったらしく、そして、我が家の墓域には大小二十基以上の苔《こけ》むした墓石が並んで建つ。

その文字を辿ると、いちばん古いのが宝暦四年没、続いて明和、天明、寛政、と順を追って現在に至っており、墓石のかたちも、屋根付きのものからありふれたものまでさまざまあり、また俗名には全部、苗字《みようじ》がついている。

父は日ごろから私と兄に「家は代々の商人だから」と奢《おご》りを戒めていたが、ここにくると急に毅然《きぜん》として、

「商人は商人でも、ただの商人とはちがう。苗字帯刀おゆるしの上、死んでも屋根つき墓石を認められた藩のご用達《ようたし》じゃ」

となって、こんこんと子孫たる私どもに説教がはじまるのである。

それだけに、父の墓を敬う気持は大へんなもので、口ぐせのように、

のである。

「墓を磨かぬ者は家は栄えぬ」

といい、折々の墓参はむろん、年忌《ねんき》法要はきっちりと怠らなかった。

商人とはいっても、祖父の代で材木商をつぶし、父は花街のなかで紹介業を営んでいたから、とき折は卑屈になろうとした気持を、この墓所の存在が救ってくれたのではないかと思われるのである。

これは私も同様で、家の職業がいやでたまらなかったとき、もともとは筋目正しい商人の家だったのだから、たくさんの先祖がもの語っているのだから、と思えば、ずい分気持も軽くなったものだった。

父の墓を敬う精神は、いま兄の子供たちに受けつがれ、立派に墓守りを勤めてくれている。

「週刊新潮」平成七年九月二十一日号

第三章　暮し

めんきち

ゆであげたらすぐ口へ

私のめん好きときたら、うどんそばの正統派からはじまって末はところてんに至るまで、我ながらその許容度のひろさにうぬぼれているが、最近は食べるだけでなく、めん好きの友と互いのレパートリーについてとっくり話しあいたい思いしきりなのである。

で、細いものから順にそうめんからいくとすると、私の三大愛用銘柄、奈良の三輪そうめんに姫路の揖保《いぼ》の糸、小豆島の寒ざらしの他《ほか》に、今年からは三州和泉の生そうめんが加わることになった。これは知合いの方から送って頂いたもので、打ちたてをさっと天日で乾燥しただけの生だから夏場にしかできず、それにどういうわけか長く長くすごく長く、端を持って椅子《いす》の上に上っても片端はまだ箱のなかにうねっているほどなのである。最初この長さのままでゆで、バカの長松みたいに目を白黒させながらのみこんだが、何のことはない適当な長さに切ってゆでればいいのであって、味は抜群、コシの強さは乾燥めんよりはるかにいい。

私は毎年夏になると、一日の怠りもなく昼食はそうめんと決め、それも必ず自分でゆでる。鍋《なべ》をにらんでいて呼吸をはかり、さっとあげて間髪を入れず冷水にさらすのだが、二把たべるときでも三把でもゆでるのは決まって一把ずつ、つまりゆであげたら即、口へ入れないと、たとえ五分でも放置すると味がおちるのである。

井戸へ一升びんつるし

つゆは、とつゆの話になると昔語りになるが、私の郷里土佐では小鯛《こだい》のだしが最高とされたものだった。いまでも土佐の皿鉢《さわち》料理の一つに皿鉢へそうめんの汁かけを盛り、上に小鯛を飾ったものが出ることがあり、そういうのを見るとそうめんがごちそうのひとつだった昔をなつかしく思い出す。

私の生家は大家族だったから、つゆを冷やすのに冷蔵庫ではまにあわず、一升びんにコルクの栓をつめていつも井戸へつりさげたものだった。ガラス鉢にゆでたてのめんを盛り、びんを傾けてつゆを注ぐときの、こくこくという音や、何ともいえぬうま味を持った小鯛のだし汁がどれほど私をわくわくさせたことだったか。そういえば、そうめんのつゆは私はいまでも断固、かけ汁であって、つけ汁では絶対たべる気がしないのも、この頃《ころ》の習慣によるものであろう。

青ユズおろしでないと

薬味は、これも動かし難くユズのおろしでなければならず、ネギやショウガやゴマなどではせっかくのそうめんの味を汚してしまうのである。

同郷の私の亭主は、青ユズを主張する私の説に疑義を持ち、同じ土佐の下町育ちでもそんな話は聞いたことがない、という。私は、自説に普遍性を持たせたくて何とか実証を、とあせっていたところ、幸運にも大阪空港のなかのすし屋でたべたそうめんに、何とほんのりと青ユズのおろしがかかっていたのである。

土佐ではユズをさまざまに使い、そうめんの他にさわらの刺身にかけたり、またとうふにもひややっこでたべるユズ豆腐などというのがある。それというのも、関東では青ユズの出まわるのは八月下旬だが、土佐では七月末にもう店頭に並ぶから、夏の味とのあい口を考えだしたものであろう。ただ、現在は土佐といえども青ユズは一個二百円もする故に、私は例年、ユズの木を持つ知合いに三拝九拝してわけてもらい、今年も一日一個として、夏うち使えるだけ三十個を送ってもらった。

石油カンに詰めて鶴亀

いまは三年そうめんもらくにスーパーで買えるが、私の母など今年出来のそうめんを石油カンに詰め、和紙できっちりと目ばりをして「何年何月、鶴亀《つるかめ》」などと書いて三年ほど囲っていたことなども思い出す。終戦直後、製めん所でできたての、口のなかでだんごのようになったそうめんの味を思えば、昔もいまもコシの強いそうめんを口にできるしあわせを思うのである。

夏いちばんののどごしを誇ったそうめんも季節とともに終り、これからは汁の実を入れるバチそうめんになるが、いま私の愛用しているつゆの話ともにそれはまたいずれ。

「サンケイ新聞」昭和五十二年十月八日

長唄

三味線は、雲一つないカーンとさえた冬の朝にいちばんいい音を響かせてくれる。手持ちのものを、最近、張替えたばかりなので、そんな朝に出会うと、実に美しい音が楽しめる。

子供のころの稽古《けいこ》ごとというのは極めて消化吸収がよい、という見本みたいなのが私の三味線である。正確にいえば、人に習った稽古ごとでなくて、聞きおぼえの自己流なのだが、この耳で小学生時代刻みつけた『猩々《しょうじょう》』の合いと、二つ三つの端唄《はうた》は、三十年余後のいまでもちゃんと弾けるからおもしろい。調子笛はいっさい使わず、耳の底に残った音を頼りに音合せをしている。

こういう下地があって、七、八年前から三味線の文化譜をとりよせ、レコードを参考にしながらさまざまな音曲に挑戦。長唄、常磐津《ときわず》、清元、新内、義太夫《ぎだゆう》のさわりから小唄まで試みたが、結局、譜を見ながらでは唄がついてゆかないので、三味線の曲としていいものだけにしぼり、ただいまのレパートリーは、『松の緑』『末広狩』のやさしいものから、『都鳥』『岸の柳』などポピュラーなものを経て、新曲『浦島』へ。全部で八曲ほど。それも合いの手だけを、いまだに譜が手放せない状態で弾いているから、人前で弾くことはできぬ。『浦島』などは芳村伊十郎長唄全集で、山田抄太郎の演奏を繰返し聞き、考えながら手探りでさらっていく。細かいバチさばきは、難かしいほど闘志をかき立てられる。

私は楽器をいじるのがとても好きだけれど、正式に師匠についたものといえば、六歳のときの琵琶《びわ》だけである。あとはすべて自己流、一人で考えながら工夫しながら練習するのが性に合っているらしい。さまざまに試してみて、いま三味線だけになってしまったのは、この楽器が出し入れに軽便なのと、汲《く》めども尽きぬ興趣をもっているからだと思う。

愛用のものは二梃《ちょう》あり、一梃は稽古用の長唄三味線、あと一梃は白紅木の小唄三味線で、ふだんは専ら後のほうを使っている。楽器ほど持主の顔を見るものはなく、一週間もさわらないとスネて音色が悪くなるので、私のような気ままな人間はこの練習から学ぶことも多い。

最近『たぬき』に挑んでみたが、これはあえなく敗退。文化譜だけでは「秋の色種《いろくさ》」の虫の合い方でも弾けない個所があるので、ここら辺《あた》りがそろそろ限界かと考えている。

「週刊新潮」昭和五十四年三月二十九日号

目

自律神経失調症という病気の顕著な症状は、私の場合不安感であって、この不安感が昂《こう》じると恐怖になる。

私の自律神経症は、太宰賞をもらったあとあたりに端を発しているから、いま思えばどうもそれは和服と深い関係があるらしい。というのは、賞をもらう直前に私は会社勤めをやめ、したがって日常外出が洋服から着物一辺倒にかわってみると、この和服を見る女同士の目には、ある独特のいろが込められているのに気がついたからである。

いまや着物を着る人は数少なくなり、一種の専門知識が必要になってくると、自分の目で、もののよしあしの判別ができるようになる。着物のことは何にも知らず、親に買ってもらったウールなどを、うれしそうに着ている若いひとは別として、自分の財布と相談の上、着物を買っている中年以降の女性は、人の着物に無関心ではいられず、すれちがう瞬間、チラリ一瞥《いちべつ》、相手の着物の値段まで読みとってしまうのである。

洋服はセンスで着るもので、たとえ一枚千円のブラウスでも組合わせやアクセサリーを考えれば値打ちのほどはゴマ化せるけれど、着物は材質そのものですぐ値段が知れてしまうからおそろしい。

　女の目から火花が散る、という感じはデパートの呉服売り場などでとくに強く、いい大島など着て行ったときにはお世辞たらたらで売子は寄ってくるが、ごくありきたりの紬《つむぎ》など着て行った場合は、フン、お前に何が買えるか、というお高い態度をみせる。

　私が、人ごみが嫌いになったのも、こういう下地があって、とくに女の目がおそろしく感じられるせいなのだと思う。

　それに、太宰賞以後、作家として世に立ってから、人ごみのなかで私を見知っているらしい好奇に充《み》ちた視線にしばしば出会うのである。ヒソヒソ、ジロジロの目に嘗《な》められるのは苦痛としかいいようがなく、それはとくにテレビに出たあと四、五日のあいだがひんぱんになる。

　最大の苦痛は、電車に乗って前の席や、立っている人たちから見られることで、これは着物のときのすれちがいのように、一瞬で終らないから至極つらい。いく駅ものあいだ、目は私の顔から全身を撫《な》でまわし、持物のはしにいたるまで仔細《しさい》に這《は》って、その目は、どちらかが電車を降りるまで離れないのである。一度、前の席の中年紳士が私を眺めとおしていて、降りぎわに、

「あなたは確か、どこかで見かけた人ですね。どなたでしたっけ」

と問いかけてきた。

私はしらん顔をして、

「さあ、思いちがいではございませんか」

ととぼけたが、いっそこういうのはからりとしていて、さして不快でもない。

私の病気はこのヒソヒソ、ジロジロに会うたびだんだん悪くなり、人の視線が針のように痛く感じられて一時期、外出がとても嫌だった。医者にいわせると、

「有名人たちの自家用車というのは伊達《だて》じゃないわけだ。人の視線と戦うのはくたびれますからね」

というわけで、それからは家の前から目的地まで一直線にタクシーで往復する習慣となったが、さてこれを続けてみると、はなはだ不健康であることがわかった。

第一運動不足だし、それに渋滞の道路を、前の車の排気ガスを吸いながらのろのろと走るもどかしさ、有名人たちがルームランナーや、室内健康具で体を鍛えるからくりもよく理解されたが、どうも私はこういうのは性に合わないらしく、どこか欲求不満が残る。

去る一日、私の家に浜木綿子《ゆうこ》さんが見えられ、さて帰るとき、私は一緒にエレベーターで下り、駐車場まで送って行ったが、団地のこととて主婦の方たちが黒山の人だかり、そのなかを浜さんは昂然《こうぜん》と胸を張り、左右に会釈を返しながらゆうゆうと自分の車まで歩いて行った。

さすが見られることに馴《な》れたひとは違う、と私は感じ入り、このときから勇気をふるいおこ

じて、また電車を利用する気になった。世間の目がこわくて生きていられるか、とはなにかの芝居の科白《せりふ》だったと思うけれど、考えてみればジロジロ、ヒソヒソは必ずしも私を私と知ってのことではなく、いつかの中年紳士のように、あの人どこかで見た顔ね、くらいのささやきかも知れないのである。

さして有名人でもないのに、人の目をおそれて萎縮《いしゅく》するのは、誇大妄想もはなはだしく、これでは自分で自分を狭くするばかりだと思う。とはいうものの、私にはやはり、なお人の目は重荷に感じられる。自律神経失調症がいまだ完治していない証拠、とでもいうべきであろうか。

「現代」昭和五十四年九月号

鰹のたたき

土佐に生れ育った人間が東京に移り住んだとき、何がいちばん悲しいかといえば、生鮮魚介類が簡単に口に入らないことである。

実際、これが嫌で旗を巻いて土佐へ帰ってしまった人もいるし、私などのように、いたしかたなくお江戸に踏みとどまっている人間でも、故郷を恋う涙はこれすべて鮮魚に対する渇仰に他ならぬ。

私が上京したのは昭和四十一年だったが、その六年後、私とは昔馴染《なじ》みのねぼけの竹内さんが赤坂に土佐料理を開いてくれたときは、大げさにいえばまるで救世主の思いだった。在京の土佐人はわっとどよめき、土佐にいて食べるのと同じカツオのたたき、さばずし、どろめ、皿鉢のかずかずに随喜の涙を流しながら舌鼓を打ったのである。

築地にもカツオもさばも上るけれど、新鮮なものは高級料亭へ消えてしまうし、他県人が作ったタタキは土佐のものとはどこやら一味ちがう。何しろ海の国土佐では、さばは刺身で食べるのがいちばん美味だし、タタキでも三枚におろした身の、まんなかを持って宙に上げるとピンと水平に張っているものをそのまま火にあぶる習慣だから、「少しいたみかけたからしめさばにしよう」とか「鮮度が落ちたからタタキで食べよう」というのとは、どだい心掛けがちがうのである。

竹内さんは、浜揚げの品を空輪で客の口に運んでくれるうれしい人だが、赤坂店以後、東京五店大阪四店とねぼけ土佐料理が増えたのも、この心意気を皆さんが買ってくれたものであろう。

これからいよいよカツオ本番、以前、土佐を訪れた水谷良重さんが、タタキの皿鉢一枚をぺろりと一人で平げたよし、ご本人から直接聞いたことがあるが、私も昔はそれに似た経験がある。いまは寄る年波で量が衰え、その代り、より美味、より新鮮なものを少し、という志向になって来たが、それだけにいっそうねぼけとの縁は深まるものと思っている。

「文藝春秋」昭和五十七年六月号

余暇

私は父が四十五歳、母が三十五歳のときに生れた一人娘で、そしてとても病弱だったから、子供の頃からずっと、自分ひとりで遊ばざるを得ない環境にあった。一人の兄は十八歳も年上ですでに家を出ており、たのみとする母親は忙しく、そして男衆や女中たちはときどき私に意地わるをするので信頼がおけず、それに私は、外へ遊びに出るのがとても嫌いな子だった。

人形をはじめ、さまざまなものを作ったり、絵を描いたり字を習ったり、音楽は六歳の六月、薩摩《さつま》琵琶の手ほどきを受けたのがはじまりである。糸道を明ける、といういいかたを知っているひとはもうほとんどいなくなったが、昔はどこの土地でも、大ていの家庭はいまのピアノと同じように子供に絃楽器《げんがっき》を習わせたもので、私も父に連れられて、この日初めてお師匠さんのところへ挨拶《あいさつ》に伺《うかが》ったのだった。

雨の降っている日で、傘をさして足駄をはき、ぬかるみの道を難渋しながら行ったことだけ、奇妙に正確に覚えているが、たぶんこの記憶が消えないのは、琵琶など習うのが嫌でたまらなかったという気持を強く抱いていたせいかと思う。

果して琵琶の稽古は長続きせず、『赤垣源蔵徳利の別れ』他二曲ほど上げただけですぐ止《や》めてしまったが、このあとずっとこんにちに至るまで習いごとのすべては三日坊主の連続だった。

思うに私は、いまも自己流でこういう創作の仕事にたずさわっている体質が小さいときからあって、人に習うこと、或《あるい》は人のとおりに真似《まね》させられることが大の苦手だったらしい。

そのかわり、ひとりで考えてすることならのめり込むたちで、いまでは文化譜を見ながら長唄も弾けるし、謡曲もそれらしくうなることもでき、またお香やお茶お花のたぐいも手引書を読んでどうやら理解だけはできる。

ひとりで好きなように遊ぶほど楽しいものはなく、誰《だれ》にも邪魔されず文句もいわれず、日本画で花を描いたり一絃琴を弾いたり、また編物したりレコードを聞いたり、すみれを植えたり浴衣《ゆかた》を縫ったり、こんなことをしているとすぐ時間が経《た》ってしまう。人に習えば早く上達するものを、ひとりでやれば試行錯誤ばかりだけれど、その代りでき上ったときの喜びは無類である。

ただこの頃、私は仕事に追われ追われて、こういうひとり遊びの時間が全く無くなってしまい、ストレスはたまるばかり、時間のたっぷりあるひとがむしょうに羨《うらや》ましく思える。若いひとたちが、学校時代は時間があってもお金が無く、就職してのちはお小づかいはできても今度は時間が無い、と嘆いているのを聞いたことがあるけれど、いま私はそれに似た状況でいる。

子育てもとうに終り、夫婦二人きりの静かな暮しになってみれば、若い頃からやりっ放しで仕上げもしなかった三味線もきちんと稽古したいし、欲しいとおっしゃる方には松園さんばりにていねいに美人画も描いて贈りたい。うちに五体ある人形も、小ざっぱりした着換えをたくさん縫ってやりたいし、手絞りの染物もしてみたい。と夢は拡《ひろ》がるばかりだけれど、現実には来る日も来る日も原稿紙との戦いである。

毎朝新聞紙のなかにはさまれてくるチラシを見ると、何々教室の案内が実にひんぱんに入っていて、この頃の盛況が察せられ、こちらは心おだやかならぬ思いがする。いまは、こういう趣味の遊びばかりでなく、私には読書の時間さえも無くなっており、読むのは現在書いているものに直接関《かか》わりのある資料だけになってしまった。

昭和一ケタ生れは仕事が趣味だと若いひとたちから揶揄《やゆ》されるが、逆にいえば、余暇の尊さを知っているからこそ、もったいなくて使えないという気持がほんとうなのではないだろうか。世のなかはなかなかうまくいかないもので、余暇という時間の余裕と、お金という物理的な物質とそれに伴う精神の余裕とはめったに天秤《てんびん》が釣り合わぬらしい。どっちか一つを授けると神様にいわれたとすると、私は昔の自分の経験から照らしてみて、ためらうことなく余暇が欲しい、というと思う。

余暇というものが人間の精神生活に与える効能というものはすこぶる大きいし、だからこそ生産面だけでなく、週休二日という制度が拡がってゆくのだろう。

してみると私など、一年中ただ働き続けていれば当然命も縮まるわけで、ある日ふとそれがおそろしくなり、短かい時間をみつけて三味線を取り出してみたりするが、こんな有様では上達もせず、上達しなければおもしろくなくてすぐ飽きてしまう。

家事を片付け、カルチャーに通うゆうゆうたる方たちのようになりたい、とはいわないが、せめて追われる仕事のない日が三、四日ほどでよい、欲しいと思い、珠玉の余暇にあこがれ続けている。

「月刊カドカワ」昭和五十八年五月号

花の十二カ月

梅

私の住むマンションは、幸運なことに梅の木に恵まれ、南と東が梅林である。散歩の道すがら、この木の一年中の変化を眺めるのがたのしみだが、数多い花木のなかでも、梅ほど凛冽《りんれつ》たる品格をそなえているものはないように思う。

寒風吹きすさぶさなか、小さな固いつぼみがやがて来る春を待ってしっかりと苛烈《かれつ》な季節に耐えているさまは感動的であり、それだけに陽光のきざしとともにいちはやく開花する花のすがたはいっそう美しい。

ふくいくたる香りを放ちつつ、一木悉《ことごと》く開花するときの華やかさ、それは長い冬から解放された歓喜に充ちていて、見るものの心を浮き立たせずにはおかぬものがある。

梅の花の別名を清友とか清客《せいかく》とかいうのもいかにも似つかわしいし、また君子香とも好文木《こうぶんぼく》とも呼ぶのも、昔からこの花に対し、ひとびとが単なる美しさ以上のもの、いうなれば高い精神性を求めているかが判《わか》るのである。

雪割草

子供のころ、宝塚歌劇のなかの主題歌で「ただひとつ、ちさき花、ゆきわり草のやさしさよ」というのが流行《はや》り、ずいぶんと口ずさんだものだったが、土佐生れの私は、日本の中北部の高山に育つという雪割草をいまだに見たことがない。

植物事典をひらくと、サクラ草科の多年草だとあり、夏、ほんの十センチほどの茎を地上に出し、紅紫のかれんな花をつけるのだそうである。

高山地帯には夏でも雪があるので、その雪を割って咲く故にこの名がつけられたという。私にとってはいわば幻の花だが、私に限らず、平地に住む人間は高山に咲くこの花を見ないで終ることも多いのではなかろうか。

空気の清らかな、人かげもない高地に、雪を持ちあげてそっと開く花、と聞いただけで胸のふるえるほどいじらしい気がする。

もしこの花を平地におろしてきたら、たちまちにして枯れてしまうのではないかと思われ、見ないで終るしあわせを考えたりする。

菜の花

菜の花という呼び名は、いま栽培されて花屋さんに並ぶものを指しているが、私が農業をしていた終戦直後のころ、菜っぱにとうがたち、花が咲いたものはすべて菜の花と呼んだものである。

畠《はたけ》や田圃《たんぼ》に、取り残した白菜や杓子菜《しやくしな》や、山東菜や小松菜まで、春がくればひょろひょろと背が伸び、そのさきに黄いろい花をつける。

栽培されたものには、油を取るための菜種があり、これらを含めて一切合切、菜の花と呼ぶ春の草に、蝶《ちよう》が舞い遊ぶ姿の、そのやさしくもうれしいこと。

うらうらとかげろうがもえ、空にひばりのさえずる声を聞くと、ああこれでやっと冬の季節から解放されたと心がはずんでくるのである。

冬将軍の退去を告げる色ゆえに、菜の花の黄は目がさめるほど新鮮で美しい。

いわば雑草にも似た菜っぱから何故こんな美しい黄が生れるのか、としみじみ見とれてしまう。

桜吹雪

四月生れの私は一年中でいちばん春が好きで、春に象徴される桜木にとりわけ深い憧憬《しようけい》を持つ。

数ある花木のなかでも桜ほど人の思いをかきたてるものはなく、花に景色と状況が添えば、夜明けのつぼみの桜、青天の春風にふるえる満開の桜、夕景の落花撩乱《りょうらん》、そしておぼろ月夜に雲とまがう姿など、そのときどきの、我が胸のときめきが思い出されるのである。

若い頃は一重咲きの山桜などが好きだったけれど、年を取るにしたがって好みが移り、次第に華麗な品種を目指して、いまは八重の里桜などをしみじみと美しいと思うようになった。

この関わりはやはり女と花、女と桜、のせいかと思われ、互いに美を牽引《けんいん》しあってのバランスというものなのであろう。つまり、我が身に花の香が失《う》せてゆくにしたがい、それを桜の品種に仮託してゆくものらしい。

願わくば四月生れらしく、けんらんたる桜花の季節にこそ我が生を終りたいもの、と思っている。

あやめ

長唄に『あやめ浴衣』というのがあって、それに因《ちな》んだわけでもあるまいが、昔、日本舞踊を習っていた者は、あやめ模様の単衣《ひとえ》や浴衣を必ず一枚は持っていたものだった。

それというのも、この花が日本女性のしたたる色香を秘めているかの如《ごと》く感じられるせいで、じっと見つめていると、そのはなびらの深い紫の底に惹《ひ》きこまれてゆくと思えるほどに美しい。

濃きあやめのつぼみ、という言葉は女性に贈る最高の讃辞《さんじ》だそうだけれど、これは説明はなくとも感覚としてよく判る。

つぼみだけでなく、開いたはなびらも脆《もろ》くはかなくいとしくて、風の当らない場所へ花筒を移したりするが、その花を守る葉は尖《とが》った剣である。

あやめが男の節句を飾る花だということも、その姿からしてやはり深いいわれのあるような気がする。女と生れたからにはこの花のように、情熱を内に秘めた魅力を備えていたいものと願うのである。

あじさい

花は、太陽に向かって昂然と咲き誇る姿も雄々しいが、さびしげにうなだれ、雨に打たれながら開く姿もまたいとしい。

あじさいは純粋の国産花だそうで、そう聞くと、これも日本独得といわれる梅雨の時季に開花することと深く関わっているのもうなずける気がする。

私が六歳のとき、二十四歳で逝った兄は無上のあじさい好きだった。長いあいだはなれに病《びょう》臥《が》していて、母は病床から眺められるように、中庭に大きな株を植えてやっていたが、つゆの頃になると一枝剪《き》ってくるようにと私は兄によくいいつけられた。

田の字田の字の花びらが寄り集って咲くさまは美しいが、しかし剪ってしまえばその命のなんとはかないこと。

兄の枕《まくら》もとの花瓶で、すぐしおれてしまうこの花に、若くして人生を終えた病弱の兄の、青白かったおもかげが重なり、あじさいは私にとっていつまでも悲しい花なのである。

なでしこ

昔、私がまだ女学生のころ、夏になると夏病みがあまりにひどいので、医者にすすめられ、海辺で一夏を転地療養したことがあった。

一人ぐらしのおばあさんの家に身を寄せ、世話してもらったのだが、海からの風は涼しくても、真昼は砂が灼《や》けて熱く、外へは出られなかった。

が、陽《ひ》が落ちてまだ余光の残っている夕明りの時刻、はだしで砂浜に下りると、草むらのあちこちには濃い紅、薄い紅のなでしこが咲きみだれていて、それがどれだけ病がちな私を慰めてくれたことだったか。

かぼそくたおやかな小花なのに、しゃっきりと首を擡《もた》げ、夕風にゆらめいているさまはまるで可憐《かれん》の代名詞のよう、これが案外に強い花で、手折って花瓶に生けると、夏の花に似合わず二、三日は生き生きとして咲き誇るのである。

日本女性のことを一名大和なでしこと呼ぶのも、こんな秘められた強さを指しているのかもしれないと思う。

秋草

長唄の名曲に『秋の色種』というのがあって、まことになまめかしく七草を詠み込んであり、また地の三味線が出色といえるほどに美しい。

この曲を聴くたび、秋草はさびしいもの、などとは誰がいったかと疑うほど秋のくさぐさは意表をついて華やかである。

思うにこれは、その草むらにすだく虫の音の伴奏あってのことかと思われ、気のせいか、美しい花の根元の虫の音いろはまた一きわ美しく聞こえるように思う。

古きよき時代に子供の頃を送ったひとは覚えがおありだろうが、近くの原っぱが秋になると秋ぐさ生い茂り、そのなかにしゃがんでかくれんぼしたことなどなつかしい。

秋草は一輪二輪生けても風情よろしいが、ときには鎌でざっくりと根元を刈り、大壺《おおつぼ》に生けると、これは豪奢《ごうしゃ》、清楚《せいそ》、艶冶《えんや》、枯淡、情熱とりまぜて一大ハーモニーを奏でており、いつまでも見飽きることがないのである。

ほととぎすの花

私がほととぎすの花を最初に見たのはまだ少女の頃、庭に茶花を丹精している茶の師匠の家でだったが、私は一瞥するなり、まあなんてつまらない花、と思った。

色が地味なせいか、開花しているのに少しも華やかではなく、ほととぎすの胸毛に似ているというその花びらの油点もうす気味わるいだけだったが、師匠はそのとき、

「きっと将来、あなたもこの花のよさが判るときがきますよ」

と笑いながらいい、それは奇妙に強く私の記憶に残った。

年経ていま、夏もさかりになると花屋の店さきに立って、きょろきょろと目で捜しているのはまっさきにこの花である。

伊賀でよく備前でよく、土ものの一輪挿しにこの花を生けて眺めていると、昔の師匠の言葉が耳によみがえり、私はひとりで苦笑する。心静め、対していると、これほど味のある花はなく、その地味な紫の花弁の奥に秘められている、深い情熱を感じとることができるように思う。

茶の花

昔、短かい期間だが県境の山村で一人住まいをしていたことがあった。一戸建ての借家で、まわりに茶の垣が植えてあり、初夏になると新芽を摘んで蒸し、手で揉《も》んで茶を作ることをお

ぼえた。

村の人たちは茶の木をなによりも大切にし、この花が咲くとそろそろ障子の破れも繕い、綿のものも出して冬仕度をしなければ、といい、そう聞くと、このかれんな白い花が如何《いか》に人の暮しに役立っているか、ひどく感動したものだった。

家のベランダには最初椿《つばき》が二本あったが、北風に耐え得ずして一本は枯れてしまい、代りに山茶花《さざんか》を植えた。それもひどく生育が悪いので、この頃ではそろそろ、茶の木に植え替えようかと考えている。

そうすればのんきな私でも冬の到来をいち早く警告され、この花のほろほろと散る頃にはすっかり冬仕度を終えているという寸法になるはずで、そう考えればなんとけなげな花であることか。

小菊

私が菊人形をはじめて見た記憶は枚方《ひらかた》だったと思う。

たしか重の井子別れか何かの人形で、近寄ってみて私は、重の井の打掛がいちめんびっしりと小菊で埋まっているのにびっくりした。

一輪咲きの菊も美しいが、集まると豪華絢爛《けんらん》たる色模様をくりひろげる小菊の色香もなかなかに見逃しがたい。

しかもそのとき、そばにいた男の子がついと手をのばし、人形の小菊をひとつむしり取って口のなかへ入れたかと思うと、

「ああおいしい」

と大声でいったのだった。

土佐では菊を食べる習慣はなかったから私は卒倒するほど驚き、のちになって刺身のツマについていたそれを食べたところ、べつに嘆息するほどとは思えなかったが、ぱっと口のなかに香りがひろがっていい気分だった。

藪《やぶ》のなかにひっそり咲いていても気品があり、集まると華やかで賑《にぎ》わしく、そして食用にもなる小菊、こんなふうに生きたいもの。

クリスマスローズ

後藤比奈夫というひとの句に、「クリスマスローズ気難しく優しく」というのがあって、私は一度この花にお目にかかりたいもの、と念じているが、いまだに生花にはその機会を得ない。

毎年クリスマスに、柊《ひいらぎ》を輪飾りにしてプレゼントしてくれる友人が一年《ひととせ》、ことしは幻の花にしましょうね、といって、淡紅いろのクリスマスローズにポインセチアの花びらをからませた

花輪を、作ってくれたことがあった。

じっと眺めていると、この花に何故ローズの名がついているか不思議に思えるほど、薔薇《ばら》とはほど遠い姿なのだが、原産はヨーロッパというから、きっと冬に花のない向うのひとたちは、一種のあこがれを込めてこの名を冠したにちがいないと思った。

なるほど真冬に気位高く、そしてやさしく咲くにふさわしく、チロチロと赤く燃える暖炉の上に置けばよく似合う、などと思いながら小さな花輪を日本間に飾ったことだったが。

「婦人画報」昭和五十九年一月号〜十二月号

一時《いっとき》の女性のぜいたく

冷房の普及で、この頃は盛夏でも着物が楽しめるようになって、私などはとてもうれしい。

昔の女性はつつしみ深くて、真夏でも下着の透けてみえるような着物は下品だとか色っぽすぎるとかいって避けたものだが、そのくせ、みるからに涼感のあるこういうものに、心中深くあこがれていたのではなかったろうか。その証拠に、私の娘時代、もう戦争もはげしくなっていたにもかかわらず、親は八方手を尽くし、私の簞笥《たんす》のなかにはちゃんと絽《ろ》、紗《しゃ》も入っていたのである。

着物のしきたりをいえば、六、九月は単衣物、七、八月が羅物《うすもの》の季節で、絽、紗はこのわずか二カ月間のぜいたくな着物である。

親の言葉を借りていえば、「絽は織り目から風を呼び、紗は袖口《そでぐち》から風が入ってくる」というとおり、着心地はそれぞれ違うけれど見た目の清涼感はこれにまさるものはない。

私はどちらかといえば、嫋々《じょうじょう》と体にまつわりつく絽のほうが好きで、毎年春の頃からその年のものを選んで注文する。もういく枚作ったかすっかり忘れているのに、ふしぎに真夏の陽ざしを浴びると必ず着たくなるのは、絽の模様がほとんどといっていいほど、すがすがしく涼しいものばかりであるせいなのだろう。

体の線があらわに出る絽にくらべ、紗は風を孕《はら》んでしゃっきりと張っているだけ、さわやかである。ぴちっと着つけ、帯のあいだに扇子でも差すと気分はすっかり改まり、暑さなどふっとんでしまう。

両者を例えていえば絽は女らしく、夜に似合うきもの、紗は暑さに耐える雄々しさのある、頼り甲斐《がい》のあるきもの、ということができようか。

私など年々年齢をとるにしたがい、若いときはシースルーの夏服など着るのが恥しかったものが、この頃は人さまから見て、夏は暑苦しいものはつとめて避けるという傾向にある。それだけひとさまの胸のうちを推量することができるようになったというべきか、或はまた、透明感への憧憬がより深まってきたところなのだろうか。

織り目から風の入ってくるというしなやかな絽、衿《えり》、袖口、身八つ、裾《すそ》から風を呼ぶ張りのある紗、どちらもこれからまだまだ私の簞笥には増えつづけるにちがいなく、油断すれば七、八月はすぐに逃げてしまうこの二カ月を毎年楽しみに待つのである。

「SOPHIA」昭和五十九年七月号

くらしのうた

お手玉

私の孫は二人とも男の子なので、いま女の子が日常どんな遊びをしているのか全く知らないが、少なくともまりつき、お手玉のたぐいに熱中している姿を見かけたことがない。

私どもの小さいころは、どういうわけか冬はゴムまりをついて遊び、夏は木かげでままごと、春秋は家のうちでお手玉の競争をするのが一種の習わしで、雛祭《ひなまつり》の日などは、ごちそうを食べたあと、群れ集まって大ていはお手玉大会開催と決まっていたものだった。

毎年節分過ぎると、母はきれ箱をかきまわしお手玉を縫ってくれたもので、母がごきげんもよく、気張ってくれるときはちりめんの二色つなぎ、少しごきげん斜めのときは銘仙や木綿の切れだけ、というあんばいで、中に入れるものも、運よく家に小豆の買いおきがあったときはこれを入れ、ないときは、川の辺に茂っているハトムギの実を取りためたものを使い、また砂や米で代用する場合もあった。

お手玉は大てい五つぞろいで、遊びかたはいろいろあり、両手を使って二つ、あるいは三つを空中に投げて操る「おじゃみ」や、床の上に四つを置き、一つを玉にして片手で遊ぶ「お寄せ」など、まことに単純な指先の反復運動なのに、何故いつもやめられないほど無我夢中になったのか、いま思えばちょっと不思議な気がする。

お手玉の音は、やはり小豆がいちばんさわやかで、サクサク、サクサク、と鳴る音を聞きながら、「西条さんは霧深し」や、「一かけ二かけで三かけて」、また「一で一の谷、二で庭桜」を高らかに歌いながら、途中しくじりもせず、「たまたま一貫貸しました」の終りまでやりおおせたときのうれしさは、これで遊んだ者でなければ分からないのではなかろうか。

中身が他のものだと音がすこぶる歯切れわるく、それに高く放り上げると、布の目から砂や米ヌカが落ちてきて目に入り、手もとが狂うので、私たちは親が小豆のサクサクを奮発してくれるのを、どんなに願ったことだったか。

桃の節句の日、お手玉に夢中になっていてあたりはすっかり暗くなり、ふと気がつくと、雛壇のぼんぼりのかげでじっと内裏さまがこちらを見つめている、そんな光景とお手玉の音、いまでも鮮やかによみがえってくる。

藻

『序の舞』を書くに当り、下調べをしているとき、ある資料に「加茂川では三月に入ると川底に藻《も》が萌えはじめ、その香りがうっすらと立ちこめる」とあるのを読んで、私は思わず手をたたいたほどうれしかった。

何故手をたたいたのか、直截《ちょくせつ》かつ簡潔な説明はむずかしいが、要するに、四月生れで春がいちばん好きな私と、海辺の国に育って水に親しい私と、万物萌え出る様相とがすべて合致した光景が、京都という古都にも確かにあったということではなかろうか。

大潮というのは月に二回あり、陰暦の一日と十五日だが、これが春の季節になるといっそうふくれ上って、平地から沖をのぞむと、人間など飲み込まれそうなほどゆたかな量になる。

高知住まいのころは、どの町に住んでいてもあけ方、まくらにこの上げ潮の音を聞き、それが春の大潮ならばたっぷん、たっぷんとまことに大きく力強く岸を打つのである。潮にはかすかな藻のにおいがあり、その香りを聞くと今年は何やらいいことありそうな、と胸がときめいてくる。

大潮に乗って、気の早い舟遊びの屋形舟が繰り出すのもこのころで、海岸通りの家にいたころは、夕景になると、水の上を赤い提灯《ちょうちん》をつるした舟のゆき交うのが絵のように眺められたのを思い出す。

父の釣り舟で鏡川、浦戸湾をこぎめぐるとき、藻のにおいはいっそう顕著で、私はふなばたに手をかけていつも底をのぞき込んだものだった。水の清かった昔でも、萌えはじめの藻の姿は肉眼で見えはしないけれど、これが春の終りから夏ともなると、藻は育って一塊となり、ゆったりと潮の流れに沿って目の前を流れてゆく。

それはまるで女の黒髪そっくりで、もはやのぞき込むのも気味の悪いものだった。男たちも、育った藻にはいつも釣り針をとられ、引き上げては舌打ちしながら水に戻していた様子など目に浮んでくるのである。

私の家では、正月用の雑煮のダシは、この鏡川で育つはぜを干したものと決まっており、何故なら、春、川底の藻をついばんで成長するはぜには独特の藻の香りがあって、それがこたえられぬ味だという。

こんなはぜのダシで雑煮を食べなくなってもういく十年たつが、春は地上の花を咲かせるだけでなく、日の目を見ない水底の植物などにまで命を与え、萌え立たせてくれると思うといっそううれしくなる。

おへんろさんの鈴

人間の幼児体験とはおそろしいもので、私は今でもおへんろさんに対しては一種の偏見に似た思いを抱いている。

何故なら、土佐では昔、子供をおどすのにお化けや幽霊の代りにおへんろさんを出し、悪い子泣く子はおへんろさんにやる、といつもいわれたものだった。

子供心に植えつけられたおへんろさんとは、気味のわるい顔をして、人の家の門に立ってものをこい、縁の下やお堂のなかで雨露をしのぎ、人から卑しめられて生きてゆくひとであって、もしこういうひとの子供にやられたらと思うと、身ぶるいするほどおそろしかった。そのせいかどうか、一日いく度も門口に立つおへんろさんが唱するご詠歌の悲しい響きは、生涯にわたって私をご詠歌嫌いにしてしまったのである。

この印象がいくらか薄らいだのは、農家に嫁いでのち、春になればしゅうとめが必ずおへんろさんになって七ヵ所参りをするのを見てからのことで、一年一度のそのレクリエーションはほんとうに楽しそうだった。

近所隣誘い合ってバスを仕立ててゆくときもあれば、七寺全部歩き通すときもあり、大てい一日で終えて戻ってくる。白衣にカサ、ツエはまた来年に備えてていねいに包み、納屋にしまっておくのだった。

菜の花の黄にかげろうがもえ、ゆらゆらゆれるその向うの道を、鈴を鳴らしながらおへんろさんが行く、この光景は土佐路の春には欠かせないものだが、私はよくよく不信心の罰当りなのか、どんなに誘われても七ヵ所参りさえ行ったことはない。

春めいてくると、村の七ヵ所行き組は夜な夜な集まり、鈴を片手に和讃のけいこをするのだけれど、「一つ積んでは親のため」のあのサイの河原の歌のふしを聞くと、いつも必ず涙がにじんでくる。それにあの鈴の音の、どこまでも澄んで、まるで天上まで届けとばかりに高らかに鳴るのも、いっそう悲しい。

信心のためとはいえ、人に喜捨をこいながらいずこからかあらわれ、またいずこかへ去ってゆく放浪の日々は、過酷でまたこの上なくさびしそうに見えるのである。

春の七ヵ所参りと同じく、いまは四国八十八ヵ所参りでも遊楽のひとつとなっているようだが、やはりその根底を流れるものは虚子の、「道のべに阿波の遍路の墓あはれ」なのであろう。

さくらの着物

さあ、いよいよさくらの着物の季節。

このごろは洋服を着ることが多いので、箪笥のこやしの着物は思い切ってつづらにしまい、よくよく考えて、さくらは三枚に限って出してある。

一枚は宇野千代さんの、黄の綸子《りんず》地に落花の総模様。パーティのとき一度だけ手を通したもの。一枚は西野由志子さんのブルーの片身替り。一見つぎはぎの芝居の衣装みたいだが、おもしろいのでこれも浅草の料亭に呼ばれたとき一度だけ着て行った。あとの一枚は辻村ジュサブローさんのさくらだが、これは一昨年買い、仕立て上がってきたまましつけ糸を取らずに寝かせてある。

つづらのなかには他に確か四、五枚、さくらが入っているはずだが、この模様を着られるのは三月半ばから四月の上旬で、もう打ち止めなので、三枚も出しておけば十分と考えたからだった。

私はしゃっきりした織物の着物も好きだけれど、写実ふうな花を描いたはんなりした染め物も大好きで、夜のおよばれには大ていこれである。装いとはふしぎなもので、机に向かって疲労困憊《こんぱい》、老婆のような顔つきになっていても、鏡に向かって髪を取り上げ、多少のものを顔にも塗り、そして箪笥のなかをかきまわしていると、自分でも分かるほど気分がはなやいでくる。準備時間がたっぷりあるときは、わざと衣《きぬ》ずれの音をたてていねいに着つけ、最後に帯締めをきゅっと結ぶと、原稿紙に向かって悪戦苦闘している自分とは全く別の自分があらわれてくる。

鮮やかな色や、派手めの着物は、えいやっとばかりの気合いを込めなければ着られないもので、気力がなえているときはこんなものは避け、しぜんにごく目立たない地味な着物のほうに手が出てしまう。

さくらの花など、とくに人を鼓舞する模様であって、手を通す前、この万朶《ばんだ》の桜を果して我が身につけられるかどうか危ぶまれるが、なに負けてなるものか、と着れば着たでどうにかなるもの、そう考えて毎年の春を過してきたのだった。

三枚のさくらとも、常識的な見かたですれば二十代、あるいは三十代の着物かも知れないが、この上とも気張って気張って、死ぬまで着てみようと思っている。桜花とは元来、人心を叱咤《しった》激励する花なのだから。

タケノコ

私は好きな食物についてはいささかモノマニアックになる気があるが、ことタケノコとなると少しばかりすさまじい。

もの心ついてこのかた、春、タケノコを食べなかったのは満州（中国東北部）生活の二年間だけで、その他は胃も腸もおかまいなしの食べかたをしては、はたから戒められている。

タケノコは何といっても掘りたてがいちばんで、京都乙訓《おとくに》のものでも、宅配便で送られてくるのはどこかの土地の掘りたてにはとうていかなわぬ。「なべを洗って待ってなよ」と男がいいおき、女はかまどの下をたきつけんばかりにして待っているとまもなく、土もいまだ乾かぬタケノコをさげて男が帰ってくる。つめを立てて毛むくじゃらの皮をむき、まな板の上に載せて包丁をあてるや否や、タケノコはパーン、と快い音を立てて二つにはじけるのである。

タケノコに米ヌカを入れてゆでるなどとは、日越しの品を食べるときの悲しい知恵であって、皮のあいだにまだ朝露を含んでいるほどのものなら何でゆでたりなどしてエキス分を捨てることができようか。

満州での二年間、私は夢にまで見るほどタケノコを恋い、命からがら引揚げて帰ってきたのちは、かたきにめぐり合ったように季節中、タケノコばかり食べた。毎度毎度煮るのも厄介になり、一度、二升炊きの飯がまにいっぱい炊いたところ、これはしゅうとめにしかられてしまった。

タケノコにはいろいろ種類があり、南国では寒中からモウソウが出、続いてホテイチク、マダケ、ハチク、ススダケまで、どれも好きだけれども、やはり味はモウソウが最高である。好きというのは度し難いもので、ここに、包丁を当てただけではじける新鮮なモウソウを一としながらも、その実、目の前にそれがなければ、掘って一週間目のものでも、あるいは缶詰の品でも、はたまた塩漬けのものでもタケノコでありさえすればよい、というところまで転落する。

かくまで執着する私を、「栄養知識ゼロね。タケノコなんて何の足しにもならないのよ」と笑う友もいるが、栄養価はおろか毒でもよし、とまで私は思い込んでいるところがある。

いまは有難いことに年中さまざまなタケノコが食べられるが、やっぱり、さあ春が来た、タケノコだ、とわき立って、香りぷんぷんのそれを食べるのがいちばんいい。その上に、唐ぐわ担いで「なべを洗って待ってろ」といってくれる、ヤブ持ちのすてきな男性があらわれるとなお結構なのだけれど。

潮干狩り

私は殊のほか貝るいが好物で、好きなもの順に並べると、あさり、蛤《はまぐり》、みる貝、とり貝、赤貝、とこぶし、長太郎、以下略で何でもおいしいが、実をいうと、東京下町ふうの発音で「ひおしがり」なるものには一度も行ったことがない。

子供の頃は、「足を水に漬けて冷やしてはいかん」と親にとめられ、その後は海に遠い土地に住んだこともあって、浜辺で焼きながら食べるという醍醐味《だいごみ》をいまだに知らないのである。

我が家に若い衆の大ぜいいた時代、彼岸すぎると自転車を揃《そろ》えて浜へ繰り出し、そういうときは必ず、これにいっぱい取って来るからね、楽しみに待っててや、と網の袋を示して出掛けるのに、ついぞ一度も私はその獲物を口にしたおぼえはなかった。

夕ぐれどき、あの網袋もはちきれんばかりの貝から、ぽとぽとと潮水をしたたらせながら、大威張りで戻るであろう自転車隊を待って私はそわそわし、出たり入ったりして待つのを母は笑い、

「貝掘りに行った若いもんが、まっすぐ家へ帰るわけもないやろ」

どうせ行き先は赤提灯よ、というのを聞き、当時の私は何もわからなかったが、いま考えてみれば、潮のしたたる貝はすべて酒手に化けたというわけだったらしい。

春で、おぼろで、貝掘りで、と来れば、若いもんならずともふと浮れ気分になり、収穫は今

晩のおかずに、などの話は忘れてしまいたくなる。

昔は屋形船を仕立てて海から入り、潮干狩り装束も、とくにちらり見える下着のいろを凝って楽しんだというから、かんじんの獲物よりもその風景を肴《さかな》の、優雅な「磯遊び」であったというのもうなずける。

ところで、貝るいは春がいちばん美味で、雛祭の蛤椀の頃からしゅんが始まるものとばかり思っていたところ、飲食事典をひらくと、昔は三月三日を境に、八月十五日までは食べないならいであったという。

もっともこれは陰暦だから、要するに陽気がよくなると貝るいは中毒することがあるので、要注意ということらしく、そういえば一度、真夏にさざえを食べすぎ、おなかが痛くなったことがあった。

しかし私は少しもこりず、砂を含む故に下等とされる月夜の貝であろうと、産卵期故に実がやせるといわれる夏の貝であろうとおかまいなし、年中、ボンゴレ、ほたて飯、青柳のぬた、しじみの味噌汁《みそしる》のたぐいを食べ続けている。

誕生日

憚《はばか》りながら、明十三日は私めがこの世に生れ出た日で、同日ご同慶の方々には、俳優さんで萬田久子、西城秀樹、藤田まこと、作家で吉行淳之介、島田一男、議員さんで小沢克介、藤井勝志、亡きひとでは徳川夢声、トマス・ジェファーソンなどがいらっしゃる。

同日生れならば、これらの皆さんに何か共通点があるかといえば、べつだんそうでもないらしい。第一、こういうデータが手に入るようになったのは戦後もしばらくたってからのことで、戦前は誕生日をことさらに祝うのは、よほどひらけた感覚の家のひとだけではなかったろうか。

とくに私の生家では、拙著『櫂』で明らかにしたとおり、両親は私に誕生のいきさつを隠す必要があったため、家中でその話はタブーだった。父は口ぐせのように、

「誕生日を祝うのは、皇族とおしゃかさんだけじゃ」

といい、また母は、

「お前の生れは、昭和二年の三月十三日じゃきにね」

と十一カ月ずらして教え込み、故に私は長いあいだ、早生れの七歳入学だとばかり思い込んでいたのである。

バレたのは女学校入学のとき、願書を見てからで、すぐさま母をなじったところ、

「女はお嫁入りのとき、約束のしるしに相手から誕生石の指輪をもらいますやろ。四月生れはダイヤモンドじゃきに、こんな高いもんを買うてくれる男さんは少ない。お嫁のもらい手が無《の》うなると困るきにね。これからも世間へは三月生れで通しなされ。そうしたら年も一つ若《わこ》うな

るし、三月はアクアマリンじゃきに、ずっと安い。誰でも買うてくれる。そうしなされ」と説得にこれつとめ、私は何となくへえ、そんなもんか、と思ってしまった。

考えてみれば、誕生石などのハイカラな取り決めをしたのは一九一二年、アメリカの宝石同業組合の申合わせといわれ、無学な母が何故こんなことを知っていたのか不思議でならないが、きっと私をだますべく、知恵を絞った挙句のことだったろう。

私は母への孝心でずっと三月生れで通し、母が亡くなってのち、正真正銘の四月生れに戻った。

ただし、結婚の相手からは、ダイヤモンドはおろか、何のリングももらわずじまいだったのである。

そらまめ

久保田万太郎の句に、「たけのこ煮、そらまめうでて、さてそこで」という作がある。

香り高いタケノコ、みずみずしいそらまめの鉢を前にし、さて春もたけなわ、友達呼ぶか、一人でいっぱいやるか、と膝《ひざ》を叩《たた》く上機嫌の万太郎の顔が浮ぶような句で、思い出すたび口の中に唾《つば》がわいてくるが、しかしいまは、タケノコ、そらまめからくる季節感も昔に較《くら》べるとずいぶん薄くなった。

そらまめを青々と茹《ゆ》でるのには呼吸が要り、鍋の蓋《ふた》をせずきっとにらみつけていて、頃合いを見計らい、えいやっとばかり上げなければ、実は皮からとび出して煮くずれてしまう。

昔話に、おたふく顔のおふくさんの恋人はそらまめが大好き、そらまめを上手に茹でられたら女房にしてやろう、といわれ、さっそく挑戦したものの一年目は煮すぎてつぶれ、二年目は色が変って青味がなくなり、三年目はしわだらけの豆で、とうとうおたふくのお婆さんはお断り、といわれたそうな。

つまり昔は、一年に一度、季節にしか食べられなかったものが、いまは温室育ちで年中店頭にあり、むいたまま冷凍してあるそらまめも買えるのである。

私が農村にいたころ、田のあぜにそらまめをまき、毎日茎を引き伸ばす思いでその生長を待つうち、ようやく実り、さっそくさやの青いのを千切ってざるに一杯、茹でたところ、姑《しゅうとめ》に、

「青いのを食べるのは、これ一回限りですよ」

と釘《くぎ》をさされてしまった。

そらまめの用途は広くて、干してからからにしたものはさまざまに役立てるが、とくに南国故に小豆のとれない高知では、あんこはほとんどこのそらまめで代用する。味はやはり小豆のあんこにはかなわないが、馴れれば結構おいしいもので、先ごろ高輪の大福屋さんでこのそらまめのあんこに出合い、とてもなつかしかった。

姑のいうように、そらまめを植えつけても、干しあげて一年中のあんこの用にする農家では、青い実を茹でて食べるのはぜいたくの部類だったのである。

そのせいかどうか、山盛りでもお店の値段は結構お高く、家族一同のおやつとしておなかのおしのぎには少々もったいないような気がする。おいしいそらまめ、女子供には縁遠く、酒やビールのおつまみに少量を男たちが食べるものになってしまった感がある。

あくび

まあこの頃の、なんと忙しいこと。目覚めてから寝るまでバタバタと動きまわり、机に向かうあいだもあっちの資料、こっちの資料、と重い本を繰ったり広げたり、全く仕事のどれいとなり果て、いまやあくびするヒマもないというのが私の嘆きである。

遅々たる春日、読書にも縫い物にも倦《あ》き、あーあ、といくたびあくびすれども陽はまだ暮れぬ、といったのんびりした心境は、もはや私には無縁のものとなったらしい。

あくびはすぐ伝染し、一人が口の奥の虫歯まで見える大あくびをすると、連鎖反応でつぎつぎもらい、ついには犬や猫まで奇妙な裏声をあげて口をあけ、一座の者みんな、笑い出す。

あくびはまことに厄介者で、嚙《か》んでも嚙んでも嚙み切れず、飲み込めばすぐ起き上ってくるので、自然消滅まではなりゆきに任せるしかなく、以前、お花を習っているとき、「あくび型」という竹の花器に出合って私はなるほどと思った。花器のまん中に、人が口をあけた形の窓があいていたのである。

またお見合いの日、嫌な相手でひそかに破談を願うときには、それとわかるようにあくびをすればよい、といわれ、ある女性がそれを実行したところ、その口もとを被《おお》う風情がまたとなくよろしかった、というわけで、是非に、と乞《こ》われて困ったという話もある。

ところで、あくびをするほど退屈な日々から閉め出された私が、目下ときどき試みるのは人工あくびのこと。

以前は恐《こわ》くて恐くて乗れなかった飛行機だが、三年ほど前からそうもいっていられなくなり、いまでは日本国中、ほとんど日帰りで利用することになった。そうすると、いつも決まって気になるのが耳の具合である。

上空に上るとチーンと鼓膜が痛くなり、着陸してのちもしばらくは聴力が狂って、まるで桶《おけ》の底にうずくまっているような感じになる。

アメをなめればよい、という説もあまり効きめがなく、そこでしきりに繰返してみるのがあーん、あーん、というあくびだが、これだけは上品なさまもしていられず、できるだけ大口開けて懸命に耳の復元にこれ勤めるのである。

もはや暦は四月尽《じん》に近く、これからは次第に日は長くなり、陽気はますますよくなる故に、私のこの駄文、必ずやあくびしながらお読みの方もあるやと思われ、いとも汗顔の至りにて。

鮎

若葉とともに鮎《あゆ》が解禁になり、これから秋の落ち鮎の季節まで、しばらく私の憂鬱《ゆううつ》が続くことになる。

何故なら、私は泣きたくなるほど鮎が嫌いなのに、この季節、各料亭では必ずといっていいほど鮎を出すからである。

嫌いな理由にはいろいろあって、この魚が姿も美しく、香りもいいのに体内に小骨をたくさん隠し持っていて、人間の口腔《こうこう》を刺すという意地わるさがあることと、そして私には忘れられない残酷な情景が脳裏に灼きついている。

それは戦争中のこと、満州からの客の饗応《きょうおう》のために珍しい趣向を、と父が一日、土佐の山間部の料理屋へ鮎を食べに案内することになった。

木炭を燃料にしたハイヤーを走らせ、渓流に沿った部屋で出されたのは、桶に泳がせた鮎の群れ。テーブルの上には蓋のついた丼鉢《どんぶりばち》と酢味噌の皿があり、やがて仲居さんが小さな網で鮎をすくい、丼鉢の中にそれを入れてふたたび蓋をした。

丼のなかには酢を入れてあり、一、二分後に蓋を開けると、すっかり酢にいためつけられた鮎が弱り切って横たわっており、それを箸《はし》ではさみあげては皿の酢味噌につけて頭から食べるのである。そのときたしか十六歳だった私の衝撃は、涙を流しただけにとどまらず、生涯、何々のおどり食い、を自らに戒めただけでなく、鮎は決して口にすまい、とひそかに心に誓ったのだった。

もっとも子供心の決心など、すぐ破られるものだけれど、そのとき以来、鮎の塩焼きでさえ、歯をむき出した無念の形相と、ハッタとばかり人間を睨《にら》みつけているそのまなざしがいかにもおそろしく、手を出す気もしなくなったのは事実である。

魚は何でも新鮮をいのちとするが、とくに鮎は渓流から釣り上げたあと、時間が経てば経つほど味が落ちるといわれ、当今ではアイスボックスに泳がせたまま輸送するのだそうな。しかし私も、この美味から全く顔をそむけているのも口惜しく、稀《まれ》にせごしのたで酢などは試みてはみるが、やっぱり太平洋を泳いでいる魚族で、食膳《しよくぜん》へは切り身で上ってくるほうが安心できるような気がする。

それにしても鮎は養殖もさかんで、ほんものとは見分けがつかないというひともいるが、いややっぱりにせものは肥満体、肉もぶよぶよしていて、第一香気がないのだという。

櫛掃除

いまは髪型の関係や、ブラシの進出もあって、櫛《くし》を使うひとは大分減っているようすで、とくに木櫛にはめったとお目にかかる機会がない。

長年ていねいに使い込んでとろりと飴《あめ》いろに光っているつげの櫛に、垢《あか》などかけらも溜《た》めず、鏡台の上に何気なく置かれてあるのを見ると、これぞ女の身上、とうれしくなるのだけれど、こんな風景はもう昔のこと。

しかしプラスチック製であれ、セルロイド製であれ、髪の汚れは櫛に付着し、櫛垢は埃《ほこり》っぽい春の季節を過ぎた頃に目立ってくる。

もっとも、この頃ひんぱんな洗髪は習慣化し、そのたびに櫛もシャンプーしていれば、垢は溜まらないが、少し怠ると歯の根元が黒く汚なく見えてくる。

櫛掃除とはまことに厄介なもので、私の母など、使い古しの奉書を二つ折りにし、それを歯のあいだに順に挟んではしごいて垢を取っていたものだった。

日あしの伸びた晩春の午後、縁側に坐《すわ》って背を丸め、櫛の歯ひとつひとつを紙でしごくのは、見ていても気の遠くなるような気長な仕事だけれど、昔の女のひとは、櫛が汚れているのを重大な恥とする気概があったらしい。

何しろ、家族のために寝やすい夜具をととのえ、家中の櫛に垢を溜めず、いつも折山のついたふだん着を着て、玄関には箒目《ほうきめ》をつけておく、というのも婦徳のひとつといわれる時代だったから、長い長い時間をかけて櫛を掃除するのも、さして苦にはならなかったろうと思うのである。

それに櫛は苦死にもつながるので、万事につけて忌み、家に不幸が続いたときには、女の櫛を辻《つじ》に捨てたらよい、ともいわれ、私の家でも長兄が亡くなった直後、母が夜更けに櫛を捨てに行くのについて行った記憶がある。

いまはよい洗剤もでき、いちいち奉書でしごかなくても、溶液につけてブラシでこすれば大体落ちるが、しかし歯のつけ根はやはり私は針を使ってきれいにする。

考えてみれば櫛垢と女心とはふしぎな相関関係にあるようで、一旦《いったん》掃除をはじめると是が非でもきれいに仕上げたくなる。

きっと私の母も、婦徳にうしろから追い立てられ、やっきになって櫛垢と戦っていたものと考えられ、そういうことが私にもやっと判る年齢が来たように思うのである。

時計

私はよくよく、ものが身につかぬたちだと見えて、一つの物をいく十年も使い込んだというためしがない。

とくに時計は、買っては無くし、もらっては無くし、いったいいくつ、私のてのひらの上を通り過ぎていったやら。

太宰賞のオメガ、直木賞の懐中時計も実際に使ったのは何回だったか、二つともいまは行方不明である。べつに捜索の意志もないので、ふたたび私の前にあらわれる日はないもの、と潔く考えている。

おととしの春、QEⅡ号に乗って香港に入港したとき、ペニンスラホテルのなかの名店街でジョルダンのダンス靴を買い、おつりをもらう間にひょいと見ると、デザインのおもしろい腕時計が並べられてあった。

靴屋も時計を売る時代か、などといいながら、たしか日本円で一万五千円ほどのものを買い、腕に巻いて大よろこびで船に戻ったとたん、時計は動かなくなってしまった。

保証書はついており、日本代理店は渋谷区なにがし、とけし粒ほどの小さな字で書いてあったが、そこを探して修理に持ってゆくほどのヒマはなし、これも一瞬でおさらばになってしまったのである。

比較的長く使ったのは、女学校入学のとき、父から「スイッツルの上等じゃぞ」ともらった品で、これは結婚してのち、四、五年はまだ家に在った。結婚して子供が生れ、三人で満州への出立の朝、私がこの時計を茶箪笥の上に置き忘れたがために、終戦後、現地で暴動にあい、一物もあまさず掠奪《りやくだつ》されてしまった私の、これが唯一手もとに残った持物だった。

この時計はその後、兄に取り上げられてしまった記憶があるが、ひょっとすると、終戦後の兄の家の子だくさんの窮乏を見かね、「兄さんこれ売って、ヤミのお米でも買いなさいよ」などと、自ら手離してしまったのかも知れない。

現在私の持物は、ジャガールクルトひとつだが、ときどきこれも見えかくれするので、完全に無くなる日もそう遠い将来ではないと思っている。

身につく時計がないからといって、私が時間にルーズかといえばこれが正反対で、遅刻するのは自分も人も大嫌い、日記の記述も実に細かく時間を入れてある。してみると日常私は、ずい分と人さまの持物のおかげを蒙《こうむ》っているものと思われ、時の記念日を機に改めて感謝のほどを申上げて。

ものの匂い

私が小説『伽羅の香』を書きはじめたのはたしか昭和五十五年のこと、してみると、私五十三、四歳のころ、この取材に飛び歩いていたはずになるが、その過程で、同行のC社の編集者Yさんとご一緒に、いく度か組香を聞き分ける遊びに寄せて頂いたことがあった。

いく種類もの香を組合わせ、それを聞いて当てる遊びだが、当時三十歳代とおぼしきYさんは初参加にもかかわらず、高得点を獲得したのに較べ、私の成績はいつもはなはだ振るわなかった。

いかな鼻自慢ではあっても、年とると嗅覚《きゅうかく》は衰えるということの事実を私は厳粛に受けとめ、以来、ものの匂いには気をつかうようになった。

とくに梅雨期ともなれば、部屋にはさまざまの匂いがこもり、外から入って来たひとに嫌な思いをさせることもしばしばある。密閉度の高いマンションなどでは、台所で焼いた魚の匂いが、三、四時間後、玄関わきの部屋にまだ立ちこめており、スプレー式の消臭剤を撒《ま》いてもなかなか消えないのである。

子供のころ、遠縁にあたる女性がたしか子宮がんではなかったかと思われる病気で、自宅で療養しており、父の使いでたびたびものを届けに行ったが、このひとの寝床の裾にはいつも匂い線香を束にして焚《た》いてあった。

たぶん病気からくる匂いを消すためのものだったろうが、昼も夜も束にして焚きつづけていれば、部屋中に煙がただよい、寝ている病人はのどがいがらっぽくなって、ときどき力無い咳《せき》をしていた姿など、思い出すのである。

また王朝時代、衣に香を炷《た》きしめたり、部屋に香炉の火を絶やさなかったのも、当時は入浴の習慣があまり無かったので、体臭を香で消すためだったという説はいまや常識となっている。

ただいま私は、玄関わきに小さな香炉を置き、時間があって心落ち着いているときは、たどんをこれに埋めてていねいに香木を炷くが、心急ぐときは煉香《ねりこう》を小皿に入れてガス台の上に置いたり、線香を部屋の隅で炷いたりする。

梅雨のころは独特の雨の匂いがあり、水も匂い、木も匂い、衣服も匂い、体も匂う。嗅覚の鈍磨と戦いながら、長い雨の時期を人に不快感を与えず、自分自身も何とか快適にすごしたいと願うのだが、今年は果してどうなるやら。

煮梅

梅の花は散り果て、青葉がくれに実がふくらんでくると、さまざまの梅の料理方法が頭に浮んできてたのしいが、私はそのなかでもとりわけ煮梅が好きである。

煮梅は、文字どおり梅を甘く煮るだけなのだが、簡単なようでいて、これがなかなかにむずかしい。

まず十分にあくが抜けていて、皮にしわが寄らず、そして地の緑いろをなるべく損なわないように、となると、かなりの熟練を必要とするので、恥しながら私はいまだに満足したものが作れないのである。

何しろ実のひとつひとつにたっぷりと愛情をかけ、束にした木綿針で穴をあけなければならないのだから、手のかかることおびただしい。それだけに、料亭などで、よいでき上りの煮梅をデザートに出してくれると板前さんの態度のほどがしのばれ、お礼をいいたくなる。

煮梅にはそれぞれ秘伝があると見え、人によって少しずつ微妙にできが違うが、私が絶品と思えるのは銀座三原通りのおすしやさん、「青柳」で出して下さるこれ。

おすしやさんとはいっても、この店でおすしを食べるのは、いちばん最後にちょびっとだけだが、それはさておき、ご主人の利男さんは江戸伝統のガンコ者、濃い緑の玻璃《はり》の器にかき氷を置き、その上に一個だけ載せてくる煮梅は大粒のエメラルドのような外見と、えもいえぬ深い味わいである。

これを真似たくて、「煮梅でしょ?」と聞くと、ちがう、といい、「じゃ蒸したもの?」とたずねると、これも首を振って否定する。

聞けば有名な料亭から秘伝を教えてほしいと頼みにこられたけれども、ガンとして応じなかったとか。

私ごときにその奥義を授けてもらえるわけもないが、しかしそれは決して漬物ではなく、たしかに火を通した製法である。

この梅のでき上るまでには、利男さんの長年の試行錯誤があると思われるので、そう簡単に人に打ち明けるわけもないだろうが、今年こそは何とか作りかたのヒントでも盗んでみたいもの、と私はいまから白加賀、青軸などの品種の梅を木の持主に頼んである。

梅に薬効があるのはご承知のとおり、とくに梅雨から夏にかけて、家に梅の食べものがあるととても心丈夫に思う。

もっとも漬物とちがって煮梅は日保《ひも》ちはしないけれど。

あせも

いまはクーラーの普及で、夏をずいぶん涼しく過せるようになり、汗みずくのひとを見かけるのがかえって珍しいほどになった。

汗をかかなければあせもも出なくなり、子供でも夏中つるりとした肌ですごしているのを見ると、一瞬季節を忘れるような気がする。

夏の夕方など、子供たちが夕顔の棚のかげで親に行水をつかわせてもらい、裸同然で上ってきた姿といえば顔も体もいちめんの天花粉だらけ、真っ白な粉にまみれてはねまわっていた光景など、なつかしく思い出すのである。

汗っかきの子供たちには大ていあせもの寄りとか、角とかいう大きなおできができていたもので、その予防と治療には日なた水で行水をさせ、天花粉をはたくのが妙薬だった。

夏でもアッパッパなど着ず、着物でとおしていた昔の女性の辛抱には感嘆するほかないが、それでも夜、ふろなどで帯をといたとき、その辛抱も一時に切れてしまうらしい。

家の手伝いの者など、腹まわりにべったりと噴き出ているあせもとの大格闘で、昼間の辛抱もどこへやら、ボリボリゴシゴシ、かこうとするのを母がたしなめて、「女子がそんな下品なさまをしてはいかん」といい、あせもはこうやってなだめなされ、とかゆい腹まわりを着物の上からハタハタと平手でたたくのだった。

こうすればかきすぎて皮が破れることもないし、第一見ためもわるくはないけれど、しかしどれだけあせものかゆさをしのぐことができただろうか。

いま私など、クーラーの我が家からクーラーの会場へと着物ででかけ、またクーラーの車で送られてもどって来ても、帯をといたとたんああやれやれ、と真っ先に帯のあとの部分へ指が動いてしまう。

母の教えを思い出し、急いでハタハタとたたいても、日常の動作からしてがさつ者だからとうていこれでは辛抱しきれないのである。

女の辛抱とはしょせんつけ焼き刃ではダメであって、どうやら生活全般に処する覚悟のほどであるらしい。

そういえば、夏中あせもにまみれていた小さなおいやめいを、私がいやがらせるのを兄嫁がとどめて、

「どうぞ子供を泣かさんといてね。あせもが増えるから」
といっていたが、あせもの夏を無事切りぬけるのも、女と子供にとっては大へんであったことと思う。

うら盆

八月のお盆といえば、盆おどりや満員の帰省列車しか思い出さないひとは、これもひとつのしあわせというべきかと思う。

人の一生、近親者の死に出会わないですごす例はまず無いといってよいが、さして遠くない過去に身内の不幸を負ったひとは、死者の魂が戻るというお盆はうら悲しいものである。

丈なす夏草を刈って墓の掃除を行ない、家の門口に棚を立ててさまざまに飾り、迎え火送り火を焚いて死者を慰めるという盆の行事は、いまどのくらい行なわれているであろうか。

夕方になると門のわきで焚く迎え火は陰々としてどこやらさびしく、また私は、自分の六つの年、二十四歳で死んだ兄がそのなかに隠れているような気がして、つり灯籠《どうろう》というものがいまでもやっぱりおそろしい。

土佐では、盆の十六日には地獄の釜《かま》の蓋が開くので海山へは固く出かけてはならず、また夏病みの子には盆飯を炊いて食べさせる習慣がある。

夏病みの玉、といわれるほど夏弱かった私は、毎年十六日の昼前になると庭の桜の木の下にござを敷いて座らされ、にわか作りの石のかまどにかけたゆきひらの御飯ができ上るのを待つ。土佐の迎え火は苧殻《おがら》も焚くが松明《たいまつ》も焚き、盆飯はこの松明で炊くため、ぼうぼうと炎が上ってゆきひらのおしりはたちまち真っ黒になり、そしてなかの御飯はときどき半煮えという状態になる。

それでも、仏さまの火で炊いたまじないの御飯だから、というので、その盆飯をようやっとのみ下すのだが、子供の私にはそれが苦痛でたまらなかった。夏病みは盆飯のご利益も一向になく、小学校在学中、夏休みの朝のラジオ体操など、私はほんの数えるほどしか出席したことはない。

私はすでに、両親兄弟ともことごとくこの世にいないが、それでも自分が責任者となって盆の行事を執り行なったことはなかった。

夫も次男だし、私の実家もおいの代なので、自分たちが直接の墓守りでないこともあり、また都会のマンション暮しでは小さな仏壇に灯明をあげるのがせいぜいで、迎え火など焚く場所さえないのである。

が、年を重ねるにしたがってだんだん死者が親しくなり、うら盆の行事がなつかしく思われてくるのはこれも順当ななりゆきとでもいうべきだろうか。

蚊帳

ヤブ蚊の多いところでは夏になるとまだ蚊帳《かや》をつっている家もあり、また風情からして捨て去るには惜しいので、べつだん蚊はいなくてもなお好んで使っているひともあると聞くと、蚊帳は必ずしも過去の風物ではないらしい。

夏が近づくと、どこの家でもしまってあった蚊帳のつり手を出して来て座敷の四隅にかけるのだが、このつり手にはひょうたんや扇や、ダルマさんなど、さまざま形のおもしろいものがある。

団扇《うちわ》で蚊を追い払ってのち、身をかがめて中に入ると、少し薄暗いここは別天地、人の目も届かない故に何をしようと勝手である。が、早まりめさるな、私などが蚊帳の内でしたことといえば、すそを波に見立ててのクロールや平泳ぎのまねごと、蓄音機を持ち込んでのレコード鑑賞くらいのこと、それでも蚊帳で区切られた空間というのはどことなく秘密めかして、何をしてもたのしかった。

私がとりわけ好きなのは朝の蚊帳で、陽が昇って家の者が起しにやってくるとき。ねむくてねむくて、目も明かない私に相手は非常手段に出、蚊帳を外してたたみはじめるが、つり手の輪がふれあうあのチリンチリンという音の涼しさ、ああ風鈴よりもいい音、と聞きつつまだ寝ている顔を、その蚊帳のすそがなぶってゆく。

蚊帳は絽の白で、すそから水いろにぼかしてあるのが軽く、見た目にもいかにも涼しいが、他にもいろいろあるのを知ったのは嫁いでのちのことだった。

昔は嫁入り道具に必ず蚊帳を入れたそうだが、戦争末期に結婚した私など、衣料切符でさがしてももはや手に入らなかった。

その夏、姑は倉のなかの長持ちを開けて緑いろの蚊帳を取り出して来、

「これはこの家のひばあさんが織ってこしらえたもんじゃが」

と手渡してくれたが、受け取ったとたん、私はしりもちをついたほどそれは重かった。

そしてつってみると、その暑いこと暑いこと、つまり自給自足の農家では、女の夜なべに麻や木綿やつむぎ、それを地機《じばた》で織って蚊帳に縫い上げたもので、目が詰《つ》んでいるために風を通さないのだった。

いま蚊帳がなつかしくてそれを買ってきても、鉄筋の建物ではつり手をぶらさげる鴨居《かもい》というものがないのを、いささかさびしいと思いつつ。

栗

丹波の能勢栗《ぐり》の出盛りにはいささか早いが、わせ栗ならもう出まわっているので、おいしい話もひとつ。

近年自分の味覚に変化が起き、昔のように目のいろを変えて栗を追いかけなくなったのはつくづく不思議だと思う。

婚家先の背戸には栗の木が二本あって、毎年旧盆を過ぎると毎日のように木の下をのぞきに行ったものだったが、しかし勝手なもの、町育ちの私はあの青いイガを見るとじんましんが出るほどこわい。落ちているイガをみつけると大声をあげて人を呼び、イガを割って取り出してもらった中の実だけをもらってくるのである。

家の栗は日に干し、甘味が増してくるとゆでて数をかぞえて皆で分けるのだけれど、大ていは全部木から落ち尽くすまで待ち切れず、栗飯にしてさっさと頂いてしまう。

お菓子の大好きな私は、戦後流通がよくなり、丹波栗の大きなのが自由に手に入るようになったころ、マロングラッセを作ることを思い立った。いまから二十年以上も前のことだろうか。料理の本は信用しないたちだから、ある日、思い切って六本木のクローバーに電話すると、かたじけなや厚木の工場を教えて下さり、工場長さんはまあ何と、ところも知らず名も知らず、の私にまことに懇切丁寧、糖度計を使って作る方法を電話で説明して下さったのだった。

そして私は以後二、三年、丹波栗のマロングラッセ作りに熱中したが、なさけないこと、一升の栗で終りまで形を全うするのはわずか五、六個、大ていはぼろぼろに欠け、スプーンですくって食べる羽目にばかりなってしまったのである。

いまはコツもあるだろうが、私は自分の才能と日本の栗につくづく絶望し、同時にそれほどこの菓子に執着を抱かなくなってしまった。

味覚が変った原因のひとつに、さつまいもが品種改良され、栗の甘味とほろほろの風味に酷似したものが生産されるようになったことがあるかと考えられるが、そうなると、指がはれ上るほど鬼皮渋皮と格闘した苦痛から解放され、これはとてもうれしかった。

しかしまた、栗特有のあの秋の日ざしの香りはさつまいもにも求め得べくもないので、いまは家族も少なくなって米を洗うごと、ほんの三つ四つをむき、専ら栗飯をたのしんでいる。

宵待草

当今のカラオケというのは、まことによくできた大人の遊具だが、ひとつ残念なことには昔々の、女学生愛唱歌のたぐいには大へん冷たくて、この手のテープはほとんど無い。もっともこれらの唄は、バーで男たちが憂さ晴らしにうたうものではなく、いわば熟年女房族の懐古趣味といえなくはないので、専らご家庭向きというところなのだろう。

それにしても、出船、平城山《ならやま》、さくら貝の歌、落葉松、宵待草、故郷の空、白鳥の歌、斑猫など、詩も曲もすばらしいものばかりだが、私にはとりわけ、宵待草がなつかしい。

女学生時代、夏の放課後になると学校のピアノを弾いてくりかえしうたい、家に帰ればレコードで、ベルトラメリ能子《よしこ》の美しいソプラノを、あきもせずたんのうするのである。

そのころは、竹久夢二の「待てど暮らせど」の歌詞には二番がついていて、

暮れて河原に　星ひとつ
宵待草の　花が散る
更けては風も　泣くそうな

というのだったが、これはたぶん、宝塚で『宵待草』の歌劇を上演した際にでも、脚本家の方が創作されたものではなかったろうか。

皮肉なことに私は二番のほうが好きだったけれど、当時は戦争末期だったし、散ることの美学に陶酔していたかもしれぬふしはある。

歌が好きなら花も大好きで、そのころ、京阪神を汽車旅行する途中、須磨明石の海岸一帯に、この花がまるで夢のように乱れ咲いているのを見るのが何よりの楽しみだった。

ヴェールのように薄い黄色の四枚の花弁が、風にふるえるさまは得もいえず可憐で、それが夕方になればひらき、朝がくると萎《しぼ》むというのも何やらはかなくて、いとしい。

好きな花なら手植えにしてみたく、移植は利かないというのを振り切って我が家の庭に植えてみたが、果たして敢《あ》えなく枯れてしまった。

植物事典をひらくと、宵待草という名の植物はなく、本名は月見草、別名はまつよい草、ま

たは大まつよい草、だそうで、植物学者が夢二のこの詩の誤りを指摘しようとしたときには、いかんせん、もはや『宵待草』は全国に拡がって手を打つすべもなかった、と書いてある。

学名よりも愛称のほうが親しみやすく、それに私など、いまでも、夏、宵待草、学徒出陣、束の間の青春、と続くのだけれど、こう考えるとやっぱり、この歌はカラオケなどではうたわないほうがいいらしい。

月

一九六九年に人間が初めて月面に下り立ったとき、あ、バチが当る、などと、極めて卑俗な思いを抱いたのは、私だけではなかったと思う。

一方では人類の大壮挙をたたえながらも、神秘性のヴェールをとうとう剝《は》ぎ取ってしまった畏《おそ》れで、内心おののいたことを思い出すのである。

何よりも懸念したのは、生れたときから敬し、愛し、信仰ともなっていたものが、かくも暴露されたあとは、月に対するイメージがすっかり狂ってしまうのではないかということだったが、さすがにお月さまは偉大な存在、いままで兎《うさぎ》が餅《もち》をついていたと思える部分が、クレーターだと判ったただけで、他は従来どおり、何よりもありがたい心の友として仰ぎ見ることが出来る。

月は、やはり嬉《うれ》しいときよりも悲しいとき、大ぜいよりも一人で、じっと眺めるのがふさわしく、止めどなく涙を流しながら仰いだ記憶は二回ある。

最初は土佐在住のころ、新人賞をもらった『連』がつづいて直木賞候補になり、その落選が決定した晩。井の中の蛙《かわず》で何も判らなかった私は、ひょっとしたらもらえるかも知れぬととんだ錯覚に捉《とら》われていただけに、悲嘆やるかたなく、夜更けの町をひとりで月を見ながら歩きまわったものだった。

因みに、このときの受賞者は山口瞳さん杉本苑子さんのお二人で、私は以後十六年も遅れてようやっと頂くことになる。

次は文字通りの配所の月、満州の難民収容所でいつ日本に帰れるか、あてどない日を送っていたときのこと。

夜半に起き、月を仰ぐと、遠い故郷で同じ月を見ているに違いない両親を思い出し、日本恋しさで身を切られるように悲しかった。地に伏し、泣きながら懸命に月に祈ったことを覚えている。

万人憧憬の、月が生み出した芸術ははかり知れないほど数多く、とくに文学の比喩《ひゆ》、形容詞は、風流と相まって味わい深い言葉を生み出しているのはおもしろい。

名月が八月十五日で、いざよいが十六夜は判りやすいが、立待月が十七夜、居待月が十八夜、臥待月《ふしまちづき》が十九夜、更待月《ふけまちづき》は二十日夜、となると、しばし頭をひねって由来を考えなければならず、さらに真夜中の月、といえば単に深夜の月のことかと思えば、二十三日夜の月と決まっており、後《のち》の月というのは九月十三日夜なのだそうな。九月は辞書をひらいて月の呼名を覚えるのが楽しみ。

新芋

戦争中、米の代替配給としてさつまいもは貴重な食糧で、中身がびしょびしょであろうと、甘味が乏しかろうと、有難く有難く押し頂いたものだったが、戦後四十年も経つと「ノド元過ぎれば熱さ忘れる」もいいところ、ひたすら美味なるお芋を追求して目のいろを変える有様となっている。

憚りながら味覚上の独断と偏見を許してもらえば、季節感、栄養をも含め、世に新芋ほどおいしいものはなく、「男性に多い「お芋嫌い」を、心中ひそかにあわれむのである。農村暮しの頃は、八月のお盆に畠からまだ実の入らない小さいのを引き抜いて来、少し塩を振ってふかすと、これはもう最上のごちそうであって、先《ま》ず仏さまに供えてのち皮からしっぽまで、すっかりおなかへ納めたものだった。

その後、品種も栽培方法もどんどん改良され、早生《わせ》の金時芋が夏のはじめから出廻《まわ》るようになったが、そうなるとこっちの味覚もずい分肥えて、なかなか満足するようなものにはお目にかかれなくなって来る。

大体、私の家の食糧の半分くらいはいまでも土佐の産物だが、送られてくる新芋を、これはイカン、あれもダメ、と品定めしているうち、三年前、これぞ決定打、というのにようやくめぐり合うことができた。姿は小さく丸く、一個をオーブンで二十分ほど焼くと、中身は皮のきまで真っ白のほろほろ、栗もはだしで逃げるという極上の代物なのである。

生れはどこかといえば、高知市の東西一キロにわたって立つ日曜市の、およそ六百五十店のうち、どこそこから何番目の店のおばあさんが売っているもので、さらにいえば、そのおばあさんの家の畑のなかでも、山の上の、約一反歩に充たぬ狭い赤土の畑だという。

ふしぎなことで、その近辺の土地のものにはさほどまでのものはなく、思うに、同一品種、同一地味でも、わずかな土質の違いや地下水の関係でこんな美味が生れたらしい。

この新芋を手に入れるのには、もちろん土佐の友人の仲介あってのことだが、おばあさんは毎年、すまなそうに、

「よそよりはちっとお高うございまして、すみません。限られた畑で、ちょっぴっとしかとれませんきに」

と謝るのだという。

毎年、やいのやいのと催促して手に入れたこの新芋一個と、ミルク一杯とが私の秋の、およそ三月ほどにわたって、理想の、うれしい朝食である。生きてあること、胃腸健全であることに心から感謝しながらの。

万歩計

昭和四十七年末に、第一生命住宅（現相互住宅）を退職するとき、お仲間たちから、「お別れの記念品は、希望のものを差し上げます」といわれ、考えた結果、万歩計と座椅子を無心した。

というのは、売れない小説ばかり二十六年間も書き続けていた私が、ようやっと芽が出かかり、翌四十八年から自宅で執筆生活を送ることになったため、座椅子は仕事用、万歩計は運動不足防止の目安にしようと思ったからだった。

で、まあ念願どおり翌年太宰賞をもらって作家になったのはいいが、もの書きの作業というのはよくよく体をいためるものと見え、このあと十年間、私はずっと病気に悩まされ、一人では外出も、夜寝ることも出来なくなってしまった。

腰に万歩計はつけているものの、ほとんど座っているか、横になっているかなので、目盛りは一日二百歩前後、少し気分がよくて近くのスーパーへ買物に行って五百歩、これ以上になると疲れて顔面蒼白《そうはく》となり、人の助けを借りなければならなくなって、とうとう万歩計は外してしまったのである。

ところが、五年ほど前から少しずつ元気になり、一人で飛行機にも乗れるようになったし、仕事場で泊れるようにもなって、再び万歩計の出番がやって来たのはうれしかった。

私は臆病者の意気地なしなので、積極的に体を鍛えるなど、とてもおそろしくてできないが、元気になったぶんだけ掃除洗濯に精を出すわけで、そうすると、何と家の中だけで一日三、四千歩は歩くのである。

以前から作家でお医者さんの加賀乙彦さんから、一日四十分を目標に歩くことをすすめられ、また山本周五郎さんの随筆に、雨の日は傘をさして、夜分は懐中電灯を持って一日も欠かさず散歩する旨、書かれてあり、歩くことがいちばん手軽な健康法であることはよくよく教えられている。

乗物のなかった戦争中は、私でもちびた下駄をはいて一日十二、三キロくらいは歩いており、歩数にすると五、六万歩は平気だったと思う。

いまは一日一万歩が健康を保持するための標準だとか。してみると、家事労働だけでこれだけ歩くのは、映画のコマおとしみたいにクルクル、キリキリ働かねばならないのだが、これからは気候もよし、少し早起きして、外気に当りながらせめて一日七、八千歩くらいまでのばしてみようか。

落ち葉降る音

もういく昔になるだろうか、私が小学生のころ、高知市の東、五台山頂に父は小さな家を建て、体の弱かった母と私は何年間か夏のあいだ、ここで過したことがあった。

秋風が吹きはじめた季節、山の家を閉めることになり、一夜家に戻りついたところ、母は突然悲鳴のような声を上げて、蚊取り線香をつけたまま忘れてきたという。

山にはやぶ蚊が多いので、秋になっても蚊取り線香は手離せなかったが、ぐずぐずしていて火事にでもなったら、と母は焦り、いまから山の家へ登るという。あいにくその夜は父も兄も男衆たちも出払っており、私と母と女子仕《おなごし》さんだけで真夜中の山頂へ登ることになった。

女ばかり三人しっかりと手をつなぎ、懐中電灯をたよりに真っ暗な山路をたどる心細さ。最初は歯の根も合わぬほどふるえていたが、やがてヤミに目がなれ、次第に落ち着いてくると、昼間は森閑としている山の道の、何とまあ夜のにぎやかなこと。夜鳥の鳴き声のあいまに、絶えまなく聞こえてくるのは落ち葉の音で、それは決してかそけきものではなく、小雨のようにさわさわと降るのである。

そして全山、散り敷いた落ち葉のにおいに満ち満ち、それは高く鼻をついて、まるで花の香のようだった。私は子供ごころに、木の葉っぱって、落ちたあとも生きているんだなあ、と感じ、以来、落ち葉の音に対して一種独特の感懐を抱くようになった。

蚊取り線香はさいわい受け皿のなかで自然に消えていたが、その夜私は山の家で寝ながら、一生懸命耳を澄まして戸外の落ち葉の気配を聞いていたことを思い出すのである。

いま私の暮しはマンションの四階で、落ち葉の音はおろか雨の音もさだかにとらえられぬ無風流さだが、しかし寝入りばな、まくらに耳をつけると、さやさやと木を離れて落下する葉の音は確かに聞こえてくる。

あれは、命絶えて墓場へとおもむく悲しい葬送曲ではなくて、世代交代のため、木の位置を翌年の若い芽にゆずっているのだと考えると何やら心たのしい。

そして地上に落ちた葉はなおしばらく色と香をとどめ、十分に人の目を楽しませてくれたのち、木枯らしとともにどこかへ消えてしまう。自然というものが万物に対していかに恵み深いか、このごろの季節、そら耳かも知れないと思いつつ、夜半に目ざめてひとり落ち葉降る音を聞いている。

遠音の祭ばやし

秋は空気がカン、とさえ、遠くのもの音が身近に伝わってくるが、とりわけ楽《がく》の音いろはなつかしい。

下町に生れ育った私が農家に嫁ぎ、戦争末期の旧満州へ夫とともにわたってやがて日本に引揚げて来たのは、昭和二十一年の秋だった。その年の村祭に姑は初嫁の私を伴い、はじめて鎮守さまにもうで、そして二人並んで奉納のしし舞を見物した。

鉦太鼓、笛のはやしに合わせ、侍《さむらい》すがたの男がししを退治するパントマイムだったが、演ずるはこれみな近所隣の農業のおじさんたち、どのひともまことに巧みな様子に、私はひどく感動をおぼえた。

戦争中、屈強の男たちは戦場に狩り出され、しし舞などとうてい見られなかったものが、いまこうして打ちそろって五穀豊穣《ほうじょう》感謝の舞を演じている。私でさえ難民収容所からようやく生きて戻り、姑の心づかいで曲がりなりにも晴れ着を着てそれを見物しているこのしあわせ、この平和、そう思うと涙あふれる思いだったのである。

このあと私は農村で十二年間暮したが、秋になって取り入れが終り、村の神祭が近づくと、しし舞のけいこをするひとたちのおはやしが毎日のように聞こえてきたものだった。

ときには野良に出てくわを使いながら、あるいは流しに立って茶わんを洗いながら、またあるときは子供の着るものを縫いながら、風に乗ってピーヒャラの音が聞こえてくるといつも手を休め、耳を澄ましたことを思い出す。

平和ほど安らかなものはなく、私はそのつど、空襲の無くなった紺碧《こんぺき》の秋空を、念を押すように、また確かめるようにふり仰ぐのだった。この安堵《あんど》は、戦争の苦悩を味わった人間でなければ実感としては理解できないだろうが、それだけに自分の拾った命とその経験をいつまでも大切なものとしたいと思うのである。

いま私は東京都狛江《こまえ》市に住んでいるが、ここでも町内会のひとたちによる秋祭のおはやしは毎年聞こえてくる。

夏祭の威勢のよさもいいが、日和定まった秋半ば、澄み切った空気をふるわせながら響いてくる秋祭の笛太鼓は、私の心の奥底に眠っているものをかき立ててくれる。

それが音楽の専門家の手によって奏でられるものでなく、素人《しろうと》の手で年の実りを感謝する行為であるのが何よりうれしいし、またこれが未来永劫《えいごう》続くことを祈るや切である。

そば枕

子供のころ、寝入りばなに母が語ってくれた昔話に、そばの茎はなぜ赤いか、というのがあった。

人食い婆さんにみつけられた子供が神様に助けをこうと、天からするすると縄が下りて来たのでそれによじ登り、逃げようとしたところ、婆さんも同じように縄を伝って追いかけてくる。

そこで神様は、子供は天へ救いあげ、縄を断ち切って婆さんを地上へ突き落した。落ちた場所がそば畑だったので、婆さんの血でそばの茎は真っ赤に染まってしまったとさ、というこの話は、懲悪の戒めを通り越して子供にはすこし凄惨《せいさん》にすぎたのではなかったろうか。

毎年、秋そばの取り入れが終ると、そば殻が町に出まわり、そうすると家事に手を足す家では髪油の染みた去年のそば枕を、新そば殻と取り換えるのである。

この習慣はいまでも私には残っており、どういうわけか春のそば殻よりも必ず秋のそばの殻を使って年一度枕を新しくするが、これは冬支度の意味も込められているせいなのだろう。新しいそば殻は、えもいえぬ芳香があり、これを大きめの枕にたっぷりと、しかしゆるく詰めて縫いあげると、心地よい安眠を得ることができる。

香りをたのしむ枕には菊やバラの花びらを入れるのもあるが、健康上の理由で私はやはりそば枕がいちばんいいように思う。新しい枕は寝返りを打つたび、しゃりしゃりとさわやかな音がし、そしてそのつど、えもいえぬ植物独特の香りがただよう。

こんなによいにおいを持つそばの茎が、なぜ人食い婆さんの血なのだろうか、と子供のころからずっといつもその話を思い出し、そして必ず、婆さんはきっと悔い改めたので、その心がよい香りとなっていま人々を慰めているのだと自分なりに納得しては眠るのだった。

のちに農家に嫁ぎ、自分の家でそばの実を取り入れたとき、三角の実のなかから四角のを見つけ出せば幸福が訪れるということを聞き、血まなこでかきまわしたものだったが、いまの暮しでは殻つきの実に出合うことは全くといっていいほどなくなってしまった。

パンヤの枕は、頭には柔らかいがすぐにあたたまってくる。そば殻はいつまでもひんやりし、寝床でものを考える人間には最適で、そして何よりあのしゃりしゃりという音が好きである。

こんなところがやはり自然の滋味というものだろうか。

水の音

女は一生水とは縁の切れないもので、悲しいとき苦しいとき、また心鬱屈《うっくつ》したとき、立って流しもとにゆき、思いっきり放水してふきんなどざぶざぶ洗っていると気分が軽くなるというひともいる。

今年の夏は異常な暑さで、こういうときは用もないのにやたらと水をいじりたくなり、私など朝晩に洗濯機をまわして、下着を何枚も洗い破ってしまった。

が、夏のあいだは親しかった水も、十一月にはいればそろそろ冷たくなり、台所仕事がつらくなるのは主婦のだれしも思うことで、いま居間に座っていても、家のうちのだれかが使う水の音を聞いてすでに身の縮む感じがする。

いまはどこの家でも湯の出る設備があり、また手の荒れを防ぐために手袋をはめるなどの防衛手段はあるが、しかし冷たい水でなければならぬ料理もあり、また手袋をしていても真冬の水の冷たさはしんしんとしみとおってくる。

講演に行ったとき、終ったあと、たいてい女性の聴衆者から握手を求められるが、私と同じ主婦とおぼしいそのひとたちのなかで、荒れた手に接すると私は何となくうれしくなる。この方、ほんきで家事をしてらっしゃる、と思い、同時に、私などかなり怠けているな、と反省させられるのである。

色紙嫌いの私がひところよく書いた言葉に、「水を飲むときはいつも水上を思う」というのがあったが、水の音を聞きながらじっと考えていると、山間にわき出た水が毛細管のような水路をくぐってせせらぎとなり、やがて大河に合してダムに貯《た》められ、各家庭に送られてくる水の旅が目に浮んでくる。

水道の水は長い外界の旅を経てくるために、井戸水と違って夏は日にあたためられて生ぬるく、冬は木枯らしをくぐりぬけて手の切れるほど鋭くなるのだと、そんな分かり切ったことをいまさらに思ったりするのである。

子供のころは、目覚めると台所の水の音がまっ先に耳に飛び込んで来、そうすると水の冷たさを考えていつまでも寝床を離れられなかったものだが、母はそれをちゃんと察していて、私を起す手段に「顔を洗うお湯が沸いてるからね」と呼びかけたことなど思い出す。

今年の冬は、去年のように水道管の凍りつくきびしさではありませんように、どうぞ水がやわらかくやさしく、どんな早朝でもあふれ出ますように、とそんなことを念じながら、私はいま十月末の水の音を聞いている。

乾く

秋の空気の乾燥は、人の暮しにさまざまのご利益をもたらしてくれるのでうれしい。

私が農村にいたころ、日和つづきのよい季節になると、道を行き交うひとびとが「こんにちは」の代りに、「よく乾きます」と互いに挨拶するのを見て、なるほど、と思った。

秋は実りの候で、米、芋、蔬菜《そさい》類などいろいろ取込まねばならないが、この時期に雨が降ると大そう困る。今は農作物のほとんどは電気乾燥だと聞くけれど、庭いっぱいにむしろを広げ、黄金いろの籾《もみ》を干す風景はなかなかに豊かなもので、籾の一粒一粒に陽の匂《にお》いが浸み込んでいて何ともありがたい感じがする。

柿をもいで干し柿にし、芋を切って干し芋を作り、大根を干して漬物に漬け、大豆小豆の殻を取って実にするのも、これ皆、安定した天気と乾いた大気あっての恵みだから、「よく乾きます」の言葉は、春先から梅雨にかけての「よく降ります」の嘆きと違って寿《ことほ》ぎの交歓なのである。

一年一度の正倉院の曝涼《ばくりよう》もただいま開催されているし、各地の図書館の曝書もこの季節、相前後して行なわれるが、但しこれは夏の季語である。

同じく衣類の虫干しもやはり季語は夏だけれど、私はこの節、すっかり宗旨を変えて土用は避け、いま頃の季節に簞笥《たんす》の中身の手入れをする。夏の土用に、鴨居から鴨居へ綱をかけつらね、着物を広げて干したのは風通しのよい木造家屋に住んでいた昔のこと、いまは年中密閉のマンション住まいだから、土用の日の高い温度よりも、室内の空気の乾燥度のほうが衣類のためになると考え、一枚ずつハンガーにかけてカーテンレールなどに吊しているが、風景としては、これはすこぶる味気ない。

病気にしても秋の乾きは良薬であって、春の湿気とともに訪れるさまざまの病も、空が高くなるにつれて癒《い》えてくる。「お天気病み」をもって任じている私も、秋だけは一定した健康状態を保つことができるので機嫌がよく、まわりのひとに愚痴《ぐち》を聞かせることが少ない。

いま、日短の太陽を惜しんで朝早く起き、ベランダにふとん、座ぶとん、サンダル、ぞうきん、ふきん、湿ったノートまでひろげ、昼すぎにそれらを取り込むとどれもこれもカラカラに乾き、うれしいこと。そして時折、昔の、庭先で大豆の殻のはじける幽《かそ》けき音を、耳の底に呼び戻すのである。

綿のもの

私と同郷で東京住まいの知人が、この夏、病を得て入院されたところ、奥さんは夫君を励ますため、玩具屋で坂本竜馬の小さな像を求め、贈ったという。

この像は、紐《ひも》を引くと竜馬の声いろをまねて「心は太平洋ぜよ」他、二、三の言葉をしゃべるようになっており、夫君は大いに奮い立ってまもなく全快、このほど退院されたそうであった。

ことほどさように、竜馬は土佐人のみの心の支えになっているかと思えば、先ごろ、新橋の芸者さん方七、八人が竜馬を慕って土佐へプライベート旅行をなさったよし、その土産話を聞いて、へえ、と思った。

私自身の好みからいえば、さして彼をすてきな男性とは思えないが、ただ一点、これは凄《すご》いゾ、とうならされるのは彼の手紙文とその筆蹟《ひっせき》である。

そのなかでも、姉乙女に当てたもので、「かの南町の乳母はどうしているやら」と案じ、寒くなるから綿のものを届けてやってくれ、と頼んだ一文は、読み返すたびいつもほろりとさせられてしまう。

国事奔走の旅途にある荒くれ男が、老いた乳母の身を思い、あたたかい綿入りの衣類を着せてやりたいとするこまやかさと、自由闊達な筆蹟とがまことにおもしろい対照をなしており、ここら辺りがいまなお女性ファンをとりこにする彼の魅力というべきだろうか。

「綿のもの」はそのころ、最高の防寒着で、私などもつい最近まで夜着をはじめずい分とお世話になったものだった。

着物、はんてん、ちゃんちゃんこ、ねんねこなど、袷《あわせ》のものに薄綿を引き、ふっくらと仕上げると、これで冬将軍がいつ到来してもよい、という大きな気持になる。

綿入れの作業は、埃《ほこり》が立つので頭に手拭《てぬぐ》いをかぶり、真綿が手のひび、あかぎれにひっかからないよう、前の晩に手袋をして眠ったり、なかなか大へんだったが、いまはそれも失われた風景となりつつある。

先ごろ、電話台の小ざぶとんを作るため、綿を買いに行ったが、なかなかみつからず、やっと一軒のふとん屋さんで分けてもらったことだった。が、「綿のもの」への郷愁は一般にもなお根強いと見え、いまなおもめん綿の六―八キロ入りの重いふとんを、「体によいから」と愛用しているひともたくさんいるという。

冬用意に綿のものの昔ばなし。

昆布

昆布の季語は何時か、と歳時記をめくると、夏、とあり、ただしこれは昆布刈りか昆布干しかを指していて、商品となったものについては季題はない、と書かれてあったので、これから寒さに向かい、おでんや鍋物に需要の多い品として、ここに取上げさせて頂く。

昆布について、私は以前から一つの疑問を抱いているが、いずれの料理研究家にたずねても明確な答えが得られないので、読者の皆様、ご存知ならばお教え願いたいと思う。

それは、私自身こぶキチ、といわれるくらい昆布のたぐいが好きだし、日本人全体、よく海藻類を摂取する民族だと思われるが、欧米人は何故、この美味を食べないのか、というふしぎである。

おととし、QEⅡ号に乗って三週間の旅をしたとき、船内の食事のメニューはまことに多彩、同じものを二度と食べた記憶はないのに、ただの一度も昆布の料理は出なかった。

実は、かねてこれは予想されたこととて、海苔《のり》缶を持って船に乗り込み、朝食時には日本人同士集まってこれを食べたりしたのだったが、外人はこの海苔をまことに奇異な食べ物、というまなざしで見るのである。

私には小さいときから一種の昆布信仰があって、二、三日も食べないとお通じがなくなり、髪の毛は赤くなり、かぜをひきやすくなる、と頑固に考えているので、三週間も昆布断ちするのはとても恐ろしかった。

ある料理の先生は、欧米には土壌や、空気や、あるいは他の海産物のなかに、昆布と同じ成分のものが含まれているので、殊更に摂《と》らなくてもよい、と説明してくれたが、それが具体的に何であるか判らないので、納得し難いのである。

私が何故かくも昆布にこだわるかといえば、いまや味覚は世界共通のものとなりつつあるのに、昆布スープや茶昆布、酢昆布、菓子昆布、白板などの得もいわれぬ味を知らないのは不幸だと思うことと、そしてやっぱり、ヨード分の欠乏が健康に影響しはしないかと、人ごとながら案じるため。

私めはかつて小学六年のとき、昆布あめを食べすぎて急性大腸炎を起し、意識不明で病院に担ぎ込まれた経験を持っているが、それにいささかもこりず、こんにちなお、台所に昆布を切らしたことはない。愛用の利尻、羅臼《らうす》、日高などの昆布について述べ立てたい思いにはやるのだけれど、これはまた次の機会にて。

雅印

計画性のある方は、夏が終るともう来るべき年の用意をはじめ、十一月には年賀状を書き終えているという。

その年賀状に芋判を作って押したのは子供のころの話だが、人間ハンコとは終生縁が切れないものとみえて、最近私も引出しいっぱいの印を持つようになった。

といっても、公式文書に使う実印などではなくて、いわゆる雅印という品で、それも悉く読者の方から贈られたものである。もっとも、雅印という言葉は辞書にはないので、正式には官印に対して私印とか、総括して印章とかの呼名だろうか。

このごろは篆刻《てんこく》ばやりだそうで、贈られた品はほとんどが素人の方の手すさびだが、なかには玄人《くろうと》はだしの腕前をお持ちの方もいらっしゃる。おもしろいことに、石に字を彫るような細かな仕事は女が向いているかと思えばさにあらず、唯《ただ》一人の例外を除いては皆さん男性で、それも比較的高年齢の方である。

陳舜臣さんの『漢古印縁起』という短編には古印にまつわる話が描かれてあり、印章は字体と印材の二つながらに値打ちがあるそうだが、ふだん使いの楽しみにはいまやどちらも自由自在でよいらしい。

私は頂いた雅印をどれも有難く活用し、自著のサインのわきをはじめ、手紙の封、葉書の末尾、ハンカチの隅、手帖《てちよう》、日記の裏にまでペタペタと押しているが、これを押すと何となく精神安定し、自分の持物という自信と責任が生れてくるからふしぎである。

贈られた印の唯一例外の女性からのものは、ゴム印で十二月までを仮名で彫ってあり、他に、春夏秋冬それぞれの字や、祝、思、花、鳥などもある。手紙の末尾に、しもつき、と押し、封に冬、を押せばこれでよし、しかも朱泥だからおめでたい気ただよい、うれしい便りになってしまう。

傑作は、書家の坂野雄一さんの作品で、良寛の五言絶句を漢書体で彫られたものだが、ただしこれは雅印ではなくて、色紙に押捺《おうなつ》して贈って下さった。二十字悉くみごとに揃っており、こうなるともはや素人の域をはるかに超していよう。

今年の年賀状は十一月末までとはいわず、せめてお上のご命令に従い、師走二十日ぐらいまでには書き上げ、雅印にぎやかに押して発送したいのだけれど、どうもそれは叶《かな》わぬ夢のような予感がする。

亡きひと

いまの季節、夜半ふと目覚めると、女のしのび泣きのような雨音が聞こえ、さびしくなって枕許《まくらもと》のスタンドをともし、しばらくものを想《おも》ったりする。

それはおととしのこと、ときどき泊る紀尾井町の福田家へ、その秋、私は原稿紙と一緒に一《いち》絃琴《げんきん》一面を抱えて入り、しばらく滞在した。

ここは、都内ではもう数少ない純日本家屋に手入れのゆき届いた庭園があり、かつて谷崎潤一郎、川端康成の諸先生方も仕事部屋として使われたそうだが、私などの場合は、この家が私の食事の我儘《わがまま》を聞いてくれるので、こちらから強引に押しかけて泊っている。

一絃琴を持ち込んだのは、このあとまもなく録画されるNHKの『このひと宮尾登美子ショー』で私がそれを弾く羽目になったため、いささかなりと稽古をしておこうという目的だった。

で、私は仕事の合間をみては『漁火《いさりび》』の一ふしを毎日さらえたのだが、部屋係のせいさんの話によると、私のこのド下手な琴を、楽しみに聞いて下さるひとがいるという。

庭をへだてた向うの部屋に、これもしばらくご滞在の老婦人がおられ、しかもご病人で、窓際に椅子を寄せては、「ああ、いい音いろだこと」としみじみと耳を傾けて下さっているとのことだった。

その話を聞いて私は冷や汗がふき出す思いだったが、内心その方のためにいっそう励んだというところもある。

部屋と部屋は距離にして十メートルとは離れておらず、ご挨拶に伺うのは造作もないことだったけれど、向うはご病人、仲つぎのせいさんを通し一絃琴のお話をさし上げたきりで、お別れした。

その後月日は流れ、先日またもや福田家へ入ったとき、この春、その方が亡くなられたよしをせいさんから聞かされた。

女性ながらも関西でいくつもの会社を経営する事業家だったそうで、「端々にまで目をかけて下さるおやさしい方でした」と語るせいさんの涙を見て、私もふっと目頭が熱くなった。

お顔も拝まず、お名前も存じ上げず、植え込みごしに私の琴を聞いて下さった方、というご縁でしかないが、窓に夜半のしぐれの音を聞くと何故かそのひとのことを必ず思い出す。冬の訪れを告げるしぐれは、亡きひとの涙だといういい伝えをどこかで耳にしたような記憶があり、きっとそのせいなのであろう。

枕屏風

習慣とはおそろしいもので、鉄筋の建物に長らく住んでいると、たまに京都などの和風旅館に泊った際、必ずかぜをひいて帰ってくる。戸障子からのすきま風にやられるためだが、これを防ぐ方法としていまはサッシを使っている家もあり、私など鉄筋住居以前はずっと枕屏風《びょうぶ》のおせわになった。子供のころ、父の寝床の枕もとには背の高い六曲屏風が立てまわしてあり、これならば防寒に威力はあるものの、むずかしい漢詩など書いてあって眺めるのにはちっともおもしろくなかった。

これが母の寝床の屏風ならばさまざまの絵を貼《は》りまぜてあり、仔細に見るとそれは皆、雑誌の口絵の切り抜きになっている。いまは雑誌もカラーページのはんらんで、眺めてもさして有難くはないけれど、昭和十年代のカラー口絵となれば折り込みにやっと一枚、付くか付かないかの貴重品でどこの家でもこれで襖《ふすま》の破れを貼ったり、壁に止めて保存したものだった。

母の寝床に横になると、目の前には鏑木《かぶらぎ》清方、伊東深水描くところの、目もさめるような美人像打ちならび、眠りに入る前の時間がどれほど楽しかったことか。

私が上村松園さんにはじめて出会ったのもこの屛風の絵であって、それはたしか『長夜』であったといまも瞼《まぶた》によみがえってくる。つまり極めて自然に美術の幼児教育を受けていたわけで、この経験から私は、その後に使った屛風はすべて東西混淆《こんこう》の、好きな絵ばかりの貼りまぜだった。

また屛風は、脱いだ衣服をちょいとかけるのにも便利なもので、赤い紐《ひも》など縁からぶら下っているのはハッとするほど艶《つや》っぽい。屛風のなか、という言葉もあるように、どこやら秘密めかした雰囲気を秘めているのもなかなかにいいもの。

いま私の手許にある最上等品は、俳人の八田日刈さんから贈られたもの、裾に名物裂《ぎれ》の鎌倉間道を貼り、右に私の『岩伍覚え書』、左に『陽暉楼《ようきろう》』の一節を書いてある。

筆跡は古市春近さん、表具は伊賀の伊藤教純さんで、いずれも申し分のない出来栄えだけれど、残念ながらマンションのベッド暮しではこの屛風の出番はほとんどない。

なつかしいこの小道具も、もはや実用の世界からは追放され、装飾美術品としてだけの価値になってしまうのだろうか。

寒ぶり

寒さにも底が入る頃になると、毎年私は友人からの、血のにじんだ茶封筒の届くのを首を長くして待っている。

中にはなにが入っているかといえば、ぶりの大きな切り身なのだが、ポリ袋でいく重にも包んであっても、土佐から東京への長途の郵便旅行のあいだに次第に血は封筒の表まで染みひろがってくるらしい。

ぶりなら東京にもあるものを、何故に土佐から取り寄せるのか、しかも昔の神話どおりなら、ぶりは富山がいちばん、といわれるのに、どうも我ながら腑《ふ》に落ちないという気がする。

私の親父《おやじ》は、魚について独断と偏見を持ちつづけた男で、浜揚げの魚がぼてふりの肩で揺られながら運ばれてくるのさえ、「そんな弱った魚が食えるか」と自分で釣りをはじめたひとである。

病昂じて動力船まで買い、沖へ出て鯛、ちぬ、すずきなどを釣るようになると、魚はこれが最上のものだと思い決め、小規模な仕掛けでは獲れないぶりやかつおなどは下魚《げざかな》、とののしってやまなかった。

つまりぶりやかつおは、人の獲ったものを買わねば口に入らないわけだから口惜しがることおびただしく、なかでも一入《ひとしお》ぶりを憎んで、「身だけならまだしも、皮まで食うやつがおる。

許せん」といい、そんな男に嫁に行ってはならん、と私によくよくいいきかせた。

で、私は長じて結婚式を挙げ、その翌日、皿鉢のさしみに使ったぶりの残りの皮を、夫なるひとがカリカリに焼いて美味《おい》しそうに食べるのを見てびっくりした。同時にひどく悩み、父の言葉を思い出して困惑したものだった。

しかし年経てみると、父を離れて味覚も自分のものが出来上り、いまでは脂ののった寒ぶりは何よりの好物となった。

土佐では、ぶりのさしみににんにく葉のぬたをつけて食べるのを好むけれど、私はやっぱり大根おろし添えの塩焼きがいい。家では大きなぶりの塩焼きのことを、ブリステーキという。ブリステーキも二百グラムを超すと、よい牛肉よりもはるかにお高い値段になるが、まあイナダ、ワラサ、ブリ、と名前の変ってくるめでたい出世魚のこと、この季節しばらくは贅沢《ぜいたく》を許してもらうつもり。

なお土佐からの荷は生ではダメで、さっと一塩したもの、これで味は狂ってないからどうぞお試しのほどを。

かぜひき

大ていのひとには病臥願望というものがあって、それもガンなどの難病はまっぴらだが、かぜひきくらいは年に一、二度は味わいたい気持を持っているらしい。

木枯らしが窓ガラスを鳴らしてゆく夜、遠い子供のころなら、ふだんは放っておかれるのにこの日ばかりは家中からやさしい言葉をかけられ、さあさあのどに吸入器をかけて、エキホスの湿布もしてね、氷砂糖とキンカンの煎《せん》じたのも飲むのよ、足もとへは湯たんぽも入れてあげようね、などといたわられると、よくぞかぜの神が来てくれたと思うほど嬉しくなる。

私のかぜの記憶は何故か蒸しずしと固く結びついており、それはかぜのたびに母が必ず仕出し屋から蒸しずしを取って食べさせてくれたためらしい。

蒸しずしは関西の食べものだといわれるが、小っちゃな蒸籠《せいろう》型の入れものに金糸卵、えび、椎茸《しいたけ》のたぐいがたくさん載せられてあり、この上にかぜ薬を振りかけ、寝床の上に座ってふうふうと吹きながら食べるのである。

寝床でものを食べてはいけないという禁忌も、この日ばかりは大目に見てもらい、だるまさんのように着ぶくれて好きなものを食べる楽しみ、かぜをひくと家中のひとがみんな好きになってくる。

これが主婦の身ともなると、寝込んだ枕もとでダンナと子供は大困憊、やがて協議の上、馴れぬ片付けと食事の支度に奮戦せざるを得ないのを見て、ひそかに思うのは、そうれごらん、お母さんの価値がよくよく身に沁《し》みてわかったでしょうという凱歌《がいか》。

かぜ心地のうつらうつらというのは一種快いもので、煩雑な日常性からこの時間は完全隔離されている感がある。

いわば天上に遊ぶ思いだが、これは本復して起き上った途端に打ち切られてしまう。人間、寝て考えることには実用性がないという定説を地でゆくことになるらしい。

かぜは、家中でいうなら早く引いた者から順に待遇がよい。

珍しいうちは大事にされるけれども、終りになるに従って次第に飽きられ、重病でもせいぜい卵酒ぐらいのサービスになってしまう。

私、体が弱いくせに幸か不幸か、ここ十数年かぜで寝込んだことはなく、毎年のかぜの夢見心地にあこがれながらも無傷ですごして来ているが、今年は果してどうだろう。でもかぜは万病のもと、皆さまご用心遊ばして。

『くらしのうた』朝日新聞社　昭和六十三年一月

安産腹帯——十七歳のとき

子供のころ、長唄のけいこのついでに、聞きおぼえの端唄小唄を弾いて遊んだものだったが、そのなかに、

〽お伊勢参りに、石部の茶屋で、あったとさ、可愛い長右衛門さんの、岩田帯しめたとさ

というのがあって、聞きおぼえなら長右衛門さんをチョエモさんと受取り、これはきっとかわいらしいチョエモという女の子が、石部茶屋で帯を結んでもらったときの唄だとばかり考えていたのだった。

たとえ難い羞恥心

長じてのち、歌舞伎の『帯屋』を見たとき、自分のあまりの誤解に、私は恥しくて真っ赤になってしまった。唄は、十四歳のお半と四十歳の長右衛門とが石部の宿で関わりができ、たった一夜の過ちなのにお半は妊娠してしまい、二人で桂川に身を投げて死ぬ、という筋書きを、端唄らしく色っぽくうたったものだったのである。

岩田帯ともゆはだ帯ともいうこの腹帯をしめるとき、女は一種たとえ難い羞恥心《しゅうちしん》と、また心

はずむ思いに包まれるもので、実は私も、初めて腹帯をしめたのは十七歳のとき、戦争も末期に近い昭和十九年の秋だった。

婚家先の姑は私の妊《みごも》ったのを知り、かつて自分も姑にしてもらったとおりの手順を踏んでまずまっさきに決めてくれたのが産婆さん、次に帯祝いに立会うべき帯親となるひとを捜してくれた。

帯親とは、生んだ子が皆丈夫に育っている「子しあわせ」のよいひとを指すのだけれど、少なく生んで上手に育てるという現代では信じられないほど、戦前は子しあわせのよいひとは少なかった。どの女性も、生んだ子の一人や二人は欠けており、ようやくひとの口から口を辿《たど》って捜しあてたひとは四人生んで、四人とも立派に成人しているという。

帯祝いは、戌《いぬ》の日を選んでこの帯親から安産祈願をこめた紅白の腹帯をもらい、産婆さんや近親者が集まって安産を祈る宴を開いてくれるのだけれど、幼い私は何だかとても照れくさく、できればその場から逃げ出してしまいたかった。何て恥しい儀式、と思う一方、おなかの中でもはや胎動を始めている子供はいとしく、どうぞ五体満足に生れてくれるよう念じる思いは、こういう古くからのしきたりを有難く思う気持にもつながるのである。

帯祝いで覚悟つく

初産を迎える不安は経験者でないとわからないが、前もっていくら「障子の桟が見えるうちはまだまだ」「青竹をもひしぐ力が要る」などと教えられても想像はできず、まずこの精神の動揺を乗切ることが、出産へ向かっての第一の課題ではないだろうか。

私の場合、三カ月目から不安神経症にかかり、入院したり実家に帰ったりの繰返しで、ようやく覚悟も定まって病気も快癒したのは、この帯祝いのあとだった。

つまり妊婦にとって、腹帯はのっぴきならぬ母親予備軍のシンボルともいうべきものになり、これによって気持も生活もすべて見通しが立ってくるのである。そのころ、衣料品はすべて切符制になっていたが、苛酷な「生めよ殖《ふ》やせよ国のため」政策のせいか、お上は腹帯用に晒《さらし》半反、一本分だけは特配してくれ、産婆さんはその巻きかたを丁寧に指導してくれた。

長い晒をひきずりながら、またぎながら、五カ月ものあいだ毎日、腹にいく重にも巻きつけるのはなかなかめんどうで、風呂上りのときなど、略してしばらく外しているとふしぎなもので、やっぱり何となく体中が力なく、頼りない思いになってくる。

つきまとう神秘性

帯祝いの儀式は土地によって違っても、腹帯を持参して安産の神さまに祈願するのはいずこも同じだと思われ、それだけに我が身と胎児を守護してくれる神宿る腹帯を、片ときも離してはならないのである。

とくに、臨月近くなってくると、腹帯を怠ったために胎児が大きくなりすぎ、難産だったとか、或は逆児になったとか、さまざま戒めの言葉を聞かされ、妊婦はひとしく敬虔《けいけん》な気持になってくる。

そして無事出産のあかつきには、使っていた腹帯をよく洗い、祈願した神社へお礼参りして納めにゆくひともあれば、次の子供のために大事に蔵《しま》っておくひともあり、私などものの乏しいころは、生れた子のためにすぐさまじゅばんに仕立てて着せたものだった。

いま、デパートなどで売っている腹帯は、改良されてとても合理的になり、体にぐるぐる巻きつけなくてもいいようになっていると聞くが、これは諸事略式にしがちな二度目、三度目の出産者にとっては、とくに重宝するのではなかろうか。

それにしても、いかに世が進もうと、女性の出産にはやっぱり神秘性がつきまとうもの、それだけにとりわけ腹帯をおろそかにしてはならず、心おののかせながら水引のかかった紅白の腹帯をみつめた、自分の若い日のことを思い出すのである。

「週刊朝日」昭和六十三年十月二十一日号

マッサージ機

人間の体というものは、甘やかせば甘やかすほどつけ上るくせがあるらしい。

たとえば、ある期間ごとにマッサージさんを呼ぶ習慣をずっと続けていると、どうかした拍子にこのサイクルが狂ったとき、まるでヤクの切れた中毒患者のようになって頭痛耐え難く、これで人生終り、というほど絶望的な気分になってくる。

私のように、子供のころからひどい肩凝り症で、マッサージとは縁の切れない人生を送っている者にとって、この中毒症状がいちばんおそろしいのは、外国への長途の旅行のとき。

アメリカ旅行のときは電気針を持参したが、ホテルの電圧が日本と違ってこれは使用できず、指圧用の健康器具で何とかしのいだものだった。

ハワイのときは、ホテルに申込むとすぐOKだったものの、あらわれたひとは鉄製の大きなベッド持参、そして日本語を解せず、こちらのカタコト英語の、もっと強く、とか、そこはやらないで、とかが通じたのかどうか、何だかずい分勝手のちがうマッサージだった。

そして料金は当時の金で一万円、といわれ、べらぼうに高い、という感じを抱いたのをおぼえている。外国ではマッサージは高度の技術者のよしで、たしかに違いないが、私はこれ一度でこり、外国では以後、呼んだことはない。

以前、元首相の中曽根さんがご自分のマッサージ師同伴で外国旅行されたことを新聞記事で読み、ずい分と羨ましく思ったことだった。

風聞によれば、このマッサージさんは中曽根さんの邸内に住み、ふだんはお客さまへのサービスもするそうで、それを聞いて私は、訪問された方はどんなご馳走《ちそう》よりもありがたく感じるだろう、と思ったが、私ごときのまねのできる話ではない。

かような次第で、なるべくなら外国へは出かけないように、また、日常生活でも、マッサージの回数を少なくするよう体を馴らすのが目下の私の健康上の大きな課題だが、それには好きなときに好きな時間だけかかることのできる電気マッサージ機を重宝する。

実はもう忘れるほど昔、一台購入し、愛用していたが、何といっても人間の手にかなうものはなく、汚れ、こわれたのを機に、そのままに放置してあった。

ところが先日、ふとした機会に店頭に並べてある新しいマッサージ機に坐ってみたところ、人智《じんち》の進歩とはありがたいもの、昔とは較べものにならないほど機械はかしこくなっていて、人間の手のやさしさとほとんどかわらなくなっている。

さっそく買い求め、毎晩のようにこのところかかっているが、いやこれもくせもの、馴れると機械なしでは暮せなくなるは必定、来年予定している外国旅行に、今度はこの何十キロのマッサージ機を同伴しなければならなくなりそうで、頭を抱えている。

「日本経済新聞」平成二年七月十三日

こんにゃく茶屋

ひとつの材料をさまざまに調理工夫して、大体十二、三品ほどのコースにして食べさせてくれる店を、私、これまでにあれこれ試してみたが、そのなかで体にもよく、舌も満足し、また料理として興趣あるものを上げるとすると、豆腐料理、れんこん料理、そして本日ご紹介するこんにゃく料理がある。

豆腐料理は有名で、昔から三六通りの料理法を書いた『歌仙豆腐』や、『豆腐百珍』などの名著が伝わっているが、はすもまた、奈良時代から菓子に薬用にさまざま用いられたらしく、このコース料理に出会ったのは大阪だった。

手もとに資料をなくしてしまったので、詳細は申上げられないが、このとき、はすをすりおろして作ったコロッケがとくに美味だったので、いまも我が家では私のとっておきのレパートリーになっている。

こんにゃく茶屋の所在は山形県上山市楢下《ならげ》で、昔の宿場らしい家のつくりかたもおもしろい。

私、正直にいえば、こんにゃくは好物でなく、一生口にしないでもべつに不服はないが、この茶屋に案内されると、何しろ珍しくおもしろくてほとんど平らげてしまった。

こんにゃく料理は、思いつく限りではさしみと煮物、白和《しらあ》えくらいのものしかないけれど、いやはやここではあるわあるわ、そばにうどん、湯葉、揚げもの、だんご、干したもの、デザートまで、あらゆる料理がことごとくこんにゃくでできており、その数は優に二十種をこえている。

もちろん、味付けやあしらいには牛肉や魚のすり身やうに、たこなども使っているが、こんにゃくの特質をよく知っていての、巧みな調理で、しかもどれもほんの一口ずつ、目先を変えて出してくれる。

当然、非常に手のかかる作業だとにらんだが、茶店のあるじ夫妻はまだ三十代前半と若々しく、それを助けている母堂ともども、きびきびと働いているのが好もしい。

献立の一部を紹介すると、たとえば煮物は、ひも皮風こんにゃくにてたこを袋包みにしたるもの、魚のすり身とこんにゃくを合わせかまぼこふうにしたるもの、こんにゃくと大豆の蛋白《たんぱく》にて湯葉風にしたるものの三種、ござ候、などと書いてある。

私のおすすめは、凍らせて干してさきいかのような珍味に仕上げた一品、ビールのつまみや、ちょっと口さびしいとき噛んでいれば、案外と楽しい。

こんにゃくは水分九十六パーセントの低カロリー食品だし、また腹中の砂払い、ともいって整腸の効もあるといわれている。たまには肥満の心配をせず、腹いっぱい食べてみるのもいいのではなかろうか。

「日本経済新聞」平成二年七月二十七日

ポワロ

テレビにポワロが戻ってきて、私はとてももとてもうれしい。

五分前にはテレビの前にぴたりと坐って、彼のあらわれるのを胸おどらせながら待つ。開始に一秒でもおくれてならないのは、テーマ音楽がたまらなく好きなのと、最初のタイトルの画面にひどく心がそそられるから。

音楽が始まると、ちょっと内またのポワロがステッキ片手に向うむいて五、六歩あるき、右を向いて一息入れ、また五、六歩、今度は左向いたところで字幕がかぶさってくる。

ここのところが何といえず好ましいのである。

音楽は劇中にもしばしば流れ、終幕にも聞かれるが、クラシック一辺倒の私にしては完全によろめいて、魅せられてしまったというところ。

実は私、外国の推理ドラマの大ファンで、深夜放映のぶんはビデオにたくさん撮りためてあるが、ナイター延長の場合は次々と時間がズレてゆき、かんじんの、最後のなぞときの部分がチョン切れてしまっていて、地団駄ふむことが多い。

このビデオをゆっくりと見るのが、私の何よりの楽しみであって、我が愛する名探偵、名刑事の活躍に等級をつけさせてもらうと、一はやっぱりかのコロンボさん。物語の構成と推理自体のおもしろさで群を抜いており、できればこのシリーズをもっともっと見たいものだと切望する。

推理のすすめかたでいえば、ポワロはロックフォードやアイアンサイドなどに一歩ゆずらざるを得ないが、しかしポワロの見どころはもうひとつ、時代の風俗描写にある。古いロンドンの町並を走る旧型ののろい自動車や、女性のファッション、ダイスの遊び、食卓の上のもの、知的な会話、そして例のなまずひげを手入れする珍しい道具、とひとつひとつしんしんたる興味が湧《わ》き、事件よりもそのほうに気をとられたりしている。

映画のポワロはデブで親しみやすいが、テレビのポワロはいささかしたり顔で、私は犯人はとうに知っていますよ、という感じなのにわずかな抵抗があるものの、音楽や、ていねいな風俗描写を含めて、やはり私はコロンボに次いで二位をさし上げたい。

推理もののスリラーものの番組は、夏季に集中する傾向にあるので、私のビデオ予約もせっせと励まねばならないが、テレビのおかげで、居ながらにしてすきなドラマが楽しめるのはいかにもありがたいこと。

今日は益もない自分のひとりごとを書いてしまった。暑さ故、となにとぞお見のがし下さい。

「日本経済新聞」平成二年八月十日

お中元

日本国中、おびただしい数の宅配業者の方々が忙しく飛び交ったお中元の季節も、ようやく終るころとなった。

どこのお宅でも、贈物に頭を悩ます一方で、たくさんの頂きものもし、喜んだり困惑したりの毎日ではなかったろうか。

さいきんの統計では一世帯の平均人数が三人を割り込んだそうだから、一度に多量の食べものなど頂戴《ちょうだい》すると、必ずやもてあまされることだとお察しする。

そこで、捨てるのももったいないし、どうせ使わないものならよそさまへ廻しましょう、というのが主婦の知恵だが、ここで相手方にそれを告げるかあるいは隠しとおすかで、受ける側の感じは大きく違ってくる。

一旦開けた箱を上手にもとのように貼りあわせ、のし紙だけを取替えて、さも自分が贈ったようにして届けるのだけれど、主婦の嗅覚はふしぎに鋭敏で、必ずそれが「まわしもの」だと判るのである。

一説に、よい品珍しい品はどこでも家にとっておく故に、まわすのはごくありふれたものだから看破されやすいというのだが、たしかにこれは一つの真理だろう。カムフラージュされたまわしものは、頂いても有難味が半減するし、それに何となく嫌な感じもつきまとうが、そこで私は率直に、

「頂きものですが、うちでは使いませんので、もしお宅で役立たせて頂くならこんなうれしいことはありません」

という意味の手紙を添えておく。

これなら、もらった側も大した負担にも思わず、不要ならばまた次へと気軽にまわせるのである。

あくまでも私見だけれど、このての方法で、たとえまわしものであろうと絶対的よろこばれる品が一つだけある。

それは酒のたぐいであって、できれば日本酒よりは洋酒、洋酒よりはワイン、といった順序で授受の必要度があると思うがどうだろうか。

私は酒には全く無縁の人間だったから、贈物に酒など頭に浮んだこともなかったが、いつだったか、エチケットの本に「贈りものには酒がいちばん」とあるのを読み、なるほどと思った。酒ならば保存が利く上、大げさなラッピングも必要でなく、ワインなど、かえってラベルを見せびらかしながら裸のままで手みやげ等にさし上げると上戸にはよろこばれる。

いや、本日はお中元のまわしの品から思わず酒のすいせんへとペンがすべってしまったが、要するに、頂いたお中元の品は最後まで役に立てたいという思いから書いたこと、それにしても、三人以下の世帯で終までおいしく食べられるような、極くごく少量の、気のきいた贈物はないものだろうか。

「日本経済新聞」平成二年八月二十四日

夏の終り

今日は八月尽《じん》の日。

夏休みのしんがりを承っての私の感想は、一千万都市だというのにこの大東京のふだんの生活のまあ静かなこと。

毎日ではないが、夕飯を早く終えた時刻、私は腰に万歩計をぶらさげ、我が住む町狛江の住宅街を縫って多摩川までときどき散歩に出る。

時は午後七時から八時までのあいだ。家々の夕食時だと思うのだけれど、どこのお宅からも食事どきの騒音は洩《も》れ聞こえてこないのである。

たぶん私の頭には、昔の下町の夕食時の喧騒《けんそう》の光景がこびりついているせいなのかもしれないけれど、灯りはともり、テレビもつき、湯気もキッチンの窓から洩れているのに、中にいるひとびとはとても行儀よくつつましい。

日本がこんなに豊かでなかった時代、夕飯時は一家だんらんの場で、どこもとても賑やかだった。

通りを歩くと、食べものの匂い、食器のかちあう音、笑い声、子供の泣き声、兄弟けんか、それを叱る親の声、等がごっちゃになって洩れて来、いささか暑苦しくはあったものの、大家族の持つあたたかみのようなものが伝わってきたものだった。

いまは子供の数も減り、一世帯平均三人を割るという統計だから、食卓を囲む頭数も少なかろうし、またテレビを見ながらでは家族同士、熱心に会話を交わすこともないかもしれないし、それに高声をも含む騒音というものを極力嫌う傾向がある。

人は誰でも快適な環境のもとに住む権利を有しているのだから、これでまことに結構なのだけれど、しかし夏だというのにほとんど窓を閉じ、もちろん通りに縁台を出してとなり近所の人々と交歓している風景もみられないのは、やはりちょっとばかりさびしい。

テレビではお盆の民族大移動と称し、おびただしいひとたちが乗物にあふれている様子を映しているが、いったいあのひとたちはこの東京のどこへ吸いこまれてゆくのかしら、と思う。

きっと海や山で思いっきりさわいで来ても、うちに帰ったとたん、常識ある市民の顔に戻り、もとのもの静かな生活に落ち着くのではなかろうか。

いまや夏花火、浴衣、縁台、盆踊り、かき氷、といった時代は遠く去り、夏といえどもクーラーのスイッチを入れる以外、他の季節と全く変らないくらしかたが定着してゆくものと思われるが、これが新しい文化生活というものだろう。

それにしても静かな住宅街、これから秋、冬に向かっていっそう非開放的になり、人間くささがますます稀薄《きはく》になってゆくようになるのは少しばかり残念に思えるが、どんなものだろうか。

「日本経済新聞」平成二年八月三十一日

わが書斎

原稿用紙をふところに、旅の宿から宿へと渡り歩きながら執筆する文士の姿は、ひところ私のあこがれだったが、今はちがう。

本がふえ、資料がふえ、仕事がふえてくると、いかに機能的な書斎を持つかということが問題で、私も長いあいだ苦慮したものだったが、この七月からやっと理想の半分を充たすほどの部屋を手に入れ、いまは一応おちついている。

長いあいだ、食卓の上に原稿用紙をひろげて書いていた私が、ようやく書斎らしきものを持てたのは小田急沿線の狛江のマンションに引越してからのこと、机と椅子、本棚を買い、これこそ待望の理想環境。とばかり励んだが、いや思わぬ伏兵があった。

書斎真下の部屋のお嬢さんが、昼となく夜となくピアノを叩いて下さり、私の思考を寸断するばかりでなく、モーツァルトK331のある個所が間違えばとたんに私も字をまちがえるという連鎖反応つきで、いやはや参ってしまった。

そこで二百メートルほど離れた中古マンションの一階の二Kを買って逃げ、ドリルで床に穴を明け、掘ごたつまで作ってもらってひっこしたものの、ここも落ち着いて仕事というわけには参らなかった。

道路わきだったから、一日中、セールスのピンポン・ピンポンが鳴りやまないのである。

ここで私は『朱夏』と『天璋院篤姫《てんしょういんあつひめ》』とを同時進行させていたから大いにあせり、ある日突然、不動産屋にかけこんで六本木のマンションを借りる契約をし、忘れもしない昭和五十九年の暮、しぶる家の者を督励して引越しを手伝わせ、こちらへピアノまで持込んで移ってしまった。

私の書斎の条件とは、静けさは不可欠として第一に広さのあること、これは絶対でなくてはならず、理由は、資料のすべてを身のまわりにおいてこそイメージは拡がってくるが、遠い書庫から運んで来たりなどしていると、もはや気も萎《な》えてしまうのである。

即《すなわ》ち天井までの書棚に囲まれた広い一室で、本の背表紙を眺めながら自由自在に空想の世界に遊びたく、その意味でいえば六本木の部屋は九十六平米もあって、ここでぼう大な資料を必要とする『松風の家』と『きのね』を完成させられたのは幸運だった。それに、町っ子の私はネオンの見えるのが好きだし、夜な夜な遊んだことで、作品に何らかの影響がもたらされたのかもしれない。

しかし六本木の生活も五年、ひとりの生活にもくたびれ、こちらを閉店して狛江の自宅へ帰って来たものの、おびただしい六本木の本がもとの狭い書斎に入り切らず、段ボール箱にいく

十、という数ほども処分してしまったことを告白しておこう。

それでも最低限のものを手もとに置くとすれば、書棚からはみ出たぶん床につみ上げるより他なく、身動きするとその山がどさっとたおれ、どうかすると一日中、さいの河原の石積みみたいに本をのせていることもある。唯一のしあわせは、階下のお嬢さんは、五年のあいだにピアノがお嫌いになったとみえて、ピンともポンとも音のしなくなったこと、これはうれしかった。

そして現在、困れば道はひらけるもの、我が家のすぐうしろの、直線距離にすれば約三十メートルの地点に三階建てのマンションが建ち、いの一番にここを確保したという次第。因みに広さは五十八平米。いまのところまあ、こと足りている。

「月刊Asahi」平成二年十月号

成城のとんかつやさん

このごろ、住宅街のなかにぽつんと店舗のあるのをよくみかけるが、このとんかつやさんもその一軒。

もっとも、開店はずっと以前らしく、私がその店を知ったのは女性誌の古い切抜きをめくっていたときだった。

日曜もやっているっていうから行ってみようじゃないの、という話になり、まず電話をして場所をきくと、

「地図を見てさがしてきて下さい」

とつめたい返事。

近くに何か目じるしになるものは、ときいてみたが、これもナシとのこと。

関西の商人は概して腰が低いが、何故か東京には無愛想なひとが多く、またそれを売りものにしている向きもある。

ようし、こうなればきっと捜し出してそのとんかつを食べてみよう、とふるい立ち、じぶんどきには行列になることもある、という店の混雑時間をはずし、午後四時、亭主とふたりでス

ニーカーをはき、万歩計をつけて自宅を出発。

成城ひろしといえども、このとんかつやを捜し出さずにおくべきか、と悲壮な覚悟で歩きはじめたが、何とものの二十分余、万歩計二千八百歩ですぐ発見。

時間が時間だから空いた席はあり、ただちに待望のヒレカツにありつくことはできたけれど、店員さんたちはべつに無愛想でもなく、ふつうの態度だった。

私はとんかつが特別好物というわけではないものの、何故か一カ月に一度くらいのわりあいで恋しくなり、案内書を見て東京中の目ぼしいとんかつやはほとんど味見させてもらっている。

もちろん自分でも作るし、材料を吟味すれば有名店とまさるとも劣らぬ味、などと誇大宣伝をして家のもののひんしゅくを買ってはいるが、家でたびたびそれをやろうとしないのは、どうにも手ぎわが悪くて、台所中を汚し、ちらかし、後始末がおっくうなこと。

よく考えた奥さんは、家を建てるとき油室というのを作ってもらい、揚物は専らここでなさるそうで、それならもう汚れ放題でとんかつでも何でも心おきなくできるというもの。

というのはつまり私の逃げ口上で、主婦の身なら坐っていて目の前にごちそうが運ばれてくるのがいちばんうれしく、それが後始末の厄介な油のものならなおさらいい。

ところで成城のとんかつやさんの味、衣に一工夫あり、油も肉も上等でなかなかおいしかった。ヒレカツ、赤だしつけものごはんで二人前五千百余円だったかな。

それにしても住宅街のなかの食べ物やが繁昌《はんじよう》するというのはおもしろいと思う。客は近所の常連か、或はわれわれのような探訪組か知らないが、要するに店のほうでも味に絶対の自信を持っているせいなのだろう。

「日本経済新聞」平成二年十月五日

欠航

九月三十日、故郷高知での講演を終え、午後四時五分発の東京行きに乗るべく、三時すぎ高知空港に到着。

まもなく搭乗案内があるだろうと思っていたら、定刻すぎ、十分おきに二回、もう少しお待ち下さいのアナウンスがあってのち、五時、東京地方台風二十号のため、欠航とのこと、がっかり。

高知の空は紺碧に晴れ渡り、台風などどこ吹く風というさわやかさだったから、まるで狐《きつね》につままれたような感じだった。

仕方なし翌日の午前九時発の切符をとり、その夜はまたホテルに舞い戻り、所在なくマッサージをとる。

そして翌朝、またもやこの午前九時発欠航のしらせを受けていささかいら立ち、理由を聞くと機体のくり廻しがつかなくて、飛ぶ飛行機がないのだという。

わかりました。東京―高知間はドル箱路線とはちがうので、台風のダイヤ収拾の際はあとにまわされるのだとナットク。では次の午後一時便は？　と問えば、飛ぶには飛ぶがすでに満席とのこと。仕方なしまた昨日の時刻の便、午後四時五分発に乗り、ようやく我が家に戻ることができたのだった。

結局、まる二十四時間というもの、突然空白の時間ができたわけで、このうち、八時間はベッドのなかとして、あとの十六時間をどう使ったかといえば、ただぼんやりとホテルで無為にすごしただけ。

私の日常は、人生の残り時間少ないため心がけとしてまさにときは金、たとえ一時間にしろ余分の時間ができたときには決して無駄にせず、文書の処理や資料読みに当てることにしている。

もし家にあって、二十四時間もの時間を神さまが下さったとしたら私はとび上って喜び、これを最大限有効に使うため、無いチエを絞りに絞ってその方法を考え出すにちがいなかった。

しかし天候は不可抗力とはいえ、今回は全くの不意打ち、ホテルの四角な箱のなかには自分の仕事道具はおろか、宅急便で早々と送り出してあったため、下着、化粧品のひとつもないのである。

外歩きしようにも、町は私が四十年住み馴れた故郷、べつに珍しくもなし、結局見たくもないテレビに目をやるしかなかった。

人は、精神衛生上、ときたまぼんやりと益もない時間をすごすのがよいという説もあるが、それはときと場合による話、今回は逆効果というしかない。

たったひとつの発見は、洗面のあと、つける化粧水もないので皮膚がつっぱってたまらず、冷蔵庫をあけてカップ入りの酒をとり出し、パタパタと顔につけてみると、これが何と具合がよろしい。たちまちつるつるてかてかの美人になりました。ただし酒の匂いで酔払うので下戸はご用心あれ。

「日本経済新聞」平成二年十月十二日

のど

毎年、私の誕生日にはみなさまが集って歌合戦大会をひらいて下さるので、さだめし私はカラオケぐるい、と思召しの方も多いようだけれど、実は私、人の前でうたをうたうことはめったとない。

何故なら、

「あたし、子供のころはＪＯＲＫの童謡歌手だったんです」

なんていっても全く信じてもらえないほど、いまは声枯れ果て、うたえば恥をかくだけだからである。

のどがもう全く使いものにならなくなっており、もちろんそれはトシもあろうけれど、生来よわいところへもって来て、東京の大気汚染に狙《ねら》いうちにされた感がある。

そもそものはじまりは昭和四十五年に大田区南六郷にひっこしたとき。

たちまちのどがはれ上り、近くの病院に駈《か》けこんだところ、先生は笑って、

「これくらいのことで病院へ来てちゃ、ここには住めませんよ」

とまわりの患者さんを指さした。

六郷は多摩川をへだてて川崎の工業地帯と向かい合っており、風の工合《ぐあい》では一日中、工場の汚染空気を吸っていなければならず、私よりもはるかに病状の重い方々で、どの病院も溢《あふ》れていたのだった。

このときから私ののどは慢性的にはれているようになり、六郷生活十年ののちに狛江にひっこしてやや小康を得たが、六本木の仕事場で暮すようになってからまたもや、排気ガスのためのどのはれに苦しめられるようになった。

うたがうたえないくらいなら、何ほどのことはないが、もしや喉頭《こうとう》ガンだったらどうしようと思うと不安でたまらず、紹介してもらって聖路加病院のT先生を訪ねたこともある。

そのときはガンでないことの保証は得たものの、空気のわるい都会で暮すかぎり、冷たいもの酢っぱいものがしみたり、すぐかぜをひいたり、そして今日はガンでなくても、いつまたガンはおそってくるやもしれないのである。

先日の入院中も、まっさきにのどの先生に診て頂いたけれど、

「たびたびうがいすること。あたたかいところで暮すこと」

のご助言をもらっただけで、何の特効薬もないことを改めて知らされただけだった。

ただいま住んでいる狛江の空気は、六本木にくらべればはるかにましといえるが、体力が衰えているのか、執筆―肩こり―のどのはれ―かぜ、のくり返しで、十月中には三回も発熱して

しまった。

かくなる事情で、私はいまなるべく声を出すのを惜しむ気持だが、月に一、二度の講演会にはたっぷり二時間はのどを酷使しなければならず、目下はこれが悩みの種。

しかし、空気のよい土地に移り住んだとしても、それはまるで無菌室へ入るようなもの、当分は汚染した空気にまみれながら東京で暮すより手はないか。

「日本経済新聞」平成二年十一月十六日

師走

ことしもとうとうもう十二月。先生も走るという月だけに忙しさこの上なく、一年中で私はこの月がいちばん嫌い。

作家の看板は掲げていても、いつまでたっても主婦業を捨て切れない私にとって、大晦日《おおみそか》までに決着をつけなければならぬ家事は山積。

その上、忘年会を兼ねて夜の集まりが多くなるので、こっちのほうも疲労が重なってくる。何しろ、都内の道路状況は十二月の渋滞が最高で、空いているときなら（このごろ空いているときなんてめったとないが）狛江―都心三十分で走れるものを、師走となると二時間はざらである。

招かれて上る料亭などの床の間には、

「歳月は人を待たず」

の軸や、

「一年は短し、されど一日は長し」

などの色紙が目につき、誰かに早く早くと背中を叩かれているような気がする。

何のことはない、十二月もめぐる月日のなかの一ヵ月、と思えばあわてることはないが、戦前のしきたりのなかで育った私などは、いまだに来るべき新年の用意を怠ると必ずバチが当るようで落ち着かないのである。

振返って、母などのすごした師走は全く大へんなもので、お歳暮のやりとりも衣服をあらためていちいち出かけ、買物もこまごまとたくさんあり、もちろん正月用の漬物るいの漬け込みや大掃除など、手を抜くことなど許されなかったらしい。

男は年賀状の手当て、そして廻礼用に新しい名刺を刷り、また門松の人夫を頼むのと家中のしめ飾りを用意するのは父の役目だった。

商人は節季の精算をしなければならず、裏口から毎日のように集金係がやってくるのへ、その場で支払いのできる年は母の顔も明るかったが、いいわけしなければならぬときは子供心に気の毒に思ったものだった。

戦前は一般に経済観念もうすかったし、年越しの金がこれこれしか無ければ、まず借金を払えばよいのに、といまでは思うけれど、父などの考えかたは、米屋味噌《みそ》屋のつけは少々のばしても、師走になすべきしきたりはどうしても省略できなかったらしく、それが男だ、みたいな生きかたを誇っていたところもある。

そういえば昔、師走に入ると映画館がいつも満員だったのも、借金取りから逃れるためだったというが、いまは果してどうだろうか。

どこの家でもまずまずの暮しになったかわり、師走のめんどうなしきたりはすっかりうすれているというのがどうも実情であるらしい。

お歳暮は宅配便が日本国中走りまわって道路渋滞を煽《あお》り、大掃除は電話一本で留守のあいだに家中くまなく磨き上げてくれる便利さ、わずかに年賀状だけが、誰でも考える新年の用意になってしまった感があるが、私なども神さまのバチを恐れつつ手抜きを考える師走ではある。

「日本経済新聞」平成二年十二月七日

睡眠

寒さが大の苦手の私だが、冬になっていいことがあるとすれば、それは夜分よく眠れること。寝床をあたたかくしてやすめばまことに快く、このまま春まで熊のように冬眠したいと思うことしばしば。

寝床をあたためる方法としては昔から湯たんぽ、あんか、毛布（アクリルがよい）、羽毛布団とさまざま試みて来たが、何といっても電気毛布にまさるものはないと思う。

これに出会ったのは私の三十歳半ばごろ。以来三十年間ずっと、電気毛布は私の安眠上欠かせない必需品となっている。

健康なひとにいわせると、睡眠のための介助具を使うよりは、寝る前ゆっくりとふろにつかって体をあたためればよくやすめるとすすめるが、ふろ上りですぐに寝ると、朝のめざめが一入寒い感じがするので、私はこれは避けている。

もちろん電気毛布が大へん健康的であるとはいわないし、私の経験でいえば、これを使うとまず第一にのどがかわき、そして必ず夢を見る。

作為的に体をあたためると水分がとられ、従ってのどのかわくのは仕方ないが、夢はどういう関係でこうなるのか、どれもこれも濃厚なものばかり、誤解されると困るので説明すると、いつもきまっておもしろいストーリーがあり、そしてオールカラーで実に美しい。

ふつう、亡くなったひとは夢にあらわれてもものはいわないとされているが、私のは最もひんぱんに亡き母が出て来、そしてよくしゃべる。

睡眠には一定の波があり、深夜にふかく、暁がたは浅くなるらしいけれど、私のは暁がたがいちばん深い。夜のしらじら明け、トイレに起き、それから一眠りしたあとの夢がもっともおもしろく、目ざめるといつももっと見ていたかった、と口惜しくてならないのである。

そしてこれも必ず、夢はめざめたとたん、内容はすっかり忘れてしまう。おもしろかった、お母さんと遊んでた、という漠然とした感覚のみ残っていて、人に聞かれても具体的に何も話すことはできないのである。

こんな夢は、電気毛布のせいでなく、私が小説書きだから、というひともあるが、真夏などには夢はあまり見ないし、見ても大てい白黒で断片的だから、やはり体があたたまっていることと、大脳の働きは関わりがあるのだろう。

それにしても睡眠はとても大切。寝足りた翌日は仕事もはかどり、機嫌よく暮せるので、概して冬はすごしやすい。

そのうち、夏に書いた小説はダメで、冬ならばまあまあ、という現象が起るかもしれないが、それなら一年のうち半分だけ働けばよくなるので私は歓迎。

「日本経済新聞」平成二年十二月十四日

大根

いまの季節、何よりも大根がおいしい。

煮てよしナマスでよし、おろせば用途ひろく、切って干してもさまざま使いみちがある。食物はなべて、しゅんのものがいちばん味がよいが、大根ほどそれを具現しているものはないと思う。

同じ青首でも、ついさきごろまでは煮てもあくが口に残っていたものが、暁がたの冷え込みがはじまるころから滋味が加わって来、いまは満点の味になった。

本山荻舟《てきしゅう》の『飲食事典』は私の愛読書で、昭和三十三年の初版なので、味覚の変りつつあるいまではいささか古めかしい感じはまぬがれないが、しかし飲食物の基本的な知識はしっかり記されてあるので、この本に助けられることがずい分と多い。

これによると、日本人はさしみと豆腐と大根の三つさえあれば、食膳の貧しさを感ぜず、健康長寿を保ち得る、とあり、私は膝を打ってなるほど、と思った。

口のおごった現在では、この三つを並べられてもごちそうとは思わないが、一昔まえならば十分に満足して食事を楽しむことができたろう。

大根料理のなかで私がいちばん好きなのはやはり煮物。

大根と里芋、大根と昆布、大根と厚揚げ、と煮物百般何でも相性がよく、自分自身の味を決して失わず、相手をひきたてるところ、何やら人生訓のおもむきがある。

昔はぶりのあらやイカと一しょに煮たものはごちそうの部類だったが、これはお惣菜《そうざい》一品限りの時代のこと、いまは私の好みでいえばおじゃこのダシでごくあっさりと煮るほうがたくさん食べられる。

また、煮しめて煮しめて真っ黒に醤油《しようゆ》が浸《し》み、しわだらけになったのがおいしい、というひとと、炊きたてのうす味がよい、という向きもある。十年ほど前、京都は木屋町の小さな旅館で泊ったとき、それは寒い朝だった。

おかみさんが熱々の一皿を運んで来、

「あわてて炊きましたさかい、なかまで浸《しゆ》みてまへんけど、おつゆと一しょにお上りやす」

とすすめてくれた大根のおいしさはいまでも忘れられない。

とすると、素材のもつ甘味を殺さないためにはやはり炊きたてのうす味、ということになろうか。

それにしても、大根に限らず野菜のおいしさは採りたてに尽きる。全国の名産を注文して宅配便で届けてもらうよりも、近所の畑から掘りたてを買うほうがはるかによい。

私など昔、農業に従事していたときは、自分の畑からひきぬいてきた大根は皮もむかずゆでもせず、いきなり切って鍋で煮たものだった。

それで満足して食べたものだったが、いまは時代もちがえば調理にも工夫が必要になった。

それにしてもいま、大根はおいしい。毎日でもよい。

「日本経済新聞」平成二年十二月二十一日

歳末雑感

桑原武夫、橋本峰雄、安田武の諸先生ご存命だったころの十二月は、他の先生方も交えてまず祇園《ぎおん》のお茶屋で遊び、翌日は南座の顔見世を見物して帰るのが恒例のならわしだったのだけれど、一人減り二人減りしていまは全く廃れてしまった。

先日、仕事で四、五日京都に滞在し、何だかこのころがなつかしくてその辺り歩いてみたところ、祇園町は健在だが南座は内部改装とのことで被いをかけてお休みだった。

南座のまねきを見ない十二月は気が抜けたようにさびしく、それに、私がずっと愛しつづけた御池河原町の京都ホテルも、この三十日限りで百年の歴史を閉じて三年半後、平成六年夏、新しく生れかわる。

古都京都も、訪れるたびどこか新しくなっており、それは耐久年数からいっても仕方ないことには違いないが、旅の者としては「ゆく川の流れ」をしみじみ感じさせられるのである。

世界も激動のニュースが多く、東西ドイツの併合によってたたきこわされたベルリンの壁は、友人からかけらをもらって大切に飾ってある。

聞けばポリ袋に入れて、路上に五マルクで売っており、ペンキなど塗料のついたかけらが値打ちがあるそうな。さいわい私のは一面にオレンジいろが塗ってある。たぎる思いをぶっつけた名残りと思えばあだやおろそかには眺められぬ。

いかにも惜しかったのはサッチャーさんの退任。いつの日か会って話をしてみたいな、と遠くから熱いまなざしを送っていただけに、これからはサミットなどでキビキビした彼女を見られなくなるのは残念である。

私自身の一年は、ことしは少々働きすぎだった。

書斎の環境がやっと整備されたこともあって、酷暑の季節三カ月を一日も休まず机に向かった報いが来、秋にはダウンして入院。

入院中、先生方に「外見は若くても体のなかは確実に年を取っているから、くれぐれも用心を」とくり返し説教され、いささか人生感が変ったおもむきがある。

トラ年の人間は、見かけによらず小心で臆病だが、獲物を見つけると勇猛果敢に進む、私はその典型。やりたい仕事はまだまだ山ほどあり、その山を一つ一つ踏破してゆく喜びはえもいえぬもので、これまで自分の年齢など念頭にもなかったのだけれど、先生方のご忠告をいれて、これからは少しはトシのことも考えよう。

日本人は働きすぎだと世界中から非難を浴びてはいるが、それはシステム上の話。われわれ個人企業はやっぱり克己精励の日を送らなければよい仕事はできないのである。

来年もきっと、朝星夜星の働きバチで終るだろうとの予感いっぱいで今年も終る。どうぞみなさま、よいお年を。

「日本経済新聞」平成二年十二月二十八日

土佐自慢

この二十余年間東京に暮し、全国のおいしいものを食べくらべてみて、それでなおかつ私が鼻を高くしているものの筆頭はやはり鮮魚類。

どんな小さなスーパーでも、冷凍、養殖ものよりわが土佐の海で釣り上げたもののほうがはるかに多いのも、黒汐《くろしお》育ちの心意気というもの。できれば買物かご片手に、たったいままでハネていたやつを次々と買込み、晩のおかずに東京へ持って帰りたいが、それが叶わぬ旅のお方には私のアジト「初瀬」をお教えしよう。

ここのおかみさんは何ともふしぎなひとで、三十年まえ知り合った当時といまも全く変らず、相変らずのいぼじり巻きにスカート、エプロン、笑顔、ただし愛想なし、というあんばい。同様に味のほうもガンコに昔のまま。カツオを筆頭に店にはその日、市場に上ったものなら何でも揃っているが、名物どろめ、のれそれはぜひ一度食べて頂きたい。どろめとは何かということについては諸説あり、ま、まじゃこの稚魚、で落ち着いているが、これに好みでぬた、或は三杯酢をかけてすすり込む。同じく黒アナゴの稚魚だというのれそれはどろめよりはやや大きくて、東京湾の白魚に似た姿。これも生のままで。

魚のなまぐささというのは、それは腐臭だと教えてくれたのは亡き辻留さんだが、私もたしかにそう思う。土佐ではさばでさえ刺身で食べられるし、熱いごはんの上にカツオの刺身をのせ、茶を注いでたべるカツオめしも、すこしもなまぐさくはないのである。

自慢の二番手は柑橘《かんきつ》類。曜日ごとに場所の変る露店市では、かつてざっと数えても二十種ほどのみかん類が並んでいたものだった。このうち、改良に改良を重ねて高級化したものが文旦と小夏。昔はコブだらけのぶきりょう娘だった小夏が、ハウスのなかで篤農家たちの汗と脂に丹精され、いまやみごとに高貴な美人と生れかわった。

他にこれもすでに夏の初めから出まわるハウスの温州、そしてぽんかん、また芯《しん》まで完熟したパイン、秋の後半から出まわる赤ん坊の頭ほどもある新高梨。

これらは大ていは東京の大手スーパーでも手に入るが、品質保証の欲しい方は堀田商店へ直接立寄られるか、注文を。ただしたかが果物、とあなどって軽い財布のままで出かけたら恥をかくこともあるので。

「陽暉楼」で皿鉢料理

そして定番皿鉢料理の試食を兼ねて、はりまや橋の「陽暉楼」へもぜひ上って欲しい。ただしこの名は私の小説の題名で、現在は得月楼《とくげつろう》である。かつての陽暉楼は南海一の料亭だったが、

てしまった。しかし、昔全国に誇った盆梅の鉢は伝えられ

戦火を受け、いまの建物は以前の十分の一程度。しかし、昔全国に誇った盆梅の鉢は伝えられており、二月ごろから二階大広間に展観される。

梅を眺め、皿鉢をつっつきながらの酒は土佐鶴、司牡丹など有名だが、土佐の酒の肴はカツオなどしたたかなものが多いので、いくらでも飲めるよう、酒の味は淡白だというが、ほんとうだろうか。私、土佐女性の名をはずかしめる下戸も下戸、酒屋の前を通ってもフラフラするほどだから、この点については受け合いかねるのである。

私などが子供のころ、よさこい節の歌詞で、

〽土佐の名物　さんごにくじら　紙に生糸にかつお節

とあり、社会科の勉強を兼ねてよく口ずさんだものだったが、このなかでいまやくじらと生糸は欠落してしまった。さんご、紙、かつお節はなお命脈を保ち、土産もの店ではやはり主流を保っているのでどうぞごひいきにして頂きたい。

最後の自画自賛は、世が変ってもなお土佐人気質はありありと存在していること。豪放で磊《らい》落《らく》、女はとくに働き者で、見かけと異なり内心は情深く、とてもやさしい。とは少々うぬぼれすぎか。

「週刊文春」平成三年八月一日号

アイスクリーム

いまは冷凍庫の普及で、寒い夜でもストーブのそばで冷たいものもおいしく頂けるようになったが、私たちが子供のころは、アイスクリームの出現、即ち初夏の到来であった。

生れ故郷の土佐では、戦前、市内の小学校の春の遠足は必ず巡航船に乗って桂浜へ行くと決まっており、一日、竜馬の銅像の下で波とたわむれながら遊んだものだった。

土佐の四月はもう真夏、といわれるとおり、駈けまわった挙句には水筒の水もすぐ飲み干してしまい、子供たちの目はしぜんに、浜のあちこちに旗をたてて売っているアイスクリン屋さんのほうに向いてしまう。

しかし買食いは固く禁止されており、仕方なく遠巻きに眺めるばかり、そんな私たちに淡いクリームいろのアイスクリンがどれだけ渇仰の的であったか、いま思い出しても唾が湧いてくるのである。

戦前の土佐の食文化は、新鮮な魚介類には恵まれこそすれ、欧米からの食物の導入が極めておそく、私など、はじめてジャムパンを食べたのは小学校四年のとき、昭和十一年だった。

もっとも、これは私の場合だけであったかもしれず、それというのも、私は父親四十五歳のときのおそい子だったし、その上、体が弱かったから、両親は非常に頑固に、自分たちが食べ馴れたもの以外は、決して私に食べさせなかったということがある。

ただ、十八歳年上の兄は、高知の町ではじめてフォードを運転したなどと自慢するハイカラなひとで、たびたび満州へも行き、異文化に接して洋食も味わったと思えるが、別々の暮しだったので私に直接の影響はなかった。

で、私のみの経験を語らせて頂くと、このアイスクリン、私にとっては甚だ遠くてそして近い存在の食物であった。

というのは、私が小学二年まで住んでいた緑町の裏側には長屋の団地があり、かの桂浜で商うアイスクリン屋のおじさんの一人が、ここの住人だったからである。

長屋にはさまざまの職業のひとがおり、うなぎを捕えて売っているひと、新聞配達、麦わら帽子や軍手を編む手内職のひと、大工さん、鍛冶《かじ》屋さん、チンドン屋、将棋さし、と決して豊かではないが皆、活気に溢れ、明るく朗らかだった。

母は私に、ひとりでこの地区へ行くのを固く禁じていたが、二度か三度、こっそり入ったことがあり、そのとき、家の前にアイスクリンの荷を置いてあったのを見て、子供ごころに大きな衝撃をおぼえた記憶がある。

アイスクリンの荷は、たて長の二つの荷を天秤棒で担ぐようにできており、前の箱にはアイスクリンを入れるウエハースの皿、木のさじ、ふきん、そしてディッシャーという丸い型抜きの器具を入れ、うしろの箱にはアイスクリンをたくさん詰めた銅の蓋つきの入れものを納めてあり、そのわきに赤いヒラヒラの布の旗を立てるしくみになっている。

これを担ぐおじさんは、頭に豆しぼの鉢巻、パリッと糊《のり》の効いた、さんぱつ屋さんのような上衣を着、同じく白いズボンに足は地下足袋、というでたちで、そして呼び声は流さないのである。

おじさんはこの荷を担ぎ、天秤棒でバランスをとりながら毎朝でかけてゆくのだけれど、その姿は実に颯爽《さつそう》としていて、子供の目にはあこがれだった。

そのころ、ディッシャーひとつのアイスクリンは、三銭か、あるいは五銭くらいだったろうか。

東京の資料を見ると、昭和十年、資生堂パーラーで、アイスクリームは三十銭、とあり、やはりずい分ひらきがあるものだな、と思わせられるが、これは店の中で食べる値段だし、また、路上で売るアイスクリンとは味も大いにちがっていたに相違ない。

そしてまた、三銭であろうと、そのころ高知の町の子が気軽く、これを親に買ってもらったとは思えなかった。

何といってもまだアイスクリンはハイカラな食べもので、一銭出せばおやつに駄菓子がたくさん買えるのに較べれば、やっぱり贅沢の部類であった。

私の場合、両親から固くとどめられ、理由は、アイスクリンに限らず、冷たいものを食べるとすぐおなかをこわし入院、という羽目に立ち到《いた》るので、小学校を出るころまで冷たいものは厳禁指令を受けていたのである。

母は私に、

「アイスクリンはね、バイ菌だらけよ。一口でも食べるとコロリになりますよ」

といい含め、それは、

「裏長屋で作っているものだから」

という意味を匂わせたかったらしい。

私が長屋でそれを見て衝撃を受けたのは、たしかに、あまり清潔とはいえぬ家の外に無造作に置かれてあったことの驚きだったが、その驚きもすぐうすれてしまうほど、アイスクリンを商うおじさんはすてきに見えた。

ところで、私が両親のいいつけを守って子供のころはついに口にしなかったかといえば、そんな子がいるはずがないのである。

桂浜だけでなく、アイスクリン屋さんはどこの路上にでも荷をおろして客を待っているし、登校下校のさい、禁断の木の実を味わうひそかな喜びを経験しない手はないというもの。

で、私のアイスクリン評は、舌ざわりはのちに経験したシャーベットとおなじ、シャリ感があってとても涼しいが、これも戦後、輸入されたソフトクリームのようなねっとりした味わいはない。

ずっとのちになって、私が腕の疲れるまでかきまぜながら家で子供たちにアイスクリームを作ってやるようになって考えると、どうもこのころのアイスクリンは生クリームやバニラを略し、ただのシロップを凍らせたものではなかったろうか。

それにしても、長屋のおじさんは自分でアイスクリンを作っていたのではなく、どこかにこの商いの元締めがいて、荷台ごと、あるいは服装までもそっくり日銭で貸していたのではないかと思えるのは、当時のアイスクリン屋さん皆が皆、同じ荷、同じ服装だったからである。

余談になるが、私は長いあいだ、アイスクリン、という土佐の呼称がとても恥しく、なるべく人前では使わないようにしていたけれど、一説には、日本に渡来したときの名はすべてアイスクリンだった、と聞いたことがある。

思うに、やはりアイスクリームとアイスクリンとは異なるものではないだろうか。

そして、土佐のアイスクリンは戦中に影をひそめてしまい、もはや自分たちの郷愁のなかだけのものか、と思っていたら、ここしばらく前から、名物としてふたたび復活するようになった。

このたびは天秤棒でなく、赤と白のパラソルをさし、箱もひとつで、大ていおばさんが椅子に腰かけて客を待っている。

なつかしさに駈け寄り、とんがり帽子の容器に入れてもらってなめつつ思うのは、これを食べたらおなかをこわし、入院するのではないかという恐怖であって、私にはよくよく母の言葉が身に沁みているらしい。

いまはアイスクリーム作りに便利な器具がいっぱいできて、まことに簡単に作れるようになったが、一方、世界各国の銘柄品もスーパーですぐ買えることになった。

とすると、少人数の食卓に懸命に手作りのものを供するよりも、銘柄品の味を見分ける舌の訓練のほうがいいのかもしれないと思ったりする。

「暮しの手帖」平成四年八月号

茄子

そのころ、というのは終戦のあと一年余の月日だが、私は中国東北地区の難民収容所にいた。配給される食糧は朝と晩、牛馬の飼料にする高粱《コーリヤン》がゆ一杯だけ、という「生きるにはあまりに少なく、死ぬにはいささか多きか」という量を与えられ、飢餓の極限状況だった。

ある夏の一日、痩《や》せこけた赤ん坊を抱いてぼんやりと家の前に立っていた私の前に、中国人の男性二人があらわれ、「昼飯を食べたいのでかまどを貸してくれ」という。

難民にかまどなどあるわけはないが、同じ収容所内の子供たちが遊びに築《つ》いたレンガのかまどが目についたので指さすと、二人はポケットから茄子《なす》を四、五個とり出し、かまどに火を焚いてそのなかに茄子を投げこんだ。

しばらくののち、火のなかから取出した茄子の焦げた皮を剝ぎ、それをいかにもおいしそうに食べはじめたが、見ている私は気も狂いそうになるほど、その茄子が食べたかった。

みどり色に焼き上った茄子の実は、牛肉にも豚肉にも増してたっぷりと栄養を含んだ野菜のなかの肉、とも見え、一口でよい、一かけらでよい、と口中に唾を溜めながらただ眺めるだけだったのを思いだす。

以来、茄子の実は私にとって肉、と思えてならず、命長らえて無事日本に引揚げて帰った日、まっさきに茄子の肉を、と望んで食べさせてもらったものだった。

考えてみれば、あのころの中国人も貧しく、男二人、焼き茄子を昼飯代りにしていた状況が思われるが、それだけにいかにもうれしそうに食べていた光景はいまも目から離れない。

この因縁で、私はいまでも茄子の肉が何より好き。それも焼き茄子を、まるで仇《かたき》に出会ったようにたくさん食べる。

「産経新聞」平成七年八月二十一日

コロッケ

何の因果か、何かしながら、ものを食べるのが無上のよろこびという悪趣味がある。たとえば、本を読みながら菓子をたべる、テレビを見ながら食事をする、映画を見ながら食べものをつまむ、等々。これは親をはじめ、たくさんの人から意見されたが、この醍醐味はどうしても忘れられないし、長年の研さんの結果、いまは大悟の境地に至っている。すなわち、本を読むときはクッキー、テレビは卵焼き、映画はコロッケが最高の合いくちという発見である。

クッキーと卵焼きはいずれ述べるとして、コロッケがなぜ映画に合うか、といえば理由はただひとつ、おいしいから。

故郷に在るときは、映画館に入るまえ天プラというさつまあげの揚げたてを新聞紙に包んでもらい、それをふうふうふきながら画面を見るのが最高の楽しみだったが、東京ではさつまあげのあつあつはおいそれとみつからず、やむなくコロッケにくらがえしたという次第。

コロッケも、クリームコロッケや、肉入りなどの高級品は敬遠、もっぱら一コ七十円の男爵いもばかり、そして当然ながら空いた映画館を選ぶことになる。

ほかほかの包みに、「おーいお茶」の缶も添え、いそいそと空いた映画館へ入るときのときめきを、皆さまわかって頂けるだろうか。

もっとも、凄惨な画面ではコロッケの味は半減し、『羊たちの沈黙』では口の動きまで止まってしまったが、『マークスの山』では、勇を鼓して食べてしまった。

それにしても、ジャガ芋と油としゃり感のあるパン粉、この絶妙なとりあわせをだれが考えたのだろうか。昭和初年、〽ワイフもらってうれしかったが、いつも出てくるおかずはコロッケ、という歌が流行ったが、映画館の暗がりでそんなことをときどき思いだすのである。

「産経新聞」平成七年八月二十二日

皿鉢料理

わが故郷土佐の名物料理は皿鉢だが、よそものは「さわち料理」といい、地のひとは単に「さあち」と発音する。

この節はマスコミの料理探訪めざましく、わがさあちも至るところで紹介されているし、故郷に帰ればお店でごちそうになるが、いわせてもらえば私などが若いころ作ったさあちとは、さあちが違う。

時代もちがうけれど、私たち手づくりのさあちは、純然たる家庭料理だった。

客宴の日は、家の男たちが自転車で近くの浜へ魚の買い出しにゆき、刺身、たたき用のカツオ、姿ずし用のサバ、奮発して蒸しずし用の甘ダイ、そうめんのだしとして小ダイ、とこれだけがまずさあちの基本で、そして魚をさばくのは専ら男の仕事。

女は組み物専門で、大皿に五・七・九の奇数分のさまざまなものを葉蘭《はらん》でせりを作って山形に盛りあげる。

観光写真で見るものは、この組み物の内容が上等のねりもの、揚げもの、巻きもの、貝るいなど、ごちそうばかり体裁よく並べてあるが、私などの作る組み物は、日ごろ好んで食べるお惣菜、おやつのたぐいに、ちょっとした味付けを工夫したものばかり。いわく、サトイモの煮ころがし、扇のかたちの酢ゴボウ、サツマイモのきんとん、煮豆そして自分で作ったまんじゅう、芋ようかんまで盛上げ、かざり立てておいしく食べていただく。組み物の他、そうめん、みつまめから大根なます、白菜の白あえまで一枚の数に加え、私など若さに任せて一人で二十枚、三十枚のさあちを作ったものだった。

しかしながら、これはみんな冷たい料理ばかり、それというのも、早くに作り置き、客が来らばそのさあちを運び出して、さあともに飲もうではないか、という土佐女のゆかいな魂胆《こんたん》である。

取り澄ましたさあちは、土佐には似合わないと思うが、どうだろうか。

「産経新聞」平成七年八月二十三日

最後の晩餐

自慢じゃないが、私ものごころついてこの方、食欲がない、食べたくない、という記憶はほとんどなく、風邪をひいたらひいたで、ふだんはガマンしている高価なものをフンパツして食べるという楽しみもある。

ことほどさような食いしんぼう故、食欲のあるうちはこの世を去りたくはないが、ま、事情かわって、食欲あれども死なねばならぬという事態に直面した場合、さてどんな食卓をしつらえることにしようか。

まず料理人を厳選し、（もはや自分では作らぬ。いく十年やって来たことを、死ぬ間際では免除してもらう）そのひとに献立を見せてもらい、そして器は私自身決めさせてもらう。

私の頭のなかには、アレキサンダー大王や、シーザーやクレオパトラの豪勢極まりない晩餐《ばんさん》のメニューが目に浮ぶが、あれは紀元前の外国の話、いまは料理も洗練されているし、それにやっぱり私は日本人、最後にはお国でとれた純粋材料で、見た目も美しい日本料理といきたいもの。

で、献立は、養殖でない天然の釣り鯛を（アミ鯛でなく）さまざまに調理してもらうのがメーン。

つけ合わせの野菜は、たったいま畑から摘み取ってきたばかりの無農薬、露地ものをふんだんに使ってもらうが、忘れてならないのが海藻類。

海藻類は便秘の薬なので必ず食卓のはしにのせなくてはならず、ま、明日死ぬものがなんで便秘薬を、といわれるかもしれないけれど、歴史には石田三成と柿の例もあること故、これは心得として。

さて、お膳が出来上ると、私一人の食卓はとてもさびしいので友人知人を招きたくなり、そうなると賑やかになって死ぬことなどさっぱりと忘れてしまうのが受けあい。これでは最後の晩餐とならないですね。

「産経新聞」平成七年八月二十四日

好きなお菓子との出会いは「到来もの」にあり

お菓子は何よりの好物。そして私にとっては必要不可欠の必需品である。

人さまはよく、ほっとくつろいだとき、お茶に添えて和菓子を、といわれるが、私は少しちがう。

甘いものが欲しいと思うのは、いつも決まって昼食のあと、日課として仕事にかかる前の時間である。

いうなればいざ、仕事、のウォーミング・アップ、やる気への促進剤といえようか。

いわば薬の一種なのだから、自分で淹《い》れた煎茶《せんちゃ》とともに盆に入れ、ありがたく書斎に運ばねばならぬ。ここからが私ひとりの味覚恍惚《こうこつ》の境地で、文字どおり甘美な世界に分け入り分け入り、しばしの間、うっとりと我を忘れてしまうのである。

甘味とはふしぎな魅力があり、心身ともにやさしく慰撫《いぶ》されたあとは、何故かどこからともなく猛然と闘志が湧いてくる。何やらポパイのほうれん草に似てもりもりと力を感じ、さあ矢でも鉄砲でも持ってこい、とばかりに原稿用紙との格闘がはじまるのである。

いまでは、食事は抜いても仕事まえのこの菓子セレモニーだけは欠かすことはできず、こういう私の習慣を知って、全国あちこちのお友だちから土地の銘菓を送って下さるし、また自分でも通販カタログを見て、切れめなしに注文している。

好きなものは、何といっても粒選《つぶよ》りの小豆をたっぷり使ったもの、これに尽きるが、しかし何にも増して美味だと舌つづみを打つのは、作りたてという条件である。

茶店の床几《しょうぎ》で茶など飲んで待っているうち、小豆のあんこが炊き上り、それをさっと何かの皮で巻いて出してくれたとしたら、私はきっととび上って喜び、おなかをこわすまで食べてしまうだろうと思う。

小豆のよいお菓子、桃林堂の金時、岬屋の水羊羹《みずようかん》、翁屋の浪花かん、開運堂の老松、桃六《ももろく》の桃もなか、この花の喜雲都波《きんつば》、風流堂の朝汐など。

「家庭画報」平成八年六月号

第四章　思い出

土佐浦戸湾

浦戸湾は高知市の表玄関で、昭和十年に土讃線が全線開通するまで、長い年月にわたって土佐最大の交通の要地だった。

昭和一ケタ以前に生れた土佐の人なら、朝に夕に出船入船賑《にぎ》わしかった光景をよく記憶しているだろうが、浦戸湾はこの他《ほか》にも景勝の地としても名高く、また全国でも指折りの漁場として市民生活をうるおしたものである。土佐人が気宇壮大なのも、

「となりはアメリカじゃ。浦戸湾の水でつながっちょる」

などと思い込んでいるところに案外由来しているのかも知れないのである。

高知市下町の私の生家には昔、父の道楽から沖釣り用の動力船一ぱい、湾内用櫓舟《ろぶね》二はいがいつも囲ってあったから、私はもの心ついた頃《ころ》からよく釣り舟の上で遊び、浦戸湾を自分の家の庭のように思って育った。湾内に棲《す》む魚の種類はおよそ二百種といわれ、それは、湾のかたちが太平洋に口を向けたひょうたん型で、下の胴のふくらみには鏡川、国分川、舟入川などの清流が注いでいるため、潮水真水入り混じった好条件のせいだったかと思われる。

魚のなかでも、とくに鏡川の青のりをついばんで育ったハゼには独特の芳香があって、女子

供でも簡単に釣れるところから秋の好日など、湾内の賑わいはハリマヤ橋以上だった。舟のへりとへりがぶつかるほど混み合うなかで、大声で釣天狗《つりてんぐ》ぶりを披露している人、はね廻《まわ》る魚をおさえつけて刺身にし弁当を使う人、テグスをもつれさせて困っている人、そのあいだを赤旗のゴカイ屋がすいすいと縫って餌《えさ》を売って廻っている。

男たちはよく釣れる日には日なが一日、ときには夜釣にかけて粘ったが、女どもはせいぜい二、三時間ほどでいつも舟から下ろされたのは小用の関係からだったろうか。男たちは持参の陶器の小便筒を使い、終るとざぶざぶと海水でゆすいでいたが、そのすぐ脇《わき》で釣り揚げた魚を二杯酢や刺身にして食べる人もあり、そういうことには誰《だれ》も鷹揚《おうよう》な、のどかな世のなかだったと思う。戦争中動力船には燃料が制限されたけれど、櫓舟なら一人で漕《こ》げる故に湾内の魚がどれだけ乏しい食糧を助けたか、私の家でも手に入らなくなったダシじゃこに代って、干したハゼをずい分と重宝したものだった。

浦戸湾十景には全国一早く咲くという孕《はらみ》の桜、同じく孕の廻し打ちという集団網打ち、帆の代りに大きな雨傘をかざした帆傘舟、枝ぶりのよい法師ヶ鼻の松、中之島の柳などまことに絶景のかずかずがあったが、残念なことにこれらはすべて昭和三十五年に始まった浦戸湾埋め立て計画によって、みるも無残に失われてしまった。あのひょうたん型の胴のふくらみのほとんどを埋め立てて工業用団地にしようというのである。

結果的には、この湾の地形が高知市民を災害から守る天然の要塞《ようさい》だったことがわかり、現在計画は大幅に手直しされたが、すでに埋め立てられた東岸には水際まで工場や倉庫が立ち並び、昔のおもかげはかけらもない。

私は昭和四十一年に土佐を去り東京へ移住したが、帰郷するたび変貌《へんぼう》する浦戸湾を見ていつも涙のにじむ思いになる。われわれが子供の頃から見馴《な》れ、愛した湾内の小島は取り除かれ、水は汚なく濁って釣り舟のかげすらないのである。西岸の一部を埋め立ててできた中央卸売市場には、湾内でとれる魚はおろか、昔、潮水と真水が混じり合う故に特別美味だといわれたしじみやあさりさえ見当らぬ。

この埋め立てによって高知市はいま出水などの遊ぶ場所をなくし、台風のたびに市街地まで浸水するうき目にあっているのをみると、私はひそかに、これは浦戸湾がバチを当てているのではないかと思ったりする。自然破壊が進歩につながるという頑冥《がんめい》な図式が、ここほど明白に裏切られた例は他にそう見当らないのではないだろうか。

「サンケイ新聞」昭和五十二年六月五日

幻の砂丘

私の記憶に誤りがなければ、それは昭和三十四年八月のことだった。当時、高知県社会福祉協議会に勤めていた私は、下関市で行なわれた全国保育大会に出席し、その帰りみち一人で山陰道に廻った。

その頃は、まだ旅はいまのような手軽なレジャーではなく、足の便、宿の便も、女のひとり旅には多少の不便がつきまとっただけに、仲間たちと別れ、一人で山陰を大廻りして高知に帰るのはちいさな冒険に似た感があった。乗った汽車は急行でも特急でもなくたしか鈍行だったはずで、その鈍行の固い席に坐《すわ》ったままの長い長い旅だった。

いま思えば私はその頃、何かとても悲しい思いで毎日をすごしていたのではなかったろうか。きっと一人で考えたくて、それに太平洋岸で育った私は日本海の青も見たくて、わざわざこんな旅をしたのかと思われる。が、実際には、保育大会での疲れが出て車中はただねむるばかり、窓の外の景色など目に入るわけもなかったらしい。食べてはねむり、食べてはねむりして長いあいだ走り、はっと目がさめたとき、そこにこんもりした砂丘と、その果てに紺碧《こんぺき》の深い日本海があった。このときの感動はいまもって忘れられないのである。

あのときからおよそ二十年経《た》ったいまでも、決して忘れられないほど何故こうも強く感動したかといえば、私はどういうわけか小さいときから砂漠の風景にあこがれ続けていて、それに大好きな海との組合わせだったために、いっそう強烈な印象を受けたのではなかったろうか。海と砂漠のとりあわせはとても奇妙で矛盾しているけれど、それだけに狭い日本ではちょっと珍しい異風景として私の脳裏に刻まれたものだと思われる。

砂丘は猫の背のような、或《あるい》は筆の穂先のような、またお母さんの乳房のようなやさしい曲線を描いて視界にひろがり、また、日本海の色は太平洋とはちがった一種もの悲しい深みがあって、そのときの私自身の胸の底に沁《し》みとおってゆくように思った。

ひょっとすると、この記事をお読みの読者のなかに、山陰線の車窓からは直接、砂丘は見えるはずがない、とご指摘の方がいらっしゃるかも知れないけれど、それはそれでいいのだと思う。何しろ私は、いまもって悩まされている腰の神経痛は、この長旅で発したものだし、同時に砂丘の感動も、このとき得たものだと固く信じていまだに疑わないのである。

私はその後、いく度か砂丘への旅を計画してはみたが、何故かいろいろな障害がおきてお流れになり、いまだに砂丘と日本海は幻の風景として私の胸の底に棲みついたままでいる。ときどき突然、日常性から脱け出して再びその場所に行ってみたい衝動がおきるけれど、あのときの、終点福知山についたときの激しい腰痛や、また冬季はとくにきびしい寒さと聞くと、やはり体のことを考えてひるんでしまう。
しかし回想のなかに美しい場所をあたためていられるのは、これは大へんしあわせなことで、しかもそれが遠い昔であればあるほど年々透きとおるように昇華され、純化されてゆくようにおもえる。いまかりに、機会あって再びかの地を訪れたとしても、そこは観光客に踏み荒された風景になっているのかも知れないが、しかしすべての条件とののっての上で行けるならば、死ぬまでにもう一度、あの遥《はる》かな砂丘に坐り、日本海の青を眺めたい。

「婦人公論」昭和五十四年二月号

太宰賞の受賞者

長いあいだ、師もなく同人雑誌にも属さず一人コツコツと小説を書いて来た私が、この頃やっと作家仲間の端くれに列《つら》なることができるようになったのも、やはり文学賞を頂いたのがきっかけである。

昭和四十一年に東京都民となった私は、こちらでのお馴染《なじ》みが浅いだけに、この賞のご縁をとりわけ大切に思う。賞をもらうと、その賞を主宰する出版社から何かにつけめんどうを見てもらえるが、その他に、受賞の先輩後輩の仲間ができることも大へんうれしい。

今までに頂いた四つの賞のなかで、定期的に集まり、和気あいあいと一家の如《ごと》く睦み合っているのは太宰賞を受賞した作家の方たちで、これにはそうなるべき諸条件が揃《そろ》っていることが大きな理由としてあげられよう。つまり賞がまだ新しく受賞者が少なく、集まるのにちょうどよい人数であることや、母胎の筑摩書房が作家の育成にとくに熱心だったこと、また最初の受賞者吉村昭さんが苦労人で、めんどうみのよいことなども加わって、毎年暮に催される忘年会はとても楽しみなものだった。

常連の男性は吉村さんに一色次郎、秦恒平、三神真彦の諸氏で、女性は新潟から不二今日子、村山富士子のお二方と私というとりあわせ、これにときどき賞の佳作の方も加わったりする。当夜はいつも飲むほどに酔うほどに談論風発、いい話がたくさん聞けて大いに儲《もう》かったような気になるが、このムードは別れたあとも持ちこされ、互いに電話をかけ合って悩みごとの相談もしあい、無為なおしゃべりの相手にもなり合ったりして便利なつきあいとなる。私など、兄貴格の吉村さんには税金や取材の件でたびたび知恵を借り、三神さんには愚痴《ぐち》の聞き役になってもらい、またこの頃病気がちの不二さんや一人暮しの村山さんにはときどきこちらから電話をかけて消息を伺《うかが》う。

仲間うちには、同業者の競争意識を露《あら》わにする者など見当らず、こうした気楽なつきあいは、どれほど私自身の精神上のプラスになっているかしれないのである。昔は、小説を書くときの孤独感はおそろしいほどのものがあったけど、いまはこうした仲間がいると思うと、少なくともあの奈落へ落下してゆくような感じからは救われている。

ただ惜しいことに、太宰賞は筑摩書房の倒産で十四回を最後に中止となり、いつ再開されるか見通しも立たないが、今まであたためて来たこの交わりは、そういうことに関《かか》わりなく、この先も続いてゆくことであろう。昨年七月、筑摩書房の悲報に接したときにはみんな心配しあい、臨時に集まって会社更生法が適用されるよう署名嘆願書を作ったものだった。

つきあいの深さは年月の長さには必ずしも比例しないし、またひんぱんに会うのが親しさの表われでもないことを、このグループは私に教えてくれた貴重な存在であるといえようか。

「日本経済新聞」昭和五十四年五月二十六日

嶋岡さんのこと

私とは同郷の友、嶋岡さんは、年こそ私がはるか上だけれども、出版の業績からいえば彼のほうがずっと先輩である。

お互いにまだ土佐に住まっていた頃、一夕赤のれんに同道したところ、その店の棚にはずらり嶋岡さんの著書が並べられてあり、その頃自著の一冊もなかった私にとって、それは羨望《せんぼう》を通り越して一種の威圧を感じたものだった。

おそろしく器用なひとで、東京—高知、また東京と居を転じたこの二十五、六年ほどのあいだに、本職の詩集はもちろん、詩論から歴史小説、ルポ、伝記、翻訳まであらゆる分野にわたって筆をふるい、著書の数はすでに五十冊をとうに越しているのではなかろうか。

それだけに今回の『裏返しの夜空』に著者初の小説、というタイトルがついているのを見て、私は大へん新鮮な感じを持った。

収録三作のうち、「舌垂れる空」がいちばん先に「すばる」に載ったとき、私は待ち兼ねていてむさぼり読んだが、読後深い感慨があった。私などを引合いに出しては失礼に当るだろうが、私が女流新人賞を得たあと十年間、書いても書いても小説は売れず、絶望のなかでのた打った挙句、やっと自分自身の恥部をさらけ出す覚悟ができ、『櫂《かい》』を書いて太宰賞を得た、そのゆくたてに嶋岡さんの場合もとてもよく似ていると思ったからである。

「舌垂れる空」は、縊死《いし》された母君をモデルに、自分自身を音彦という登場人物に重ねて描かれたものだが、これを書くについて嶋岡さんは定めし、覚悟の上に覚悟を固め、刃を研ぎ澄まして首の座についたものであろう。

小説を書く者にとって、現世の人間関係は禍《わざわ》いになりこそすれ益になる面は少ないが、嶋岡さんは一大勇猛心をふるい起して身の廻りの人々に視線を注ぎ、この最初の一作に取り組まれたことと思う。人をも自分をも切りさいなみ、血も膿《うみ》も流し切ったところから作家が誕生する、という仕組みは、古いタイプの作家が辿《たど》るコースなのかも知れないけれど、自身炬燵《こたつ》に入っていて雪道の難渋を語る人間は断じて贋物《にせもの》だと私は思っている。

三作のうち、私はやはり母君を描いた「舌垂れる空」が好きである。小説としては表題のものがまとまっているかも知れないが、最初に体当りしたこの作の勇気を買いたい。

ここに至るまで、嶋岡さんも長い道のりだったかも知れないが、それが決して無駄にならないことは、今後の嶋岡さんの活動がもの語って行くと思う。

もしいままで、嶋岡さんのあらゆる著書を読み継いで来た人があったとしたら、私はその人たちに向かって、

「この著作は彼のいままでの続きでは決してないのですよ。新しく誕生した作家嶋岡晨のせっせつたる作品なのですよ。ぜひ読んであげて下さいね」
と披露してあげたい気持なのである。

「青春と読書」昭和五十六年九月号

中国残留孤児迎えて

異常体験語りたい

昭和二十一年の秋、私は乞食《こじき》でもまさかこれほどではあるまいと思えるほどの風態で夫と長女の三人で引揚げて来たが、その帰りの旅でずっと考え続けていたことは、内地に着けばまっ先にこの異常体験を人に話そう、という念願だった。

渡満したのは二十年四月初めで、数カ月ののちには終戦を迎え、以後一年余のあいだ、暴動にあって身ひとつになり、飢餓と病気への恐怖と戦いながら命からがら、二歳の長女をおぶって帰って来た私は、自分の目で見たこの世の地獄と人間の極限状況を、内地の人たちに伝える義務がある、と思っていたのである。

が、空襲と窮乏でいためつけられた内地のひとたちの反応は極めてひややかで、口にこそ出さね、

「戦争で苦労したのはお前さんたちだけじゃないよ。内地も大へんだったんだよ」

と言外に戒められている気がし、私は以後口を噤《つぐ》み、その代り、娘のために引揚げ体験を書き記そうとペンを持ち初めたのが、こんにち小説書きとなったそもそものきっかけだった。

私がいまこうして終戦後の大陸生活を語り、また内地の空襲記録なども相次いで出版され始めたのはここ三、四年ほど前からのことで、考えてみればあの悪夢のような戦争から四十年近い歳月が流れている。それだけ戦争というものの人間の精神に与えた傷の深さを改めて思い知らされるのである。

収容所で朗報待つ

引揚げのめども立たないほぼ一年ほどの収容所生活のあいだ、私の心を占めていたものはどうかして生き長らえ、元気な体で引揚げ開始の朗報を聞きたいということばかりだった。そのためには、一日一回支給される牛馬の飼料だというコーリャンの雑炊だけでは、ゆくゆく栄養失調で倒れるのは目に見えており、倒れなくてもこんな体で一旦《いったん》病気にかかればころり死んでしまうのは明らかだった。

にもかかわらず、人一倍体の弱い私が栄養失調病といわれる疥癬《かいせん》という皮膚病に悩まされながらも、家族揃ってともかく無傷で帰ってこられたのは、よくよく運が強かったという他はない。

魅力的だった誘い

引揚げ列車が出る日、かの地で肉親を亡くしたひとたちは野の花を供えて墓参りをしていたが、私はその胸のうちをさぞや、と思いやったものだった。おそらくは再び訪れる日もあるまいと思える大陸の曠野《こうや》に、一人さびしく眠る肉親たちを残して帰るのは後髪ひかれる思いだったのではなかろうか。

まして生き別れのまま、引揚げ列車に乗らざるを得なかったひとたちの胸は、迷いと悲しさで引き裂かれるほどのものがあったろうと容易に想像されるのである。実は私も、娘を背負って町を歩いているとき、いく度か中国人から声をかけられ、

「私に育てさせてくれないか。私のところへくれば腹いっぱい食べさせるし、大事にするから」

と誘われ、心が揺らいだこともある。

あのころ、「腹いっぱい食べさせてあげる」という言葉がいかに魅力的であったか、いまこの豊富な食糧事情下ではとうてい理解してはもらえないと思われるし、まして明日をも知れない暮しのなかでは、その誘いに乗るほうが親としての大きな慈悲心と考えたところもあった。

父は抑留、母は病床

生き別れの方のなかには、私の経験のような例よりももっと切実な、父親は抑留、母親は病

床という例や、両親ともに亡くなり子供だけで途方にくれていたのを助けられたという例、そして移動の際、肉親とはぐれてしまったという例もあり、その事情はまことにさまざまである。今回、肉親さがしに来日された孤児の方々の写真を眺めながら、紙一重で親子別離をまぬがれた私の胸は、これを決して人ごととは思えず、写真の下の経歴をお一人お一人詳しく知るために、新聞記事を切り抜いてある。

解決遅らせる歳月

生き別れの日から今年で三十七年、この長い歳月は相方の暮しをそれぞれの国に根づかせてしまっている。針の穴ほどの記憶を手繰って首尾よく肉親にめぐり合ったとしても、手放しで邂逅《かいこう》を喜ぶことのできぬ条件が横たわっているかも知れないが、しかし母国日本を恋う気持は、私たちが引揚げの日を一日千秋で待った思いに勝るとも劣らぬであろうことは想像に難くないのである。

うらむらくは、終戦後十年ほどのあいだにこの問題が取上げられていたなら、いまより解決は容易だったと考えられるけれど、それにしては日本の中国侵略の罪悪は重すぎたように思う。そう考えると、この問題は単に個人の事情ではなく、戦争贖罪《しょくざい》の重要な一項目としてもっともっと国が身を乗り出し、解決に情熱を見せるべきではないかと思うのである。

俳優さんたちとの旅

「読売新聞」昭和五十七年二月二十三日

宣伝めいて恐縮だが、この『鬼龍院花子の生涯』はかつて本誌に連載した作品なので、ご海容いただくこととして。

これが東映の制作で映画になり、舞台が土佐のこととて、総勢揃ってキャンペーンに繰り込んだのは五月七日のことである。

一行は当日一番機で土佐に到着、そのあとほとんど深夜まで分秒刻みのハードスケジュール、というあんばいで、私はすっかりおそれをなし、かたがた自分の用もあって二日前に高知入りをして皆を待った。

さてその日、五社英雄監督を先頭に仲代達矢、岩下志麻、夏目雅子、高杉かほり、の諸氏とともに知事、市長への表敬訪問から始まってサイン会、マスコミのインタビューと息つぐひまもない有様、殺到する人間に酔い、インタビューには同じ言葉を繰返し、すっかり自己嫌悪に陥ったのだが、人さまには和気あいあいの五社一家と映るらしく、

「五社さんがお父っつあんで、宮尾さんがおっ母さん、長男が仲代さんで長女が岩下さん」

といわれ、何だか熟れない楊梅《やまもも》を口に含んだときのような甘酸っぱい気持になってしまった。

実をいえば、以上の皆さんとの接触は今度が初めてではなく、まず東映本社での制作発表での顔合わせ、次に京都撮影所を訪問しての激励交歓、そしてまた東映での試写会挨拶《あいさつ》、とすでにお馴染みにはなっている。

人さまに聞くと、原作者がこんなにのこのこ俳優さんについて廻るケースは極く稀《まれ》だそうで、私の態度は全くお人よしというか、好奇心旺盛《おうせい》というか、はたまたはしゃぎ過ぎというか、いささか珍しがられていたらしい。

しかし私にとっては自作が映画化されるのは初めてのことであって、最初、東映の方から五社監督と俳優座、と大まかな予定を聞いたときから大いにそそられるものがあった。

昨年二月、打合わせのために五社さんに初めてお会いしたとき、この方は無口で長舌は叩《たた》かなかったけれど、いまふうにいえばフィーリングが合うというか、こちらが黙っていてもきっといいものを作ってくれるという予感がした。

ご本人からでなく、別の人からのお話によると、この作品が本誌に連載された第一回から既に映画化の悲願を立てていらしたそうで、そういう話を聞くと私は一も二もなく涙溢《あふ》れ、感激に浸ってしまうのである。私は思いつきで雑な仕事をする人とはすこぶる相性が悪いので、五社さんが私の小説をよくよく読んで下さり、会話の部分などすっかりそらんじていらっしゃるのを見ると、これだけ長期にわたって打ち込んでいる作品が決して悪いわけはない、と断じて信じ込んでいるところがあった。

それに、どういうわけかモヤ、と呼ぶ仲代さんとは古い付合いだそうで、今日や昨日の仲でないコンビなら、お互いに相手のよさをくまなく引き出し合うに違いないと思ったのだった。

撮影が終り、フィルムの編集をすませたものを私はいち早く、柴崎の現像所で見せてもらったが、二時間二十六分、ほとんどハンカチを手から離すことができなかった。

私は大体ふだんから涙腺《るいせん》のゆるい人間だけれど、この作品に賭《か》けた五社さんの執念の前にあえなく批判の目を封じられてしまったのである。

京都撮影所訪問のとき、五社組と名札の出た部屋の皆さんの親密な雰囲気に接して一種の安《あん》堵《ど》めいた感じを抱いたが、鬼政の仲代さんの水際立ったよい男ぶり、岩下さんのていねいな演技の計算、夏目さんの健闘ぶりにも心から拍手を送りたいし、科白《せりふ》の少ない役でみごとに存在感を出してくれた高杉さんにも感謝したい気持でいっぱいだった。

さてスクリーン以外で接した俳優さんたちはといえば、モヤは遠近両用の効くまことによい男、素顔でよし作ってよし、それに何より真面目《まじめ》でこまやかでそして心やさしい。

坐るときは椅子《いす》を引いてくれるし、食事のときはあれこれと皿に取ってくれ、始終言葉をかけて気づかって下さる。私が別の世界の人間だからかも知れないが、それが少しも嫌味でなく受けられるのは、長年女優さんに接しての心得というものだろうか。

最初お会いしたとき、

「僕は五十歳になりました」

といきなりいわれたのには度胆《どぎも》を抜かれたが、そのあと私は、五十歳の男性に対する認識を改めなくてはならぬと思ったものだった。

岩下さんは、少しツンとしたイメージとは打って変った女らしいしっとりとしたひと。

このひととは夜を徹して語り合っても話が尽きないだろうと思うほど、内容が詰まっている感じがする。女優さんは、いつの場合でもきれいであって欲しいと思う多くのファンの願いを具現してくれているのが何よりうれしい。

いまどき、不勉強な役者さんが多いなかで、原作をよく読み、しっかりと役に取り組んでいる数少ないひとだということが話しているうちによく判《わか》る。

先頃、これも映画のキャンペーンの一環で、岩下さん夏目さんとの三人でテレビに出たが、三人の年齢がまちまちであったにもかかわらず、私は少しもやりにくいとは思わなかった。お二人とも賢い方で、私をよく立てて下さったせいもあったろうか。

夏目さんは、育ちのよさを思わせるのびのびとした明るいお嬢さんで、よくしゃべるし、よく笑うし、茶目っ気のあるひとである。やさしい容貌に似合わずしんはとてもしっかりしている様子なので、きっと将来は大物に成長するにちがいないと誰にもそういう予感を抱かせてしまう。

高杉かほりさんも、いままでアングラで阿部さだを演じたひととは思えないほどかわいいお嬢さんで、映画は初めてなのによくがんばって下さった。

以上の方々と土佐の旅をし、私がいちばん痛切に感じたのは、疲れと不快を決して顔に出さないこと。同じ挨拶、同じ答えを繰返しているうち、こちらはもういい加減うんざりしてくるけれど、皆さん終始にこやかで少しもヒステリックにはおなりにならぬ。

これをいいかえると、異質の世界の私に対する態度にもいえることであって、終まで礼儀正しく節度を見せて下さったのは有難いことだった。思い出して土佐の旅がとても楽しく、五社一家のおっ母さんでもいい、と自分自身以《もっ》て瞑《めい》したのは、こういう好雰囲気のせいもあったのだろう。

もっとも、いくら日頃の態度がよくても、本領の場でいい加減な仕事をするひとに対しては私は好きになれないたちだから、つまるところ、俳優さんたちのこの作品の演技に心からの尊敬と賞讃《しょうさん》とを贈っての上の、友好の旅だったと思う。

「別冊文藝春秋」昭和五十七年七月号

ロウバイ

遠い遠い昔のことだが、満十七歳で結婚した私にも、それ以前、お見合いの経験がいく度かある。時期も戦争中で、早婚奨励が国策だったし、また親は、日頃から生意気な娘がひょっとして嫁ぎ遅れたら、という心配もあって、早くから手を廻していたらしい。

その夜、まだ女学生の私は銘仙の着物に兵児帯《へこおび》をしめ、父とともに指定の家に行って相手を待った。座敷に入ると、床の間のうすばたには見たこともない黄いろい連翹《れんぎょう》に似た花が生けられてあり、その花から放つ芳香が部屋中に満ち満ちている。

その香りはちょうど、髪油の竜涎香《りゅうぜんこう》に似てなまめかしく甘美で、そしてひどくはげしく、まだ幼い私には刺激が強すぎてすぐ頭が痛くなった。たぶんそのせいで、やがてあらわれた相手の顔もろくに見ず、もちろん話もできず、おぼえているのは「はい」という返事を二度ほどしたばかり、この縁談が成立しなかったのは当然のことだったろう。

その後年経て、この得体の知れない花に再会したのは結婚し、子供も生れてのちのことで、初対面後二十年目ほどにしてこれが蠟梅《ろうばい》という、梅の名にして梅とは似ても似つかぬ木であることを知ったのだった。

娘のころはなまめかしさを憎悪する潔癖さがあり、甘い香りを放つ花をすべて毛嫌いしたが、いま私は、この爛熟《らんじゆく》の香が決して嫌いではない。むしろ小さな、目立たない自分を、より強く主張して積極的に芳香をふり撒《ま》くその姿にいじらしささえおぼえる。

花とはそういうものか、とこの年になって悟るものがあり、私ならさしずめ、小説を書くことによって自己主張をしているところか、などと自分を振り返ったりするのである。私もいま少し年をとれば、高潔、清新な白梅の香りを好むようになるかと思われるが、そう考えると、花の好みも女性の年の移り変りと深く関わりあっているのだなと思ったりする。

「週刊朝日」昭和六十年一月四・十一日合併号

土佐の早春

旅は決して嫌いではないけれど、とかく腰の重い私にしては珍しいこと、今年は年明け早々の五日、一番機に乗って土佐へ帰った。テレビ朝日の『ニュースステーション』でやっている「日本の駅」シリーズの高知駅を撮るためだが、もうひとつ、ただいま公開されている私原作の東映映画『夜汽車』のPR、という役目もあった。

当日は目ざましをかけておいて朝五時に起床、七時二十分の飛行機で日章空港へ着いてみると、土佐は降りしきる氷雨だった。

私は寒さが何より苦手なので、だるまさんのようにたくさん下着を着込み、先《ま》ず高知駅のロケ、生れた家の周辺を歩く姿、そして西佐川駅のロケとその車中、と撮ってもらったが、雨の関係か、今回は見物人が少なかったのは大へん有難かった。

テレビ出演は嫌でたまらないけれど、浮世の義理に迫られれば泣き泣き引受けざるを得ず、なかでも憂鬱《ゆううつ》極まりないのは戸外でのロケである。

何年か前、八芳園の庭でのロケのときなど、通りかかった女性の一団がのぞきに来て、「なんだモデルの撮影か」

といい、そして、

「どうせなら若くてきれいなのを使って撮ってもらいたいね」

と毒付いて去ったのには、当方も同感だっただけにかなり陥ち込んでしまった。

高知のロケではいつも声援があり、黒山の人だかりの中で、ディレクターの命令に従って同じ動作をくり返される私がうんざりした顔つきになってくると、

「土佐の看板娘じゃいか。がんばりや」

という激励が飛んで来、こっちも、

「えらく年とった看板娘で悪いねえ」

などと応酬しながら、気をとり直し、改めて身づくろいをしたりするのである。

東映制作の、私原作の映画のうち、四本までは土佐のものだが、しかし四本とも、土佐でのロケはほとんど皆無である。わずかに『鬼龍院花子の生涯』が、昔の藩公の邸、いまはホテルになっている三翠園の庭を写しただけで、他は、海が琵琶湖《びわこ》、芝居小屋は熊本や京都、蒸気機関車は大井川鉄道、と全国各地の風景を拝借している。ここで暴露しては東映に悪いが、しかし、実は静かな琵琶湖でも、海沿いで荒くれ男たちが入り乱れて格闘しているシーンを見れば、その向うは激浪うず巻く太平洋、という気になってしまうからふしぎである。

またSLファンには垂涎《すいぜん》ものの『夜汽車』のC11も、白い煙を長く引いて鉄橋を渡る遠景を

見て、昔の土讃線がなつかしい、と涙した土佐の人もあるという。大井川の山間《やまあい》も、感情移入して見れば、四国山脈を縫って走るSLの勇姿と映ったものであろう。

土佐ものであるのに、何故土佐へロケに行かないのか、という理由については、東映側から聞いたわけではないが、一に遠隔地故に交通費その他の経費がかかりすぎることと、もうひとつは、戦災に遇《あ》って高知市のほとんどが焼け、戦前の風景はもはや全く残っていないことなどが挙げられると思われるがどんなものだろうか。

全国の交通網開発の様子などを見ていると、我が高知はいつも取残され、後廻しにされ、日本一遠い、日本一不便な土地になってゆくような気がする。四国という土地柄が、もともと魅力的ではないし、高知はさらに四国山脈の大きな屏風《びようぶ》で隔てられ、年々孤立感は深まってゆくのである。何しろジェット便の本数は少ないし、遠からず土讃線も無くなるという噂《うわさ》も飛び交っていれば、故郷はますます遠ざかってゆく。

しかしまた一面、遠隔地なればこそ急激な開発の魔手から逃れられているという利点もあり、それは山河の姿だけでなく、昔ながらの人情の厚さにもいえることだと思う。私は土佐へは仕事でしか帰らないので、一年に四、五回立てつづけに帰るときもあれば、去年十一月に講演で帰ったときなど、二年半ぶりだったということもある。それでも生れて四十年暮した土地の馴染みとは有難いもので、タクシーの運転手さんや、商店街の売子さん、またすれ違う町のひと

たちは、知るも知らぬも、

「あら宮尾さん、お帰り」

と気やすく声をかけてくれ、やっぱり故郷はいいな、あたたかいな、という感じをしみじみと抱くのである。

そのせいでもあるまいが、今回のロケは一日中、氷雨のなかで撮影していたにもかかわらず、少しも寒さを感じなかった。寒さは疲労を倍加させるが、終までずっと疲れもせず、やや指先がかじかんだだけだったのは、うれしかった。

土佐は、緯度は南にあるのに冬も結構寒いといわれており、事実、全国の天気の分布図を見ると、東京よりも温度の低いことはたびたびある。

しかし人体が感じる寒さにはいろいろあるとみえて、北海道の寒さはぶんなぐられるような寒さ、東京は行儀のよい寒さで京都は意地の悪い寒さ、そして土佐はおおらかな寒さといわれるとおり、こちらの隙間《すきま》をついて刺し込んでくるような寒さはない。

また温度の数字と皮膚感覚は別ものだとみえて、以前五月の土佐へ帰ったとき、スカートに素足のままで外を歩くことができたので、同じ温度の東京へ帰ってもそのなりで外へ出たらとたんにちぢみ上り、すぐ靴下をはいてしまったということがあった。

土佐にいた頃は寒い寒い、といい続けたけれど、私も東京に移り住んで二十余年、ときどきこうして帰ってみれば、やっぱり土佐は南国だな、とつくづく感じる。

私の生れた下町界隈では、ずっと古くから年明けの挨拶もおめでとうございます、とはいわず、ええ春になりました、と互いに寿《こと》ぎ交わす習わしだったが、これは単に儀礼上の言葉だけでなく、一月一日を期して短かい冬は去り、陽光うららかな季節になった実感から出た、しぜんなやりとりというべきではないだろうか。

私のロケは一日で終り、翌朝一番機でまた東京に戻ったが、土佐の空は昨日に変る快晴、外人たちのいうすばらしいラブリーデイだった。

陽《ひ》ざしも澄み切って強く、このぶんならふきのとうなどあっという間に伸び、彼岸を待たずに菜の花畠《ばたけ》も満開になるだろうと思われた。かげろうのちらちらと揺れる野の道の向うを、おへんろの鈴の音が連なって過ぎてゆくのも土佐路の春の風景だが、それを見られるのももうまもなくであるらしい。

三月も半ばをすぎると、よそでは五月とされているつつじがほころび初めるし、毎年どこよりも早く、浦戸湾に面した孕の山の桜が開花する。

二月のいま、土佐はもうすでに万物ものめいて、来るべきらんまんの春への準備中、という様子である。

「日本経済新聞」昭和六十二年二月八日

「寒椿」散りて

自作について語るのはおこがましいが、しかし語っておかねばお願がほどけぬということはあり、ここでしばらく、私の身勝手な駄筆をお許し頂きたいと思う。

『寒椿』は、昭和九年から十四年頃までのあいだに順次、将来芸者にされるべく私の家に売られて来た澄子、民江、貞子、妙子の四人の女の子をオムニバス形式で描いた小説で、文芸雑誌「海」に一年半連載ののち、初版本が発行されたのは五十二年四月のことである。

四人はいずれも、私より一歳ないし四歳の年上で、うちに来たときは皆、小学校の低学年だった。以来、兄弟といえば十八も離れた兄ひとりしかいない私とは姉妹同様に育ち、そして一人ずつ、小学校卒業と同時に雛妓《おしやく》やら半玉《はんぎよく》になって私の家から巣立って行ったのだった。

このあとの長い年月のあいだには、日本の敗戦、人身売買の禁止、と大きく世の中は変り、そして私自身の身の上も、身内のひとのすべての死、自分の結婚と離婚、そして再婚と、さまざまの変化があった。その間、きれぎれに彼女たちの消息は聞いていたものの、こちらも自分のことで忙しく、会い会う日もないまま、昭和四十八年私は太宰賞をもらってやっと念願の作家となることができ、それを機に四十年ぶりに故郷高知で彼女たちと再会を果すことになったのだった。

小説はそこから始まっているが、最年長の澄子はこのとき五十一歳、芸者仲間の家へ行っていて、階段から転げ落ちたのがもとで寝たきりの病人となっており、この枕許《まくらもと》へ当時のメンバーが集まることになったのである。生きていれば五十歳のはずの貞子は既に昭和二十六年、二十八歳で亡くなっており、静岡からはるばるやって来た妙子は四十八歳で、不動産会社の社長夫人としてもはや安定した暮しだったが、妙子と同い年の民江はいまなお、芸者として高知検番に籍を置くという、それぞれの境遇だった。

四十年という歳月のあいだ、彼女たちのことを忘れた日がないといえば誇張に過ぎるが、事情はどうあれ、私が曲がりなりにも人並みに暮せるのは彼女たちの献身と奉仕の上に立っている故、という動かし難い罪悪観念のため、心の片隅にはいつも後ろめたさがあった。虫のいい願いながら、彼女たちがどうかしてこの世の水から足を洗っていて欲しい、と思い続けていたにもかかわらず、澄子と民江がなお馴染んだ社会から離れられないのを見て、私は四十年ぶりの再会がまたずっしりと重くなり、以後、民江とはときどき連絡を取りながら、遠隔操作で澄子の容態をずっと見守ることになったのである。

いま花柳界はさま変りしている様子だが、戦前ここに身を置いた者は主従の序、姉妹の序、ものごとのけじめについてきびしく躾《しつ》けられたもので、二人には十分まだその名残りはあり、私はそれに半ば凭《よ》りかかったというところはある。つまり二人にとって私はいまなお主筋の娘に当り、二人は義姉妹の関係だから、私が民江に向かって、

「澄ちゃんの看病、頼むわね」

といえば否応はなく、また命ぜられなくとも日頃から姉さん、と澄子を呼んでいるなら、民江は身を砕いて看取《みと》るのは当然のなりゆきだった。

澄子は怪我の当時、高知市の某銀行頭取の囲われ者になっており、花柳界でもこんなうまい話はめったとないだけに、朋輩《ほうばい》からは羨望のまなざしを浴びていたという。その上、この頭取は旦那の鑑《かがみ》、ともいうべきひとで、寝たきりになった澄子に、以前どおり月々十五万の手当てを秘書に届けさせているそうであった。

澄子はその金で付添婦を雇い、残りを貯金して悠々療養していたが、全身麻痺《まひ》の重症で、自由になるのは首から上だけ、というのでは何事も人の手を借りなくては生きてゆけず、生れつき気性の激しいこのひとがどれほど口惜しい思いだったか、察するに余りあるものがある。口だけ達者なのも却《かえ》ってむごいもので、その口でしばしば付添婦を叱《しか》りとばすため誰も長つづきせず、そうすると看護婦に頼んで民江に電話をかけてもらい、次の付添婦が見つかるまで、民江に下の世話までかけることになってしまう。

民江については、私は四人中いちばん悔悟の情を抱いており、それというのも、この子は生

来頭が弱くて、ときどき言語も定まらぬこともあり、幼時、我《わが》ままいっぱいに育った私がそういう民江をさだめしいじめたであろうことがいまなお省みられるためではあった。日頃は従順でとても律義だけれど、気にいらないことがあると精神の平衡が崩れて突如猛獣のように吠《ほ》えだし、相手かまわず喧嘩《けんか》を売ってあばれ、そのためにこれまでもずい分と楼主や客に嫌われたらしく、各地を転々と流れてようやく土佐へ帰って来たところだった。

私は再会後、ときどき民江に小遣いを送ってやり、

「澄ちゃんは、身体不自由の病人だからね。逆らわないよう、気長くしてやってね」

と注意するのを忘れなかったが、彼女はしっかりと私の言葉を守り、澄子とは一度もいさかいは起さなかった。

澄子の病状は、首から上だけしか生きていないのだからすぐ参るだろう、という周囲の予想を裏切ってその後も、好転はしないが悪化もせず、ずっと生き続けた。医者も首をかしげるほどの、この生きる気力というものは、彼女が入信したある宗教への信仰のせいだという人もあるけれど、私は澄子の、「おっさん」と呼ぶ彼女の旦那への報恩の思いだったのだと思う。おっさんにただで月々お金を送ってもらっているのだから、きっと快《よ》くなって奉公せんならん、と一途《いちず》に思い詰めていたのではなかったろうか。

彼女の楽しみは、貯金通帳の高の増えることで、それを見舞客に見境いなく無邪気に打明け、

手も動かないまま目で枕許の通帳をさして、

「開けてみてごらん。もう百万は越したよ」

二百万になったよ、と嬉《うれ》しそうに自慢していたという。

民江の電話によれば、澄子のこの金を狙《ねら》って人が集《たか》り出し、そばで見ていても明らかに金目あてのおべっか、と判るような、「肩揉《も》んであげよか」「足さすってあげよか」と甘い言葉で寄って来、それを澄子は素直に喜んで、あのひとはええひとや、と話しているそうであった。私は聞いてはらはらし、民江にしかといいつけて、

「そのお金を、人に貸してはいかん、とよくよく澄ちゃんにいってね。私からだからといってよくよくね」

と繰返し伝言していたが、まもなく、もと澄子の朋輩で自分の店を持ったものの、借金で首の廻らなくなった某女が二百万、という大金を借出して行ったことを聞いた。

このときの私の口惜しさ、快くなる日もない病人の枕許から通帳を持ち出し、さぞかし舌を出してこの金を懐《ふところ》に入れただろうと思うと、自分からその某女の家に乗込んで行って、あなたには一体、良心があるの、と激しく詰問してやりたい衝動に駆られ、困ったほどだった。何しろ、二割の利子をつけるから、とか、半年後には元利耳を揃えて返すから、とかいっても、寝ている澄子はそれを信じるより他なく、うまい言葉を並べて借りれば借り得、いわば事実上の

持ち逃げなのである。

私は、だまされて身銭を剝《は》がされた澄子が哀れでならず、地団駄踏む思いだったが、この某女の手口を真似《まね》るひとはその後もあとを絶たず、民江の電話のたびに私は人の心の汚なさ、あさましさを憤り続けた。

寝たきりの澄子に、もし金が無くなったら、と想像するのは私にとって耐えられないほどのむごさ故に、それは即ち、水の手であるおっさんの延命と、地位の盤石《ばんじゃく》を願う思いでもある。澄子よりははるかに年長のおっさんにもしものことがあった場合、澄子は医療保護は受けられるものの、精神的な後楯《うしろだて》を失い、みじめな日々に陥ちるのは目に見えているだけに、ふと私の心を過《よ》ぎるのは、どうせ助からぬものならおっさんより先に澄子が逝ったほうがいい、という不遜《ふそん》な思いだった。

私の恐れていたおっさん入院の日は、澄子発病の七年後にやって来たが、何よりも本人が動揺し、民江を呼んで、旦那が万一の場合、自分をどうしてくれるか、聞いて来て欲しいと頼んだという。民江からの電話を受けたとき、私は、民江ではこんな重大な用は無理なのではないかと思ったが、私が出る幕ではなし、ともかく彼女をなだめて行ってもらうことにした。

民江はしぶしぶ病院を訪ね、瀕死《ひんし》の病人の枕許で、

「澄子姉さんが困りよる。おっさん死んだら、姉さんはどうなるの」

といったところ、病人は喘《あえ》ぎ喘ぎ、

「死にかけたわしに、もうそんな話はしてくれるな。後のことは秘書に相談してくれ」

といって力無く目を閉じたという。

待ち兼ねていてこの報告を聞いたとき、私はすぐ、旦那の奥さんはその場にいたかどうかを質《ただ》したところ、民江は、

「聞こえんふりしてベッドの裾《すそ》のほうに坐りよった」

と答えた。

私はいうべき言葉もなく、しばらくはしんと胸を凍らせたままだったが、このとき思い浮べたこの光景はそれ以来、私の脳裏に深く刻み込まれ、ときにはふとユーモラスで、ときには息を呑《の》む悽愴《せいそう》さで、折々記憶によみがえった。頭の弱い民江が、澄子に教え込まれた口上をしどろもどろに述べるさま、長い人生の幕を閉じようというとき、女から今後の手当てを、と妻のいる前でせがまれる男の胸のうち、また水商売の女が寝ている夫の枕許に突如あらわれ、何やら請求されているのを知らん顔していなければならぬ老妻の立場、と三人三様の姿は、私には男の人生の一断面をまざまざと見せつけられたような気がする。

おっさんはこのあと間もなく亡くなり、澄子への手当ては半額に減らされたものの、やはり今までどおり、秘書が届けてくれることになったのを聞いて私は胸を撫《な》で下ろした。いくら頭

取とはいえ、組織内でこんな勝手なことが許されるのか、と思うけれど、この銀行はおっさんの父上が創始者だったから、持株の割も大きかったろうし、秘書も遺言として実行したに違いなかった。

澄子はおっさん亡きあと、なお二年の年月を生き、昭和五十八年七月十六日、尿毒症を併発して六十一歳で世を終った。闘病九年間の生活で、背中中《じゅう》、見るも無惨な床ずれに被《おお》われ、民江ですら目をそむけるほどだったというが、痛覚の麻痺していた本人は平気であったらしい。本復を願って手術も希望したが実現はせず、医者からは奇蹟《きせき》に近いといわれながらの九年間だったという。

私が民江から死亡の報《し》らせをもらったのは既に死後十日も経ってのちのことで、理由はどうやら民江が気も動顛《どうてん》していたためらしかった。というのは、死の直後、突然大阪から澄子のいとこだという女性があらわれ、もう一人の、澄子から多額の金を借り出していた元朋輩の一人と結託して民江を押しのけ、葬式その他、すべて采配《さいはい》を振るったということだった。

澄子の身の上については私がよく知っているが、彼女が私の家にいた六年のあいだ、いとこはとこのたぐいが現われた試しはなし、肝腎《かんじん》の本人は死人に口なしだから、この真相についてはいまだに不明である。ただ澄子は、私と再会した折、

「私は身寄りがないから、死んだら何も彼《か》も全部とみちゃんにあげる。それで葬式出してね」

といっており、私はそのとき、

「澄ちゃんは民江に世話になるんだから、彼女に持物一切始末してもらいなさい」

と返答し、彼女がうなずいた顔が瞼《まぶた》に残っている。

いとこは、澄子の通帳の残高でそそくさと葬式をすませ、遺骨と彼女の着物とを持ってすぐさま大阪へ帰って行ったという。民江の話は詰めが悪くて、いとことやらの住所も聞いておらず、この先澄子がどこの地で眠るのかも知らなかった。私は憤りを通り越して、これは正しく犯罪だと思い、よほど警察に頼もうかとも考えたけれど、それはかろうじて思いとどまった。澄子の寅《とら》の子の金を借出して行った悪い連中は一人もそれを返しておらず、澄子の死の知らせにほっとして祝盃《しゆくはい》を上げたというから、彼女を巡っての罪人はいとこ一人とはいえないに違いなかった。

澄子の生涯を振返ったとき、私は無残、としかいいようがない、とそのときは痛憤の思いだったけれど、その後日が経つにつれて、案外本人は満足して目を閉じたのかも知れぬと思うようにもなった。戦前、親のために身売りした女たちの辿る道は、いずれも悲しい話ばかりだが、澄子の最後はおっさんを得たことで輝き、人に集られるくらいの金も持ったし、虚実判らぬもののの、いとことやらも現われ、野辺送りもしてもらった。私などが出しゃばって後始末を買って出れば、澄子はあの世までも主の娘の私に恩を着なければならず、素姓知れぬひとのもとで、気楽に眠るほうが却っていいのだと私は自分自身にいい聞かせるのだった。

私は、澄子の霊を慰めるべき香奠《こうでん》を民江に送り、「これは澄ちゃんを最後まで看取ってくれたあんたへのお駄賃」と労をねぎらってあげた。これで『寒椿』四人のうち、心配の必要のない妙子を除けばあとは民江一人になり、本人も、

「年取ったらそっちへ行くからね。お手伝いとして雇ってよ」

といい、私もそれを当然のなりゆきとして受け入れるべく覚悟していたところがあった。

何しろ、芸者としてはもう年増も年増、大年増、それでも客あしらいでも巧者ならお客も付くだろうけれど、口下手の上に話がくどいと来てはお茶ひく日ばかり、お座敷のかかるのは一カ月に二度あるなしという有様では、生活の成立つはずもないのであった。彼女はその後、検番に籍をおくかたわら、お運びさんなどもして暮していたが、稀に私が帰郷して会う折には、びっくりするほど顔いろが悪かった。意地の強い子だから病気のことを口にしたくなかったろうが、若いときから客席に侍《はべ》って酒を飲み続けて来た彼女の肝臓は、もうこの頃かなり悪化していたのではなかろうか。

しかし病の経過をろくに聞かされていなかった私にとって、彼女の死はまことに突然であって、昨年六月二十二日、午前二時臨終のよしを、近所のひとからの電話によって知らされたときは、容易に信じられないほどの衝撃だった。話によると、ときどき通院していて、医者はし

きりに入院を勧めていたのを彼女が頑として拒み、最後にはとうとう動けなくなってから病院に担ぎ込まれ、三日目にはもう息を引取ったという。

近所のひとびとから私は、あなたの帰るまで葬式は待ちますきに、早う戻ってあげて頂戴《ちようだい》と懇請されたが、突然のことで詰まっている予定を変更するすべもなくとりあえず電報為替で送金する故、万端よろしくと心から懇《ねんご》ろにお頼みした。葬式は、大阪から彼女の実弟が戻って執り行なってくれたそうで、「あなたの名を書いた大きな花輪を飾って、立派なお葬式でしたよ」という近所の方からの報告があった。

そのあと私は何やら力の抜けたような感じになり、ふと気がつくとぼんやりと、民江のことを考えていたりした。『寒椿』の四人のうち、いちばん行末案じられた民江だったのに、その六十年の生涯は誰にも頼らず、一人で立派に口すぎして来ただけでなく、両親の生きているうちは送金を続け、文字どおり身を粉にして働き続けた年月だったと思う。小学校もまともに通わず、ときどき言語も頭脳も混乱し、そのためにどれだけ人にバカにされたか、それを本人はどれだけ口惜しく思っていたか、そういうことを考えていると、私などの人生はいかにやわなものだったか、と悔まれてくる。

戦前、公然と行なわれた身売も、無くなってもう四十年以上になるが、民江あたりがその最後の犠牲者かと思われ、貞子、澄子、民江と、状況はどうあれいずれも長寿を全うし得なかったのも、その苛酷《かこく》な稼業も原因のひとつではなかったろうか。

現在私の手許には、民江のくれた小粒ダイヤのリング、稽古《けいこ》三味線、着物二枚が残されている。いずれも私が送金した際、義理固い彼女がお返しにくれたものだが、これはいま、何よりの形見となってしまった。

私が後ろめたさを感じつづけた『寒椿』の女性たち、これで一応終結を見たわけになり、私はもう精神の緊縛から解放されたのだけれど、そうすると、この、何となく涙のにじんでくるような悲しさ、心を嚙《か》むようなわびしさはどこから来るのだろうか。おそらく一生、罪たるべき意識は私の胸底から消えず、なお無形の笞《むち》となって私を打ち続けるであろうと思われ、亡き貞子、澄子、民江の御魂に対し、心から合掌するや切なるものがある。

「小説新潮」昭和六十二年五月号

日本人の掛軸

こういう話はひそひそと語られるべきで、活字にしてはならないのかも知れないが、拙文がお目にとまった方にもし興味と関心があらばという願いもこめて書かせて頂くことにする。

いまから三年前のこと、五十九年二月に、私は長年の念願だったクイーンエリザベス二世号に乗って三週間の旅をすることになり、満州から引揚げて来て以来、生れてはじめての外国旅行だったので、てんやわんやの支度の最中、某氏から作文の審査員を頼まれた。

あわただしい日々だったし、元来世智《せち》にうといので、そのコンテストの主催がどこだったか、どういう団体が扱っているのかよく知らないまま、頼んでこられた某氏の顔をたててお引受けしたところ、それは中国人の作文コンテストだった。

荒選《あらよ》りもしてなく、全部で二十篇《ぺん》ほどもあっただろうか。応募作品は、原稿紙へ書いてあるのは稀で、レポート用紙や便箋《びんせん》などに細字でびっしり書き込まれてあり、読んでみるとどれも達者な文章だった。戦前、日本が中国を侵略していたころは、日本語がまんえん普及していたので、その時代を生きたひとたちが書いたものと、その時代子供であっても、のちに日本語学校へ入って勉強しなおしたひとたちが書いたものとに大別され、私は丁寧に読んだのち、両者とりまぜて三、四篇ほどを受賞作品に指定した。

この作業は大へん時間がかかり、やむなく出発前に渡すはずだった当時連載の『朱夏』を一回分休載させてもらって、ともかく審査の役を果したものだった。

そして私は横浜から乗船、浮世の憂さを忘れて旅し、三月上旬日本に戻って来たが、そのしばらくののち、中国沈阳(瀋陽)市の金鏡深という方から一通の封書を受取った。内容は、今回のコンテストで受賞できてうれしい、というお礼と、ご自分の身の上を語ってあり、これがきっかけで、私と金さんの文通がはじまったのである。

金さんはこのときもう八十歳に近かったが、いまだ省地質局に勤めていてその宿舎に住まっておられ、お子さんはたしか七人の子福者だと伺った。その後、私の『朱夏』がようやく完結し、テレビと週刊誌を伴っての中国行が決まり、それを金さんにお知らせすると、沈阳(瀋陽)から長春まで会いに来て下さる手はずなどもととのっていたが、この計画は急遽取止《きゆうきよとりや》めになり、翌年またむし返しになり、また取止めになりのくり返しで、いまだ話は断ち切れもせず今日に至っている。

しかし私は、『朱夏』の舞台再訪の情熱をもはや失ってしまい、待って下さっている金さんに期待を抱いて頂くのも心苦しくて、その旨書き送った。『朱夏』の舞台は未解放地区であって、これまでたくさんの知人がその前の鉄路を空《むな》しく通過し、わずかに駅名をカメラに収めて送って来て下さったこともある。

中国側がこの地区を見せたくないのならムリしないでいよう、というのが私の了簡《りようけん》だったが、金さんはこれに対し、まことに申し訳ないと中国側に代って謝りの言葉を述べられたあと、次のようなことを頼んでこられた。私の中国行きが実現していたとしたら、自分がはるばる長春までお訪ねしようと思っていたのは、実はお見せしたいものがある、終戦ののち、日本人がほとんど引揚げて帰ったあとの長春の市場で、日本人の持物と思われる掛軸をいく本か買った、日本人のものは日本人の手に返したいので、欲しい方があったら声をかけてはもらえないか、というものであった。

私は困惑したが、折返し品物が何であるか分からないので、せめて目録など送ってみて下さいと頼むと、ほどなく紙に列記したものが届き、知人の骨董《こっとう》商に見せると一笑に付されてしまった。

こんな目録などで商売ができると思っているのですか、といわれ、その言葉どおりまた金さんに、カラー写真でもあるといいのですが、中国は写真代も高いと聞いていますのでちょっとむずかしいでしょうと、説明した。すると金さんは、ご心配なく、息子の一人がカメラ屋へ勤めていますから、といって計十本ばかりの掛軸をカラー写真で送って来られたのだった。

仔細《しさい》に見ると、破れ色褪《あ》せ、絵、書、ともに落款《らっかん》も読みとれず、どんなに譲歩しても名のあるひとの作とはとうてい見えなかった。私はいよいよ困惑し、さきの骨董商に強引に見てもらったが、やはり案の定突返されてしまい、こんな古いものなら京都ではどんなものだろう、と考えて、わざわざではないけれど京都まで出向き、道具屋に鑑定を依頼した。

道具屋は、写真ではムリですなあ、といいながら虫眼鏡でのぞき、

「これはな、ただでくれるいうても要りまへんわ。くずどす」

と私に突返し、私は必死で、

「一本千円でもダメですか。中国とはお金の価値も違うので、たとえ千円でも売れれば喜ぶと思いますが」

とくい下がってみたけれど、ゴミになるだけ、厄介どすさかい、遠慮さしてもらいます、という返事だった。

たしかに私が見ても値打ちがあるとは思えないが、この破れ、裂け、色褪せた掛軸をいままで大事に保管してきた金さんの心根を思うと、こういう結果を書き送るのはとてもつらかった。申しわけなさにすぐペンもとれず、ぐずぐずしているうち、金さんからは催促の手紙も届き、やむなく実状を話して写真を返送したのだった。

金さんはさぞかし力を落すだろうと思い、私は自分の非力を悔んだけれど、つい三、四日前落掌した金さんの返書には、お礼のことばだけだったので内心ほっとした。

このことについて、かつてかの地で暮した私はやっぱり思い悩み、自分が金を出して買い取るべきだとも考えたが、そうすれば当然送られてくる掛軸を見たくないという感覚も強い。きっとこの品は、略奪に遭ったものか、或は切羽詰まって食糧と代えたものか、いずれにしろ日本人の恨みが染みついているのは、自分の衣類持物すべて、一物もあまさず奪《と》られてしまった私にはよく判る。

考えてみれば、終戦の前後、満州に住んだ日本人いく百万は、ほとんど自分の持物財産をそのまま置きざりにして引揚げており、それはいまなお、金さんの場合を含め、いろいろな形で生きていると思われる。

金さんももはや老齢で、生活自体には何の不安もないらしいが、病弱の三男の方の子供さん二人には何かのこしておいてあげたいらしく、それはせつせつたる文章の行間から十分に読みとれている。掛軸は要らないが、せめてカンパを、と思う気持は私にも十分あり、先日調べたところ、中国へ現金を送るのは手続きがめんどうだとのこと、しかし近日中にそれを実行しようとは考えている。

「文藝」昭和六十二年冬季号

忘れ得ぬ人

今年の晩春は、正田富美子さんに次いで、紀尾井町の福田家のおかみさん、と惜しいお二方を続けて失い、何となく力の脱けてゆくような感じを持った。お二方とも、ほんの袖《そで》すりほどの浅いご縁だけれど、いつも遠くから眺めてはなつかしんでいただけに、永遠のお別れはほんとうに残念だった。

いま、私のかたわらには、昭和五十六年六月十日初版刊行の『伽羅の香』という本がある。同名の題で「婦人公論」に一年半連載ののち、刊行されたもので、この小説の取材中、はからずもお会いした方が正田富美子さんである。小説の主人公、本庄葵にはモデルがあり、山本霞月さんといって生前は香道の発展に尽くされた方で、亡くなるまでずっと五反田の池田山に住んでおられた。お弟子さんをおおぜい抱えておられ、そのなかについご近所の正田家の富美子さんと、まだご結婚前の美智子さまもいらしたのだった。

正田さんと初対面のときの光景は、いまも私の脳裏に鮮やかだが、当時の日記を繰ってみるとその日の様子を克明に記してある。

それは昭和五十五年の春のこと、たぶん三月はじめの頃だと思うが、野沢にお住まいの竹山千代さんから、近く蘭奢待《らんじゃたい》を焚《た》くからどうぞいらして、というお誘いを受けた。竹山さんは山本霞月さんの高弟だった方で、お茶とお香の教授をなさっており、小説の取材ではとくにご指導頂いたおひとりだった。

蘭奢待とは、聖武天皇の時代に中国から渡来した名香の銘で、この銘のなかに東大寺の三文字が組合わされてあるように、東大寺正倉院の御物として納められてある。文字通り門外不出のこの名香にはいままでに切りとられた跡が三つあり、それぞれ足利義政、織田信長、徳川家康、と示されているが、この香片がいかなる経路を辿って竹山さんの手もとにまで辿りついたかは大いに興味のあること、私は夢かとばかり喜んで、お招きを有難くお受けしたのだった。

さて当日は四月十一日、何しろ香の格は最高位、そして自分の生涯でもはやふたたびあるかなきかの千載一遇の機、とあれば私は緊張し、まず何を着てゆこうかについて迷いに迷った。蘭奢待に敬意を表するならば色留袖の一等礼装か、いやそれは仰々しい、なら紋付の訪問着か、いやこれも他の方がふだん着だとかえって笑いものになる、とあれこれ考えた末、自分で、ま、小紋でもお目出度《めでた》い柄だから、などと了簡して手を通したのは、扇面の総模様に染帯という、きわめてくだけた和服だった。このことは、いま思い出しても顔が赧《あか》くなってくるが、竹山邸に到着後、皆さま方がいずれも紋付なのを見たときの、私の周章狼狽《ろうばい》ぶりをどうぞご想像頂きたい。

あまりの居たたまれなさに私は竹山さんのそばに行き、心得違いを謝ったところ、竹山さんはお気になさいますな、と慰めて下さり、そして正田さんをご紹介して下さったのである。正田さんのお着物の着付けには特徴があり、決して衣紋を抜かず、衿元《えりもと》を詰めて衿幅を広くとれる着かただし、お顔も日頃から写真でよく存じ上げているので、こちら側は最初から何となく親しい感じがあった。そうでなくても、一群のなかにぬきん出ていずまい正しく、ものごし静かなひとなので、一瞥《いちべつ》してそれが正田さん、と判別できていたのである。その日の正田さんのお召物は、上半身が更紗《さらさ》ふうの総模様だったので、あ、私と同じかしら、と一瞬安堵したが、下まで視線を這《は》わせたとき、ちゃんと裾模様の礼装になっているのが判り、私はますます小さくなってしまった。

さて儀式の始まる段取りになり、竹山さんのご指名で、正客には正田さんがお坐りになった。どんな席でも、いちばん上座《かみざ》の客は万端すべての心得のあるひとでなくてはかなわず、少しも悪びれずその座に就かれ、膝《ひざ》前に古帛紗を出して構えられた正田さんを見て、私はこの方が茶道香道その他、すべてのたしなみを極めていらっしゃることをすぐに納得した。

お点前《てまえ》の男性も黒羽二重の紋付袴《はかま》で、まず千二百年の名香にうやうやしく敬意を表したのち、きちんと作法を踏んで焚いて下さったが、ご同席の皆さまの手から手へと渡されて来た香炉を受取ってそれを聞いたとき、私は、たとえていえばこれは天上の音楽、だと思った。

このときの感想は省かせて頂くが、当日ご参集の二十人近くの方々は、いちようにうなるほどの満足感を味わわれたことと思う。そして儀式が終り、竹山さんお心づくしのおしのぎの一口ずしを頂きながらの雑談になって、私は正田さんから霞月さんについていろいろと伺った。

そのあと、

「私で判ることでしたら何でも協力いたしますので、いつでもお気軽にお電話をどうぞ」

とおっしゃり、続いて小声ながらもしっかりと、

「ただし、霞月先生のことに限りまして」

とつけ加えられた。

ああ、美智子さまのことでご用心していらっしゃるのだな、と私はすぐ判り、正田さんの立場のむずかしさを思った。

そのあと、電話で正田さんをわずらわすことはとうとうなく、『伽羅の香』の本は完成、取材のお礼の意味をこめて正田さんにお送りしておいたところ、ほど経てお手紙を頂いた。手紙は札幌のホテルでしたためられたもので、ご主人に従って全国を廻らねばならぬその旅の宿から宿へと本を持ち歩き、「ようやく読み了《お》えました」という前書きがあって、小説の感想を、霞月さんの思い出を交えながら便箋に十枚以上、丁寧に綴られてあった。

新刊書をさし上げても、礼状は頂いたり頂かなかったり、頂いてもなかなか読んではもらえ

ないものだけれど、モデルと親しい仲だったとはいえ、激忙の正田さんがこのように折目正しく礼を取って下さったことに、私は大いに感動した。

このとき以来、正田さんは典雅な教養人として私の心の片隅に棲み、ときおり新聞雑誌で消息を聞きながらひそかになつかしんでいたところ、思いがけなくふたたび、お会いする日がやってきたのだった。

それはお香席の日から七年を経た去年の六月十一日、のどの診察のため築地の聖路加病院を訪れた私は、待合室に杖《つえ》をついて立ってらした正田さんを見かけた。紺のスーツを着て、以前よりはだいぶん痩《や》せておいでのようにお見受けしたが、久しぶりのご挨拶ののち、やさしい笑顔になって、

「宮尾さん、私は『松風の家』を毎月楽しみに拝見していますのよ」

とおっしゃられたのには、私は内心舌を巻いてしまった。

『松風の家』とは、「文藝春秋」に連載している私の小説だが、『伽羅の香』のみか、ご自分とはあまり関わりのない『松風の家』までお読み下さっていることに、私は改めて正田さんに深く頭を下げる思いだったのである。

まわりにはざわざわと人がゆききしており、あわただしい立ち話のなかで、

「どこかお加減でもお悪いのですか」

とうかがうと、

「いいえ、そういうわけではありません。年ですのでね。月に一回、健康診断を受けに来ているのです」

とさりげなくおっしゃり、お互いに「お大事に」とねぎらい合って別れたのだった。

このあとまもなく、正田さんが聖路加病院に入院された新聞記事を読み、お会いしたときの何となない不安感が的中したことをとても悲しく思った。浅いご縁の私などに、ご自分の病気の話などなさるわけもあるまいけれど、あのときひたすら、会話は私の小説の話題ばかりだったことを思えば、ずい分と人への心づかいのゆき届いた方、と感じさせられてしまうのである。

そして五月の半ば訃報《ふほう》に接し、わずか二度しかお会いしてはいない私でも、胸中さまざまの感慨がよぎったものだった。

かつて美智子さまのご結婚のさい、日本中の既婚の女性は、我が身に引き較《くら》べてそれぞれに思いを抱いたと考えられるが、私の場合もまた、あまりにも境遇のかけ離れた相手だったために、母は泣きながらひき止めたのをまざまざと思い出した。

正田さんも定めし深い懊悩《おうのう》の果て、決断されたと思われるが、美智子さまが妃殿下として立派に成長されたのを見て、きっとひそかにみずからを慰めていらしたのだと思う。私は皇室に特別の関心があるわけでもなく、また実情は何にも知らないけれど、正田富美子さんを語るとき、まず妃殿下の母君ということを抜きにしては考えられないことだと思う。
美智子さまのご結婚は、皇族史上の大きなニュースであり、美智子さまご自身、その役割を見事に果されておいでのご様子を見るたび、正田さんの子女教育というものに私はしみじみと敬服しないではいられない気持になってしまうのである。正田さんの人となりは、他から聞いた話でもなく、本で読んだものでもなく、二度の機会に私みずから感得したものだったから。

「婦人公論臨時増刊　オール女性作家52人集」昭和六十三年八月

信頼できる人──篠田一士さん

このたび、新聞で篠田さんの訃報を知り、大きな衝撃を受けました。日ごろのお付きあいは全くありませんが、私は篠田さんにはご恩になっています。長い下積みの時代を経て『櫂』でやっと太宰賞をもらったあと、『陽暉楼《ようきろう》』『岩伍覚え書』『寒椿』と、ゆっくりしたペースで発表してゆく私の作品を、機会をとらえては取上げて下すったのが篠田さんです。

いま、手もとにその文章のないのが残念ですが、古い語彙《ごい》にこだわる私のめんどうな小説をとてもあたたかな目で見て下さり、励まして下さったのが何より嬉しかったのをおぼえています。

そして、私は感謝を込めて一夕、篠田さんにお食事をさし上げたいと申しあげたところ、快く応諾して下さったので、代官山の小川軒にお招きいたしました。

このときはたしか集英社の南さんと三人だったはずで、いま懸命に自分の日記を繰ってみますと、昭和五十四年十月九日に、その記述がありました。

惜しいことに料理の内容は書きおとしていますが、ディナーとだけはあり、そのときの光景と、やりとりしたお話の中味は鮮明です。

お聞きすれば、昭和二年の早生れで、私とは同学年でした。私の記憶に誤りがなければ、お母さまは女医さんで、母子二人ぐらし、彼はそのさびしさをまぎらせるためにクラシックのレコードを聞いたというお話に私もとても共感し、当時のSPが一円六十銭だったことや、竹針で聞いたことや、シャリアピンの話、ストコフスキーからディアナ・ダービンまで、岐阜と高知と、育った土地は違っても同世代の共通点は尽きることなく、お話はとてもはずみました。

食べ終ったとき、彼はこのディナーのなかの一品がとても美味だったといわれ、ウェイターにしきりにその料理のことを聞いておいででした。たぶん鴨《かも》のオレンジ煮か、その辺りのものだったではないでしょうか。

立上るとき、ふと見ると、唇のわきに食べもののかすをくっつけておられ、それを注意してさし上げるべきかどうか私はくよくよしつづけているうち、彼は私たちを新宿へと案内してくださいました。

日記には、「かがり」という店と、「アンダンテ」でお酒をごちそうして下さったのですが、飲めない私は両店ともジュースを頂いてお先に失礼したと書いてあります。

彼の唇のわきのかすは、アンダンテまでくっついていました。いまでも、白いものをほくろのようにくっつけた彼の唇がしゃべるたびまことによく動き、私はそれを見ながらさまざまの思いが浮んで来たのがよみがえってきます。

このお方は、とてもグルメでいらっしゃるのだな、と思い、グルメとは皿のなかに顔を突っ込んでむさぼり食すことを指すのだな、とも思い、その白いほくろは、当時健康に自信のなかった私にとって、羨望と好感をもって眺められたものでした。

そしてまた、立派な体軀《たいく》の持主だけに、身づくろいなどこせこせしたことは超越していらっしゃると感じられ、これもちょっとした驚きなのでした。

それ以来、私は篠田さんとゆっくりお話を交わす機会もなく、こんなに早く突然お別れしてしまいました。

パーティでは稀にお会いし、二言三言、ご挨拶をすることはあったのですが、批評家の目というものは何となくおそろしいもので、気のせいか冷たくされれば、ああ、私の最近の仕事がお気に召さないのかと思うし、逆に愛想よくされれば、根拠がなくともうれしいのです。

篠田さんはそのどちらでもなく、やあ、とうなずくように首を振るだけでそっけなく別れるのでしたが、私には彼に対する信頼感がありました。

私の初期の作品だけでなく、近作もまた、彼が渾身《こんしん》の力を込めていつかは許して下さることを、決して疑わなかったのです。

でももう、その望みは断たれました。

そして同時代を情熱的に語り合える同級生をも一人、失いました。
いまはただ、篠田さんの安らかな眠りを一心に念ずるのみです。

「すばる」平成元年六月号

金さんの死

記憶はすこぶるあいまいだが、もう七、八年前、中国人が日本語で書いた作文の審査をたのまれたことがあった。

そのなかで、七人の子供を立派に育てあげ、ご自分もいまなお七十歳をすぎて日々励んでいる様子を書いたものを一等に選んだところ、ほど経てこの方から懇切なおたよりを頂き、以来、彼と私の手紙のやりとりがはじまった。

これが昔の奉天、いまの瀋陽、地質局のお仕事をしていらっしゃった金鏡深さんである。

彼の日本語はまことに達者で、古い日本のことわざや故事をよく知っており、そのうち乞《こ》われるままに私の著書もつぎつぎと送ってさし上げるようになった。

私の小説のなかには、終戦前後の満州生活を赤裸々に描いた私自身の体験作もあり、こういうのはどうかな、と危ぶんだのだけれど、金さんはフランクにものを見ておられ、その読後感想文を読んでほっとした感じを抱いたのをおぼえている。

しかしお手紙のやりとりのあいだに、中国って何て遠い国だろうという感じを私はいくたび抱いたことだったろうか。

たとえば、テレビチームを伴っての私の訪中プランができ、出発直前になっておじゃんになったことが二度ほどあり、そのとき、金さんとのデートの約束も流れてしまったのだが、中止になった理由も十分にのみこめなかったし、金さんへの連絡も届かず、ごめいわくをおかけしたこともある。

昔なら奉天まで二泊三日、どの店に何をいくらで売っていることまで前もって判り、何の不安もなく旅行もできたが、いまは隣国とはいえ、情報すこぶる乏しい。

金さんが亡くなられたのはことし三月、それを私に知らせて下さったのは、郵政省を定年退職し、大連へ留学生として勉強においでになっていた千葉のTさんだった。

金さんのご子息とのご縁で、留学中、奉天の金さんの家を偶然訪問されたとき、本棚にサイン入りの私の著書が並んでいるのに驚かれ、そのあと金さんの死を現地で聞いて、お手紙を下さったというわけだった。

私は詳しくその様子を伺いたくて、時間を作ってTさんにお会いしたが、金さんはもう八十歳をだいぶん過ぎていらしたし、脳卒中で極めて安らかなご最期であったらしい。

聞けばいまは仮埋葬で、七月にはお墓を作るのだといい、ならば香華のひとつも手向けたいと思って郵便局へ二度ほど足を運んだが、中国へ現金は送れないという。

思いあまってご子息に手紙をさし上げると、折返し銀行経由ならば大丈夫ですというお返事を頂き、さっそく手続きをとると、金さんの家の取引銀行へこちらの銀行から振込みというかたちでないとできないそうで、目下はまたご子息のお返事待ちというところ。
中国との自由交流を待つや切なる思いがある。

「日本経済新聞」平成二年七月二十日

芸と技の伝承

ポーラ伝統文化振興財団という、日本の伝統的な芸と技を掘り起こす活動を続けている団体のことをご存知だろうか。

化粧品会社の主宰する団体だから、マスコミも大きく扱わないが、この団体によって光を当てられた受賞の方々はもう数十名に上っている。

今年は設立十周年というので、さる十一日のパーティをのぞきに行った。

大賞に中村雀右衛門さん、特賞に阿波藍の保存会の皆さん、脇女形の中村万之丞さん、説経浄瑠璃《じょうるり》の若松若太夫さん、阿波木偶《でく》作りの板東米子さん、綾子舞保存会の皆さん、記念大賞に彫漆の音丸耕堂さん、新内の岡本文弥さん、清元の志寿太夫さん、俗曲の市丸さん、奨励賞には若手の江戸小紋の型彫り増井一平さん、染めが小宮康正さん、そして国際賞に三十九歳のフィリップ・メレディスさんが選ばれた。皆さんこの道いく十年一すじの人生で、記念演奏には目のご不自由な若太夫さんの迫力ある説経浄瑠璃、小学五年のお嬢さん二人の踊る綾子舞、ン十歳でも声の衰えぬ市丸さんの木やりくずしなど披露して下さったが、聞いているうち不覚にも私は涙がにじんでしょうがなかった。

私なども、下手な小説を書きはじめてもう四十二年になるが、やっと作品が売れるようになったのはようやく二十六年目のこと、それまでは書いても書いてもボツ、のまっくらなトンネルのなかだった。

報われぬ仕事を黙々と続けるのは、いうべくしてなかなかにむずかしい。受賞の方々も、今日の栄誉など思いもせず、ひたすら下を向いて歩き続けてこられたのだろうと思うと、もっともっとその技と芸を拡《ひろ》めてさし上げたい気がする。

明るい雰囲気はメレディスさん。英国の美工大卒業後来日、日本の美術工芸品を見て感動され、以来京都に住みついて文化財修理の仕事に従事されている。日本の美術品の毀損《きそん》をイギリス人になおしてもらうなんておもしろいが、ご本人はすっかりこちらに溶けこみ、受賞者を代表して日本語で堂々ご挨拶なすった。

その言葉のなかで、こんにちあるは師とまわりの人々の激励と好意によるものという、日本的謙譲を強調したのには感心した。なかなかのハンサムだが、奥さんは英、日、どちらなのか聞き洩《も》らしてしまったのは残念。

いま世界は狭くなり、各国の文化混入して新しいものも続々生れつつある。このなかで、日本古来のものを持ち続けてゆくのは、本人の意志だけで解決できる問題ではないように思えるので、広く皆さまがたの協力をお願いしたい。

なお、ポーラ財団では、受賞の人々を記録映画に制作して無料で貸出しをしているので、お望みの方は事務局に照会してほしい。深く感動なさること受合い。

「日本経済新聞」平成二年十月十九日

歳月

毎年九月末になると、その時期、どんなに浮れてすごしていても、厳かな天の声が聞こえてきて、いや応なく昔を振返らされる。

昭和二十一年のその日は、中国東北地区から命からがら引揚げて帰ってきた私の記念日なのである。

終戦のあと、一年間の難民生活を経て故郷に辿りついたとき、私は骨と皮の栄養失調、頭はシラミだらけ、着るものは麻の袋をまとっただけ、垢《あか》は苔《こけ》のようにこびりついているというていたらくだった。

その日から今日まで四十四年という長い年月が流れ去り、身の上はさまざまに変化したが、難民体験は年とともに鮮やかに浮び上ってくる。

というのは、先夜、中国東北地区で終戦までをともにすごした高知山間部の、もと開拓団の方から突然電話があり、観光ルートで旧住居へ行ってきたとのこと、その話をえんえんと聞きながらやはり涙のあふれるのを、私はどうしようもなかった。

短文ではとうてい書ききれないが、それは単になつかしいとか恋しいとかの感情をはるかに超越した、生と死のギリギリの切迫感を伴って思い出されてくるのである。

電話で話しているうち、一行の方々のなかに記憶にある名を聞き、さっそく伝手《つて》から伝手をたよってその夜のうちに、引揚げ以来、私が消息を知りたいと思っているひとをたずね当てることができたが、無念、その方はいま神経を病んで入院中だという。

聞けば、終戦直後暴動に遭ったとき、私はかまどの中にかくれて難を逃れたが、彼女は逃げおくれて手傷を追い、しばらくは人事不省に陥っていたらしい。

それがいまの病気の遠因であるとはいわなかったが、あの暴動のあと今日まで、私は彼女の消息を知りたくてどんなにか焦ったのだけれど、叶《かな》えられなかった。

現在、中国残留孤児の皆さまが肉親さがしに来日なさるのを見るたび、私がはがゆく思うのは、何故もっと早く、こういう交流がなされなかったかということ。せめて昭和三十年代だったら、親兄弟の生存率も高かったろうが、四十年後ではあまりに遠すぎるではないか、と地団駄踏んでなじりたいのだけれど、いまようやっと彼女を捜し当てた私の胸のうちには、四十年の年月の重みがどうしようもない悲しみの風となって吹き過ぎる。

人間が祖国の敗戦という大きな衝撃を受け、生死の境からようやく這いあがったとき、誰しも自分をたてなおすのに懸命で、人にまで手をさしのべる余裕はなかったことを思えば、やはり四十年は「機の熟す」のを待つ年月であったというべきだろうか。

長い長い待ち時間だったと思う。
私は彼女の病状が軽快するのをさらに待ち、一別以来の彼女の辿った道を詳細に聞き出したいと念願している。

「日本経済新聞」平成二年十月二十六日

芝木さんからの電話

このたびの芝木さんの訃報は、私にとってあまりに唐突で、いまなお混乱はおさまらず、切迫した〆切に追われて本意ない文章になってしまうことを、どうぞ皆さまおゆるし下さいませ。かねがねお具合がよくないとは伺っていましたが、いまにきっと快癒され、また必ずやもとのお仕事を続けられるであろうと私は確信していました。ここ十四、五年のあいだ、折に触れ私の捉《とら》えてきた芝木さん像には、そう考えさせて下さるある種の堅固さを秘めていらっしゃるようにお見受けしたからです。

私が作家になりたてのころ、ある日、芝木さんからお電話を頂きました。「私、作家の芝木好子です」と名乗られ、ただいまご自分が会長を務めておいでの女流文学者会への入会のお誘いでした。このときの私のよろこびはいまでも忘れることができません。

ようやく作家にはなれたものの、長いあいだ師もなく仲間もなく、一人でコツコツ書いてきた私には業界の事情は何も判らず、心細い思いのまま狭い世界に閉じこもっていたのへ、手をさしのべてくれた感じだったのです。聞けばこの会は推薦入会制だとのこと、たぶん私を推して下さったのは芝木さんご自身だと思われ、一度も会ったことのない人間でも、書いたものによって評価できるこの職業を、私はあらためてすばらしいと思ったものでした。

そしてそのとき、芝木さんがみずから、「作家の」とおっしゃったことにもひとつの納得がありました。私はずっと、家とか、師とかは尊称であって、みずからはもの書きとか、或は小説書きとかいうべきだと考えていましたので、芝木さんの言葉を聞き、ああこれでよいのだな、と自分の仕事に誇をもってそういえばいいのだな、と理解できたのです。

主婦のかたわら二十数年小説を書き続けてきた私には、急に押しよせてきた作家としての生活にどう対処してよいかとまどうばかりだったのですが、この電話から、私はいつも芝木さんの背中を見ていればいいのだと安堵するようになりました。まもなく、順番が来て私はこの会のお当番を二年間務めました。いまはとりやめになりましたが、そのころ、年初の会合には必ず福引があり、その景品は当番がととのえるのでした。

私は芝木さんと待ち合わせて銀座和光を訪れ、かわいいポーチやレースのついたハンガー、ペーパー入れなどをあれこれと選び、その帰りは資生堂パーラーで軽食をごちそうになり、よもやま話に花を咲かせたものでした。この時間、この会話の悉《ことごと》く、洩れなく私の参考になったのはいうまでもありません。

そのころ芝木さんはまだ六十代半ばぐらいだったかと思います。冬なのにさっそうと洋装で、和光の店内を見て歩く姿には、東京下町育ちの軒昂《けんこう》たる心意気がありました。パーラーで向か

い合っての話のなかに、

「私のこと『女学生』とか『お嬢さん』とかけなす人がいるのよ。宮尾さん、あなたもそういわれるんじゃない？」

とおっしゃり、私は思わず笑い出してしまいました。

このニックネームはシニカルですが、たしかに芝木さんにも私にも、作家にあらまほしい懶《らん》惰《だ》性が乏しく、いつも一所懸命のところがあります。作家の素材についても重なりあう部分が多く、話しはじめるときりがないほどでした。

私が当番の任期を了えたあとは、芝木さんも会長を退かれ、じっくりお話を伺う機会も少なかったのですが、それでもポーラ伝統文化振興財団の、芝木さんは理事、私は評議員など引受けている関係もあって一、二年に一度くらいはお会いできました。

私が芝木さんから学んだいちばん大きなものは、最初の電話のように、作家としての誇を、胸を張って牢固《ろうこ》として持ち続けることであったと思います。芝木さんとの会話のなかから私が拾った、

「私は一年一作。のるかそるかの勝負で取り組むの」

という言葉や、また、『序の舞』でモデル問題に悩んでいるときには、ご自身『火の山にて飛ぶ鳥』の経験から、

「作家がこれと目をつけたらとことんやるべきよ」

と励まして頂いたことなど、さまざま吸収したものはすべて私にはとてもありがたい示唆として、いまも脳裏に灼《や》きつけています。

最後にお会いしたのは三岸節子さんの三越での展覧会のとき。とてもよいご挨拶をなさり、私はそれを聞きながら、芝木さんも年々成長なさる、きっとまだまだよいお仕事をなさるにちがいない、と思ったものでした。女流作家の七十代終焉《しゆうえん》はお早いのです。長いあいだ私の指標となった方なら、せめてあと十年、晩年のお仕事を見せて頂きたかった。

合掌

「文学界」平成三年十月号

文という字のあるビル

昭和五十七年一月発行と奥付のある『文藝春秋六十年の歩み』をめくると、地上九階地下二階の黒い新社屋の着工は三十九年六月、竣工は四十一年三月、とある。してみると、私の記憶とは大きくくい違ってくるが、何故か私は自分の脳裏に灼きついている光景が正しいと一途に信じているところがある。

それは私が第一生命住宅（現相互住宅）に勤めてPR誌を作っていたころだから、四十三年十二月から四十七年十二月までのあいだのこと。ある秋の日、取材に出た帰り四谷の土手を歩いていてふと目をあげると、真向かいに天空を截《た》ってそびえ立つビルがあり、輝き渡るそのてっぺん近くに彫り込まれた文という、特徴のある字がはっきりと見えた。

いうまでもなく、これが文藝春秋の社屋であることは判ったが、私の目にはそのときまだ工事中の足場が組んであったかにとらえられ、しかもビルは黒でなく灰色だった。たったこれだけの一コマの光景なのだけれど、この文の字に象徴される出版社を目の辺りに仰いだときの衝撃は、とうてい人さまには判っては頂けまい。気がつくと、私は土手の枯草の上に坐り、長いあいだ泣いていたようだった。

長い話になるが、私が二十一の年から作家を志し、文学上の師も友もなく、ひとりでコツコツと書き続けてきて、やっと最初に辿りついたのは女流新人賞、昭和三十七年のことである。

高知県出身に作家の方はわりあい多いが、皆さまほとんど故郷を出られてのち名を成しておられ、県内在住のまま中央の賞をもらった例はなかったので、友人知己大いに祝って下さり、元来いい気になりやすい性癖ですっかり有頂天になっていたふしがある。

いま文学賞は、石を投げれば当るといわれるほど多いが、このころはまだ数えるほどしかなく、乞われて記者会見のため、私はわざわざ上京したし、また赤いじゅうたんの東京会館での授賞式も盛大なものであった。特別措置で地元の高知新聞に小説連載もさせてもらい、受賞作『連』はすぐテレビドラマにされただけでなく、その年下半期の直木賞候補にも挙げられた。

そして何よりうれしかったのは、「オール讀物」から私には生れてはじめての、短篇の依頼が来たのだった。東京の、かの有名な、文藝春秋の、皆々よくご存知の「オール讀物」から、あなたの小説を載せてあげますという手紙を見て、私がいかにキリキリ舞いして喜んだか、ご想像頂けるだろうか。

しかし、運命はつねに残酷な転換を用意しているもの、私の有頂天はここまでで、あとは暗黒の厚い幕に閉ざされてしまうのである。新人賞をもらったからたちまち作家になれる、と浅墓にもたかをくっていた私に、まず直木賞落選というパンチがくらわされ、続いてオールからは原稿が送り返されてきた。

いま振り返ってみれば、これは至極当然のこと、小説など何も判らぬ一主婦が家事のあいまに思いつきで書いたものがまぐれ当りに賞をもらっただけの話、プロの雑誌に載るようなものがすぐさま生み出せるわけもないのである。

しかしこの原稿は、送り返されたときの封筒のままでいまだ私の書庫にある。

原稿依頼のときのXという女性編集者の手紙がなかに入っており、

「編集部一同で読みましたが、箸《はし》にも棒にもかからぬものなのでお返しします」

という意味の文言だったのが、なお私の眉間《みけん》に貼《は》りついている。

地方在住の、新人賞をもらったばかりの新人に、思い切って原稿を依頼して下さった編集部には感謝の他はないが、当時はそんなことは全く判らず、すっかり作家気取りになっていた私に「箸にも棒にもかからぬもの」という評は、大きな玄能で脳天をやられたほどの打撃だったのである。

このあと十年間、私にはどこからも原稿依頼はなく、ひとりで書いては別の出版社に届け、無視され、をくり返すのだけれど、ボツも馴れればそれが当り前と思うようになっただけに、この最初のボツの打撃は忘れられないほどに大きかった。

もちろん文藝春秋とはこれでぷっつりとご縁は切れたが、それは単に原稿を採用されるされないだけのことではなく、作家というものへの夢を砕かれるにひとしいものであった。作家となるのに長い苦節を経ぬ方にはこの気持お判り頂けぬと思うが、有名出版社をさっそうと訪問できる日、あるいは編集者に取巻かれたのしい会話を交わすこと、また華やかなパーティにも招かれる喜び、などなど含めての、他愛もないといえば他愛もない、しかし強い魅力のひとつでもある憧憬《しようけい》を、このとき限り失ってしまった感がある。

ビルは黒でなく灰色だと見たのは、それを光り輝くものとしてとらえた故かと思われ、また足場が組んであったかに錯覚したのは、そのとき私の涙のなかに、あのビルが完成した暁にも、私などもはや無縁の者にしかすぎない、という絶望の呟《つぶや》きがまじっていたためかと思われる。私の意気地ない涙は、なまじ一度は新人賞という栄誉を得ただけに、そのあとのみじめさがいっそうしたたかなためであって、実はこれに似た経験はこのあともいく度かあった。

一度は有楽町の花屋に入ったとき、そこに束ねられてあるピンクの菊を見て突然、涙が噴きあげるように溢れ落ちて来、困ったことがある。理由は、新人賞授賞式のとき贈られた花束がピンクの大輪の菊だったことで、まるでパヴロフの条件反射のように、同じような菊を見てそれを思い出したというわけだったが、このあとしばらく、私は菊と涙腺の関係には悩まされたものだった。

また、私の作っていた八ページの小さなPR誌には「人物訪問」の欄があり、カメラを伴い、有名人にインタビューして記事をまとめるものだったが、この期間、作家の先生方をいく人か訪問した。

のちに作家のはしくれとして名を列ねるようになり、パーティなどでこのときの先生方にお会いしたところ、ほとんどの方が私をおぼえてはいらっしゃらなかったなかで、三浦哲郎さんだけはすぐ思い出して下さった。それというのも、インタビュー中、話たまたま文学に及び、私、いまの身の上がたまらなく悲しくなって不覚にも涙をぽろぽろとこぼしたのを、よくご記憶でいらしたせいかと思う。――いまとなっては、こんな私のなさけない姿をご記憶頂いているのは何とも恥しく、パーティなどで三浦さんをお見かけすると、こそこそと逃げ隠れしたくなってしまうのである。

そしてこのあと、太宰賞をもらって私にもようやく原稿の依頼がくるようになったが、その出版社は筑摩書房の他にはややおくれて講談社、中央公論社、続いて集英社などで、あの文字のビルの編集者の方からはなかなか声はかけられなかった。

このころ、私が何よりも原稿の返されるのを恐れたのは当然のこと、かつての轍《わだち》はふたたび踏みたくはなく、まるで呪文《じゅもん》のように「箸にも棒にもかからぬものは決して書くまい」と唱え、極度に緊張しながら書いていたことを思い出す。

当然不安と疲労からいつも心臓発作に見舞われ、一人では何の行動もできず、入退院をくり返し、という状況がこのあと十年間も続くのである。このころ私は顔いろわるく、痩せ細り声をかけると倒れやしないかと思うほどだったという人もいるが、たしかに仕事も健康も至って心もとなく、強迫観念にとらわれるばかりの日々だった。

このなかで、ようやっと、別冊文藝春秋に『鬼龍院花子の生涯』連載がはじまったのは昭和五十三年のこと、太宰賞からは六年目だったのである。この前年、南六郷の私の家に編集部のNさんが見えられ、はじめて原稿依頼をして下さったときの喜びと興奮はいまでもよみがえってくるが、それだけに大いに張り切って取材に当ったものの、やくざの親分の家へは足がふるえてどうしても入れず、再挑戦してもやっぱりダメで、とうとう人を介して聞き書きをとったという思い出もある。

この連載中第八十回の直木賞も頂き、私の回から賞金が三十万円から五十万円に値上げされ、うれしくて受賞挨拶の言葉を忘れ、審査員の水上勉さんに叱られたこと、また自分の名の載った文藝手帳を毎年頂けるようになったこと、そして何よりも、あの黒いビルの軒をくぐって出入りできるようになったのは私の大きな喜びであった。

先年、『松風の家』で文藝春秋読者賞を頂き、同社の一室で行なわれた授賞式に出たとき、私にはやはり深い感慨があった。

四谷の土手でこのビルを見上げ、我が身を嘆いたのは二十年まえ、いまは同社の編集者の方々に囲まれてこうしてお祝いをして頂く身、こんな幸運な発展があろうか、と考えるかたわら、一方で苦い自戒の思いもある。文の字の刻まれた黒いビル、箸にも棒にもかからぬという評、これらを私は生涯かけて、我がお守りとしてゆかねばならないと思うのである。

「オール讀物」平成四年二月号

文学の友、同病の友

昨年十月の早朝、私はローマのホテルで日本からの電話を受け、輝さんご母堂の逝去を知った。

一瞬ふと時間が逆流し、目の前は太宰治賞の受賞パーティ会場、胸に受賞者の造花をつけた茶の背広の好青年が椅子に腰かけており、そのわきに、寄り添うように立っているのが青年の母上で、うしろには夫人と小さな坊やが控えており、これが作家宮本輝一家と、私との初対面の場であった。

あのとき、いちばんうれしそうに見えたのは母上で、私も同じ西の人間である気易さからか大阪弁でいろいろと話しかけて下さり、以来、お会いせずとも電話口でお声を聞けば、すぐあのときの気さくな雰囲気が思い出されるようなお方だった。

私、生来読書ぎらいで、輝さんには決してよい読者とはいえないが、それでも『泥の河』にはじまる三部作は精読し、深く感動したおぼえがあり、その感動のままで彼を理解していて、それはいまも変らない。それ故かどうか、彼がその後、つぎつぎと生み出してゆく作品の題名を見ただけで、あのときの好青年が次第に成熟してゆく状況がこちらにも伝わってくるような感じがある。

それというのも、彼と私には一脈、似通った点があり、初対面のときすぐそのことを直感したように、お互いに一人っ子の甘えん坊という弱点を持っている。幼いころ両親に溺愛《できあい》され、とくに母親に甘やかされた筋書きはそっくりで、あのとき彼の母上と話を交わしていて、私はしきりと亡き母を思い起していたのだった。

当然甘えん坊が罹《かか》る病気も共通で、結核は別として、不安神経症もいまだに同病相あわれむ仲である。

先年対談の機会があって、話し合ってみると、彼はトンネル、地下道の中、が苦手で、ひとり旅が不可能、という状態にくらべ、私もデパート、地下室がダメなことは全くおなじだが、一人で飛行機に乗れるようになっただけ、彼よりは少し軽症かな、と思えるふしがある。

この病気は、一人で放っておかれると不安を感じ、頻脈、呼吸困難等の症状が出、医者は決して死にはしない、というものの、本人にとっては耐えられないほどに苦しい。私にこの症状が出はじめたのは、長い苦闘の末、ようやく作家になれたころからで、彼の場合もたぶん、あの太宰賞の前後あたりではなかっただろうか。

してみると、甘い庇護《ひご》者に育てられた人間が苛烈な執筆活動にたずさわったとき、不安神経症というパンチをくらってもだえ苦しむ、という図式になってくるが、軽症の私は別として、彼の場合、生み出したものはすべて、こんな苦しみの所産だと私は受取っている。おのれ苦しまずして作り出したものが、人をひきつける力に乏しいのは判り切った話、それ故に輝さんの作品は、多くの読者の支持を得るのだろう。

同病故、私にとってはいつも、大阪に住んでいる我が身内、という感じを持つ輝さんだが、これからもどうぞがんばって書き続けてほしい。

天の星となった母上も、やさしく見守っていてくださることだから。

「宮本輝全集第3巻月報」平成四年六月

再会の涙

いく十年という歳月は、人間の記憶を摩滅させるものかといえばむしろ逆であって、私はこの頃、昔よりももっとひんぱんに、満州時代の難民収容所の自分の姿を、夢によく見る。

終戦の年から約一年半にわたる私の満州生活は、拙作『朱夏』につぶさに描いてあるが、開拓団小学校の教師だった夫とともに渡満し、小学四年から六年までの子供を寄宿舎に預かって五ヵ月、そして終戦後は皆ちりぢりになってしまい、消息がとだえて今日に至っている。

引揚げ後、無事戻れた開拓団のひとたちが横の連絡を取りあっているのかどうか、それさえ知れず、私自身も夫とは別れたのち上京して暮しているのだから、手がかりのありようもなかった。

それにもうひとついえば、身ひとつで逃げ込んだ難民収容所での姿は、まさに餓鬼そのもの、生きのびるためには人間としての誇などかなぐり捨て悔いのないありさまだったから、このころの自分を知るひとには二度と会いたくない、という思いも、無意識のうちに働いていたのかもしれなかった。

しかし、寄宿舎でともに暮した子供たちにだけはやはり会いたく、ときどき、死児の年を数えるように、それぞれに辿っているであろう彼たちの人生を想像してみたこともある。

あの頃、寄宿舎にはいったい何人の子供がいたか、学校職員ではなかった私はその数を把握していないが、終戦後、身の安全を求めて親とともにあちこち避難した子供のなかで、偶然いく人かは収容所がいっしょだった。先年、NHKのご対面の番組でこのうちの一人を捜し出してくれ、ステージの上で三十いく年ぶりに会うことができたときのうれしさ、なつかしさはとうてい言い表わすことができないほどだった。

彼は当時、自衛隊音楽隊の指揮者となっており、そのときドラムの腕前を見せてくれたが、これがあの、ひょうきんな、勉強嫌いの子であったかとまがうばかりに立派になっていて、もちろんこれを機に、ゆき来がはじまり現在も互に近況は把握し合っている。

収容所時代、ここに閉じこめられて自由を奪われた大人たちは、敗戦のショックもあって皆いちように意気阻喪していたのにくらべ、子供たちは何と元気だったことか。学校は無くなり、勉強は強いられず、自由を大いに享受してどの子も餅《もち》売りや小盗《しょうとる》や、ちょっとした使役など買って出、私などよりもはるかに生活力があった。

私に、

「オクさん、何ぞして儲けなよ。何もせなんだらハラが減って死ぬからね」

と、商売をすすめてくれたのもこの自衛隊の子で、私は彼の助けを得て軍の倉庫から大豆を盗み、新聞紙で袋を作ってそれに油で揚げた大豆を詰め、一個一円で売ってもらったこともある。

生きるためなら、なりなどふりなど構っていられぬ、という究極の摂理を、子供たちに教えてもらったのは皮肉な話だが、それだけに年を経るごとに彼たちがその後をどう生きて来たか知りたかった。

そして今年秋、いまだに折々夢にあらわれる二人の女の子に、幸運にもめぐり会うことができたのである。

『朱夏』にも書いたとおり、このうちの青屋信子は、まだ終戦前、私が長春の病院に入院したとき、親御さんに乞うて付添っていってもらったのだが、学校を休ませてまで信子を連れていったという自分の行為に、いまだに臍《ほぞ》を嚙みつづけている。あのとき、私の長女はまだ六カ月だったし、この子を連れて入院するのは困難な状態で、開拓地のなかのことで他に子守もみつからず、是非なくそうお願いしたのだったけれど、私は長いあいだ、信子に会って一言詫《わ》びたいと思いつづけていた。

今年になって、ひょんなことから信子たちの属していた開拓団のひとたちが集まって、旧満州のもとの開拓地を訪れるという情報が入り、あちこち電話をかけまわった挙句、信子の弟二人が健在で、その口から彼女の現況を知ることが出来たのだった。それによると、信子は結婚して子供二人を生んだあと、心を病んでいま高知市の某病院に入院しているのだという。

それを聞いたとき、私はすぐさま会いに行こうと思った。が、スケジュールの都合がつかず、ようやく十月末、その日程がとれて高知に帰り、まず病院に電話したところ、病状は軽快しているが、過去の話をすると急悪化するので、見舞は遠慮してほしいという意向だった。

過去の話をすると急に病状が悪化する、と聞かされた私のおどろき、過去とは、満州時代の、私に付添って長春の病院に行ってくれたことも含まれているのではないか、と思うといても立ってもいられないほど悔まれたものの、彼女の病状を聞けばどうしようもなかった。

幸い、弟さん二人は立派に家を成しておられ、それぞれ奥さんを伴ってはりまや橋近くの料亭で私をもてなして下さった。その際明らかになった話によると、青屋一家は終戦後長春に逃れ、そこで父親を失ったそうで、一旦《いったん》遺体を埋めたのち、引揚げが近くなってから皆でそれを掘り起し、石油をかけて焼いて、骨にしてから故郷に持ち帰ったという。

この間、信子は長女として母親を助け、幼い弟妹たちのめんどうを見て奮闘したのは容易に想像できること、またその後の結婚生活も必ずしもしあわせではなかったかもしれず、いまはもう六十歳のはずの彼女の「過去」はずい分と長いものだったと思うと、ほんのちょっぴり私も気持が軽くなったことを告白しておこう。

もうひとりの石川葉子は、十一月中旬、大阪の毎日文化ホールで講演したときのこと、開演前、係の方から、「こういう方が会いたいとおいでになっておられます」と名刺を渡され、私は夢ではないかと思った。

名刺の姓は岡田だが、わきに旧姓石川、と書かれてあり、この子もどれだけ私が行方を捜していたか、それが思いがけなく向うから現われてくるなんて信じられないほどの幸運だった。やがて妹さん二人とともに四十五年ぶり私の前に現われた葉子はすでに還暦、そして半白の髪、地味な和服姿だがやはり昔のかわいかった面影はある。名刺の裏には玩具《がんぐ》類の包装工場の経営とあり、人を十六人も使っているそうで、持参した家族の写真を見るとしあわせそうなまのくらしぶりがうかがわれ、私は危く涙がこぼれそうだった。

開演前のあわただしい時間の邂逅《かいこう》だったが、私にとってどれだけ充実したひとときだったか、帰京してのち彼女に改めて長い手紙を書いたのはいうまでもない。

ただひとつ胸を衝《つ》かれたことは、大阪で万一私に会えなかった場合を想定して彼女が託してあった置手紙をひらいたとき。中の文字はどうみても上手とはいえないものだった。葉子はとても頭がよく、学校の成績も抜群だったから、筆蹟《ひっせき》と資質は別物といえるだろうが、私はその字を見たとき、とっさに、子供ながら終戦後の辛酸を嘗《な》めた彼女の人生を思わずにはいられなかった。

彼女だけでなく、あのころの子供たちはすべて最低一年間は学校へ行ってなかったはずで、引揚げ後はその学力の遅れにどう対処していったろう、と胸も痛むのである。

もっともこれは私の思いすごしで、げんに葉子の弟・寛三くんは大学を出、いまは立派な校長さんになっているよし、しかしこれも、きっと人一倍の努力を払ってのことだったろうと、ともに同じ苦労を経験した者は、そこまで思わずにはいられないものだった。

青屋信子と石川葉子、二人の子のことをしみじみ考えていると、別れて以来、今年めぐり会うまでの長い長い年月のことが思われてくる。

私はいつも、中国残留孤児の肉親さがしのテレビを見るたび、何故政府はこの問題を四十年も放置したのか、と切歯扼腕《やくわん》するのだけれど、いま自分の場合を考えると、やはり人と人とのめぐり合わせには、天の与え給うしおどきというものがあるのだろうか、と運命論的な考えが頭を擡《もた》げてくる。

昭和二十一年秋、九死に一生を得て故郷に戻り、それからあとは人も我も生きるのに一所懸命の二、三十年が過ぎ、ようやく若干の余裕ができてのち、会いたい人をさがしはじめてももはや手がかりは摑《つか》めず、半ばあきらめかけていたところでの、降ってわいたような再会だった。

信子には会えなかったけれど、今年はほんとうによい年だった。そのうち信子も全快し、再会の涙のうれしさを、きっと彼女にも味わってもらいたいと祈るや切である。

「別冊婦人公論」平成四年冬号

クレオパトラを歩く

花街の少女の胸に住みついた月の砂漠の女王

そのひとの名は？　とどんなに迫られても、長い間、私は誰にも打ち明けられなかった。心中深く秘めたそのひとの名を、ようやく口にできるようになったのは、ここ十年ほど前からのことである。

実は、そのひとが私の胸に住みついたのは昔々のこと、私の小学生のころ、昭和初年だった。いまでこそ、中央地方の知識水準は同等となったが、戦前、四国の果ての土佐はまさに文化果つる地、何しろ、「少女倶楽部《くらぶ》」を読んでいたのは、クラス六十人中、二人だけだった。

私の知識の根源は、毎月付録付きで配達してくれる「少女倶楽部」がすべてであって、この一冊を、当時病弱だった母娘ともども、長火鉢をはさんで一ページもあまさず、頭をくっつけ合ってむさぼり読んだが、これがどれほどこの少女の血となり肉となっていったか、六十年を経たいまでも、内容の記事を非常に鮮明に記憶していることでもお判りいただけるかと思う。

少女の趣味は、たぶん母親のおだてもあったと思われるが、主として外国の話題に向けられ、とくに貴族たちの豪奢《ごうしゃ》な生活と歴史がおもしろく、「少女倶楽部」のなかからそれらを丹念に拾い集めては頭脳のなかに貯《た》めてきた感がある。

少女の家は花街のなか、家業もそれに関わっており、幼いころから日本固有の妓楼《ぎろう》文化に接しつつ育っているのに、ふしぎに異文化にばかり目が向いたのは、潜在的に父親への反抗であったかもしれない。

その人が住んだ場所、その人が吸った空気

で、そのひとの原点に、最初の刺激を受けたのは、「少女倶楽部」の折り込み、蕗谷虹児《ふきやこうじ》描くところの「月の砂漠」のさし絵だったとおぼえている。

月光を浴びて銀いろに輝く美しい砂漠、白いヴェールに包まれて、そのなだらかな起伏に音もなく足あとを記しつつ遠ざかってゆく神秘的な二人、さし絵の世界は限りない澄明さをたたえており、少女がたちまち魅了されてしまったのはいうまでもない。その後、砂漠の国には絶世の美女とうたわれた女王があり、毒蛇に胸を噛ませて自殺するという悲劇的な物語を誌上で散見するに及んで、お話好きの少女の頭の隅に、この女王は動かぬ座を占めてしまったのである。

女王の全貌《ぜんぼう》がほぼ摑めたのは女学校三年のとき、大好きな西洋史の時間だった。

ローマ帝政に至る過程を講義していた若きS女先生は、突然、ひときわ高く、

「シーザーはルビコンを渡りました」

と叫ぶようにいってから、何故かすぐ、

「このあとは自習」

といい捨てるなり教室から小走りに出ていってしまった。

生徒たちはワイワイいい、結局、

「先生は急におなかが痛くなって便所へ駈《か》け込んだのよ」

という説に傾いたが、真相はいまもなぞのままである。ただ、多感な時期にさしかかっていた少女はこのことについて真剣に考え込み、ひとり悩んだことなどをおぼえている。

そして次回、先生は、前回自習をさせた代償として、今日は教科書にないお話をしてあげます、といってあらましを語ってくれたのが、私の「そのひと」だったのである。

当時は太平洋戦争開戦の直前で、教科書の内容は戦意昂揚の目的に添ったものばかり、こんななかで、最近まで世界史家たちからは、エジプトのみだらな蛇とか、次々と男を籠絡《ろうらく》する尻軽女とかの評価を受けていたそのひとのことが教科書に載るわけはなく、もちろんS先生も悪女、というイメージでの説明だったが、聞き終ったとき、私は深い感動におそわれ、かわいそうでたまらなかった。

このあと、少女は大人になり、結婚出産、外地引揚げ、結核療養を経て作家を志すのだけれど、この日から数え、いよいよ作家として世に立つまでには二十六年という長い歳月があった。

この年月は、書いてはボツ、書いてはボツの繰返しで、日々絶望との死闘ではあったが、また考えれば、小説素材の選択と資料の蒐集《しゆうしゆう》ではたっぷりとした時間が与えられ、いまではかえって、天の配剤であったかも知れぬとさえ思う。

そして『櫂』で作家となって以来、私は一貫して日本の風土のなかに生れ育ち、そのなかでものを考える女性を描いて来たが、それだけに、遠い砂漠の国の女王を描きたいなどと口走ったら、読者の方々はさぞやびっくり仰天なさるだろうと思い、またいたずらに人を惑わせてはならぬという自戒もあり、うかつには打ち明けられなかった。

しかしながら、「月の砂漠」のさし絵から芽生えた私の胸中の核は、六十余年のうちにもはや弾けんばかりに膨張しており、その間、集めた資料のたぐいは優に小部屋ひとつを占領してしまっている。また何よりも、私自身の気持が逸《はや》っており、ここ五、六年ほど前からすでに、まるで出走前の馬のように興奮しているのを、みずからドウドウとなだめている状態になっているのだった。

物質化したミイラに悠久のロマンを見た

そして、いちばんの気がかりは、いまのうち現地取材をしなければ、私はどんどん老い、ついにはこの悲願達成せずして死ぬのではないかという危惧《きぐ》だった。相手は二千年以上も昔に、世界一の文化を誇った土地、いま取材に行ったところで、何ひとつ得るものはないかも知れないが、しかしいざ書くとなれば、やっぱりそのひとが住んだ場所に立ち、そのひとが呼吸した空気、そのひとが眺めた海を感じなければ、一歩も前進はしないのである。

で、こんな経過のあと、朝日新聞日曜版という、私の念願どおりの場に連載の約束が出来たのは、平成三年夏のはじめのこと、これよりいよいよ、取材に向かっての私の準備がはじまるのである。

元来病弱、その上、トラ年生れは臆病者のたとえどおり至って小心だから、気候風土の異なる地におもむけば、ひょっとして死にはすまいか、死なぬまでも病に倒れはすまいか、とビクビクしている私に、世間には悪いヤツがいて、砂漠のサソリは血に飢えているゾ、エジプトコブラは超猛毒だゾ、ミイラのヴィールスは日本人にうつりやすいゾ、などとおどすものだから、すでにしておそろしくてたまらず、その上、本屋へ行けば『ロンドンに死す』もあれば『ローマに死す』『アテネに死す』もあり、そして『カイロに死す』を見るに至っては、臆病者といえどもいよいよ覚悟を決めざるを得なかった。

私がその地を踏んでみたいと思うのは、エジプトの資料が世界一多いといわれるロンドンの博物館、私の「そのひと」がシーザーを追って移り住んだローマ、そしてそのひとの父祖の地であり、また最後の海戦で敗退したギリシア、さらに本拠地エジプト、のこの四カ国だが、これを一挙に取材するのは体力上、とても無理な話だった。

そこで、気象条件をまず調べ、寒くもなく暑くもない秋の季節にヨーロッパへ、しかるのちエジプトへは年明けてのち、暑さと砂嵐《すなあらし》の心配のない冬を、と決めて二年がかりのプランを立てた。

かくして、学芸部T記者とともに、大きな荷物を抱えて成田を飛び立ったのは平成三年十月二日のこと。

武者ぶるいしつつ目的地を目ざしたにしては、鞄《かばん》の中身は食糧と薬ばかり、ひたすら危険と健康の防備具のみで、資料文献のたぐいを入れる余裕など全くなかったのである。

私ヨーロッパは初旅で、ロンドンはとりわけ好きな町、まだ街路樹は色づいていなかったが、到着するやまっすぐに大英博物館の二階ミイラ室へ。

成田を発《た》つとき、ミイラにさわるならこれを、と友人が手袋をプレゼントしてくれたが、なあにミイラは全部、ガラスケースに納まっており、おでこをくっつけるようにして私は見入った。いまは単なる物質と化してはいるが、もと人間だったこの姿ほど悠久のロマンをたたえているものはなく、麻の繃帯《ほうたい》で巻かれた隙間から洩れている亜麻いろの髪の毛や、足先の伸びた爪などじーっと見つめていると、涙の溢れてくるほどの感動をおぼえた。

愛するシーザーの死、ローマを追われた彼女は……

ミイラは、エジプトの古代王朝のころ、葬送の習慣として行なわれ、我がクレオパトラのプトレマイオス王朝となってからは下火となっていたようで、彼女も彼女の一族もミイラとして保存された事実はない。

にもかかわらず、大英博物館のエジプト室の、どの王の肖像よりも私がミイラにひかれるのは、この物体が正しく真実そのものであるためであり、じっと長時間対していれば、ミイラが何かを教えてくれるような気がしたからだった。

聞くところによると、閉館後の夜半、どこからともなくもの音が響いてくるそうで、どうやら人の足音らしいという。これはきっと、五千年の昔から現代に向かって、ミイラたちの歩いてくる音だと思うが、案内して下さった館員、日本部のハリスさんは、「そんなこと、嘘《うそ》ですよ」と明快な日本語で笑い飛ばした。

大英博物館エジプト部のコレクションは、現在七万点をはるかに越し、年々増え続けるばかりだといわれており、当然エジプトに関する研究もすすんでいることを思えば、はるかな東洋の、一わたくし如きがクレオパトラに挑むのはまさに蟷螂《とうろう》の斧《おの》、考えれば気落ちするばかりである。

こんなときのたのみは、我が思い入れの深さのみ、と我と我が身を励まし、五日間通い詰めてもまだまだ見切れないほどの大英博物館をあとにして次なるローマへ。

クレオパトラがシーザーとの子、シーザリオンを伴ってローマに移り住んだというその邸址をたずねて、私たちは雨のローマをさまよったが、ついに定かな場所は見つからなかった。シーザーには正妻があり、クレオパトラは愛人の立場だったし、その上、シーザーの暗殺という大事件にも遭遇し、ローマの暮しは彼女にとって決して楽しいものではなかったにちがいない。

何かとても哀れで心惹《ひ》かれ、もう一度詳しくたずね捜したところ、どうやらこの辺りらしいという丘の中腹に行き当った。そこはテヴェレ川とローマ市街を一望におさめる場所で、もとは貴族の別荘地であったという。

ピラミッドをわたるそよ風は天上の風か

シーザーの死とともに、石もて追われるようにクレオパトラはエジプトへ帰ったが、私たちはアテネに渡り、最後の海戦の港、アクチュウムを目ざしたものの、ここも確かには摑めず、たぶん対岸と思われるパトラの地から望むことにして車を走らせた。

よく晴れたパトラの町から見はるかすイオニア海は紺碧に凪《な》いで美しく、ここでクレオパトラ、アントニー合同軍と、オクタヴィアヌス軍との激しい海戦があったなどとは想像もできぬほどおだやかだった。

このあとスニオン岬、エギナ島などを訪ね、フランクフルト経由で帰国したのは十月十八日、死にもせず病気もせず、随所でクレオパトラの幻に出会えたのはまず、めでたかった。それというのも朝晩薬を飲み、持参の鍋《なべ》で、各地のスーパーで買った野菜類を煮て朝食を作り、健康保持につとめたせいかと思う。因《ちな》みに、じゃがいもはロンドンの男爵がいちばんおいしかった。

さて、十分な疲労恢復《かいふく》を待ってつぎは翌平成四年一月十日、いよいよ敵の牙城《がじょう》エジプトへと乗り込むことになる。

今回は、前回の如き文明の地とは異なり、伝聞によれば人々は五千年、営々と変らぬ生活を続けているよしで、それならいっそう用心しなければならず、T記者の他に、もしもの場合を考えて秘書のS子を同伴することにした。

砂漠を歩くための靴や帽子、昼夜の温度差にそなえての寒暑両用の衣服、下痢止め消毒薬も山のようにたずさえ、フランクフルト経由で一路カイロへ。ルフトハンザ機がたそがれのカイロに近づくにつれ、私の胸は高鳴り、興奮で息苦しいほどだった。

朝日支局の松本さん、テレ朝支局の秋元さんらが出迎えてくださるなか、オレンジ色の街路灯かがやく空港に下り立ってみるとここは正しく異国、嗅《か》ぎ馴れぬ匂い、聞き馴れぬ言葉、見馴れぬ服装と面構《つらがま》え、こうなれば何ひとつ見逃すものか、と猛然とファイトが湧《わ》いてくる。

ホテルはナイル川の中州、ゲジラ島にあり、ここを本拠地としてまずエジプト考古博物館を皮切りに、順次五千年の歴史を辿ってゆくのだが、これらは図解でいく度も眺めていたにもかかわらず、実物に接してみると、いずれも私を惹きつけて離さず、興味尽きないものがある。ギザのピラミッドへ行ったときのこと、T記者もS子も内部に入ったが、私は閉所恐怖症のため外で待っていることにした。ピラミッドは、遠くから見ると、日干しレンガを積み上げたような茶褐色だが、近くで見ると、白く輝く美しい花崗岩《かこうがん》である。その石のひとつに腰かけている私に、どこからともなく、実に快い微風が吹いて来、ふと視線を転じると、足元ではせきれいに似た小さな鳥が群れて遊んでいる。

近くに水もないのに、このさえずりはひょっとして迦陵頻伽《かりようびんが》の声、得もいえぬ微風は天上の風、とも思われ、私はしばらくの間うっとりと我を忘れていたらしい。

そよ風と陶然たる光景と、こんな、甘美とも清爽《せいそう》とも、またうるわしいともいえる気分に導かれたのは初めての体験であって、このあと、サッカラの階段ピラミッドへ行ったときもそうだった。

二千年余の歳月消す砂漠を駆け行く白馬

このピラミッドは最も古く、段になった階層ごとに幾千年来の砂が降りつもっており、小高い丘からそれを眺めているとき、またもやあの、得もいえぬ天上の微風がどこからともなく吹いて来て、私を慰撫《いぶ》してくれた。

折から陽は傾き、遠く目を放つと、ガラベイアという長衣を着、頭にターバンを巻いたエジプトの男性が白馬にまたがり、疾走してくるのが見えた。白馬は全力で疾駆しているとみえて、一瞬両足は開き、尾は一直線に後方に流れている。その光景はまことに凛々《りり》しく、また雄々しく、まるで夢のような、と見ているうち、男も馬も波打つ砂漠の彼方《かなた》へ消えていった。

この名状し難いほどにやさしい微風とそれにともなう光景にはこのあと、ルクソールでナイル川に船を浮べて遊んだときも感じたが、ガイドに聞いてみると、砂漠にはいつも風が吹いているのだという。しかし、砂漠を渡る風は、季節によってはおそろしい砂嵐となって人を襲うことを思えば、私はよくよくいい天候に迎えられたというべきだろうか。

そしてまた、私が快いと感じたとは逆に、S子はこの微風のせいで砂漠アレルギーにかかり、全身赤い発疹《ほっしん》に見舞われ、エジプト人の医者に注射してもらったのだった。

私は水上の帆船でこの微風とたわむれているうち、もう日本になど帰りたくなってしまい、T記者を困らせたりしたが、それというのも、きっとクレオパトラというひとも、この天上の風をこよなく尊いものとして、エジプトを愛したにちがいないという確信を得たからでもある。

たそがれ、ヌビアの砂漠に向かって消えた、かの馬上豊かな男性と白い駿馬《しゅんめ》の姿も、クレオパトラは必ずや見たことがあるだろう、と思うと、彼女がひどく親しく感じられ、間をへだてる二千年余の年月などどこかへふっとんでしまい、いま私はその時代を生きているように思えてならなかった。

そして、カイロ市内を巡ったあとは、プトレマイオス朝が生れ、滅び去った都、アレキサンドリアへと向かう。私の主目的はこの地だが、カイロからアレキサンドリアへの道は町々を縫ってゆくよい道路と、砂漠をつっきる直線道路とあり、渋滞の少ないほうの後者を選んだ。足はマイクロバス、これにわれら三人とガイド二人、運転手の六人が乗って出発。砂漠道路というからには、木の一本もない道かと思えばところどころに椰子《やし》の木立もあり、砂漠の水脈を当てて野菜を作っているところもあった。二時間走ってドライブインで休み、あとまた二時間走って、汚れのため鼻も曲がるほどの悪臭を放っているマリオット湖のわきを通ってから、車はアレキサンドリア市内へと入ってゆく。

ハトホル神殿のレリーフには女王の矜持と孤独の運命が……

アレキサンダー大王によって、アレキサンドリアの町が興されたのは紀元前三百三十一年のこと。

大王の死後、エジプト王となったプトレマイオス一世によって世界一の文化都市として栄えたが、紀元前三十年、最後の女王クレオパトラの自殺によってついにエジプトは滅び、以来今日まで二千年の間に、この町は土砂の下に埋もれ果ててしまった。

遺跡らしいものはなんにもないよ、とよくよくいわれていたが、なるほど三百年にわたってエジプトに君臨したプトレマイオス朝の足跡を推しはかるものはかけらもなく、あるとすれば、彼女が朝夕に万感の思いを込めて眺めたであろう地中海だけだった。

私の資料では、各国の研究者こぞって砂の下のアレキサンドリアに類推をこころみており、アメリカの学者Aさんは超能力者を集めてプロジェクトを組み、海陸両側から遠隔透視を行なったが、その報告書ではアレキサンダーの埋葬個所、王家の墓地あと、公共浴場、大図書館などを感じとっており、私などが読んでもある程度、納得できる。

しかし発掘するならともかく、我々はその上に建っている現代の建物を見るのみだから、他の旅人と同じく、グレコローマン博物館でおそらく偽物だと思える彼女の彫像を見、地下の墓地カタコンベを見、ポンペイの柱やカイトベイの要塞を見ただけだった。

ただ、私たちのホテルは、かつて国外追放されたファルーク国王が建てたというモンタザ宮殿に接しており、独特の優雅なムードを持つその宮殿を眺めていると、いつのまにかそれがプトレマイオス王朝の王宮に重なり、私の空想は強くかきたてられるのだった。

それに、この地は気候温暖で避暑避寒に最適だし、いまでも地中海の真珠、と呼ばれて、ヨーロッパの富豪たちが別荘を持っているという。なるほど、同じエジプトではあっても、砂漠のなかのカイロとは異なり、ここは南欧に通じる明るさと瀟洒《しようしや》な雰囲気があり、住むにはいい土地だなとしみじみ思った。

生きてこの地に立つ、ただそれが深い感動

そして我々のマイクロバスは、同じ道を通ってカイロに戻り、このあとは奥地のルクソール、アスワンに飛ぶ予定。このころになると、はじめはビクビクものだった私もようやく土地に馴れ、まさか生水は飲まないまでも、路傍の屋台で売っているさまざまな食べものを試してみる度胸もついた。

なかでも、タメーヤという野菜だんごは、エジプトポンド一ポンド（約四十円）で買えば満腹するほどの量があってまだおつりもあり、その美味《おい》しさのおかげで私はむくむくと肥《ふと》り、一枚きり持参のロングドレスはファスナーが閉まらなくなってしまうていたらく。

市場もおもしろく、めまいのしそうな喧騒のなかでの、ガイドの沢田嬢の買物は迫力ある一種のショーであって、凄腕《すごうで》のアラビア語ではじめ三千円、といい出したガラベイアを、丁々発止、火花も飛び散るやりとりでついに六百円に負けさせてしまった。味をしめた私とT記者は、このあとパピルスを買いに行き、七千円からはじまった値段交渉を三千円までに買い叩いたの

はよいが、きっと怒って追いかけてくるにちがいないと思うと急にこわくなり、荷物を抱えて走った、走った。夕暮の町を息を切らせながらひたすら逃げたのだった。パピルスは額に入れ、この原稿を書いている前の壁に掛けてあり、このなかのファラオは私を笑いながら見おろしている。

ルクソールまではエジプト航空。空からナイルを見てやろうと窓から目を凝らしているのに、濃い霧もさることながら窓ガラスは汚れていて何もかもぼんやり。

しかしながら、地上に下り立ってみるとこの地の快さ、のびやかさ、美しさに私はすっかりとりこになってしまったのである。こんな、うつつを抜かしたようなべた惚《ぼ》れ文章を書くのは甚だ恥しいが、私のうん十年の生涯で、いちばん楽しかった旅は、七年前のクイーンエリザベス二世号の三週間だと思っていたが、ルクソールの、幾千年あるがままの自然体のたたずまいに接してみると、過ぎ去った日は遠く、いま、この地がいちばん私に合っている、などと錯覚するのだった。いいわけすれば、日本のエジプト展は開催ごとに必ずや二百万人の入場者があるというのも、エジプトの神秘に共感するひとが少なからずいる証拠だと思うのだが、どんなものだろうか。

巨大な群柱のカルナック神殿、少女時代から一目見たいとあこがれ続けた王家の谷、なかでも私の好きなハトシェプストが建てたという儀容あたりを圧する葬祭殿、ダムの上流に浮ぶフィラエ島のイシス神殿、古代人の英智《えいち》の結集の石切り場、いずれも狭い日本とは規模からしてちがい、ただただ圧倒されるばかりだった。

しかしこれらの建造物にも増して私の心をとらえたのは、砂漠に生きる人々の生活と、その生活に恵みを与えてきた大自然であって、これあるが故に、プトレマイオス家は世界一の金持ちであったとうなずける。

三百六十度首を廻してもこの地は空ばかり、地平すべては緑濃い椰子の林で丸くふちどられ、その林へ向かって落ちる夕陽は灼熱のいろ、そして空は長い時間、真紅に染まる。何も彼も赤く焼け、沸《たぎ》り、その美しさはいわんかたなし。どこかでのどかな牛の啼《な》き声、ロバに乗って荷物を運ぶ少年、運河の水をはねつるべで汲《く》み上げる少女、振返れば私が熱望した満月がすでに中天にかかっている。

気温が高いため、月は日本の春のようにうるみ、「月の砂漠」のように冴《さ》えてはないが、私、今日まで生きて元気でこの地に立ち、念願の月を仰ぐことができたのは深い深い感動だった。

魂はいまもかの地に。その人を描ける喜び

このたびの取材旅行は大きな収穫があり、資料面ではもとカイロ大学教授、イブラヒーム・ナスハー先生にお会いできたこと。八十四歳の先生はプトレマイオス朝の研究者で、クレオパ

トラに関するリポートを快く見せて下さり、懇切に説明して下さった。先生をアパートにお訪ねしたとき、思いがけなく「いらっしゃい」と日本語で迎えてくれたのは、先生のご次男の嫁、日本滞在の経験を持つ若いエジプト女性だった。この方の通訳でアラビア語のお話も理解できたのだったが、こんな幸運も、ついていたというべきだろう。

クレオパトラには、各地の博物館で出会ったものの、いずれも私の描いているイメージとはほど遠かった。彼女が歴史を変えるほどの美人であったかどうかについては諸説あり、黒人説や、あるいはひどい醜女であったために、死ぬ前、人に命じて自らの肖像をすべて取りこわしてしまったというのもある。

いま、彼女の伝記は世界中に出版されており、邦訳されたものだけでも私の本棚一段を埋めるが、それらはいずれも、かつてのナイルの売春婦、という故ない誹謗《ひぼう》から脱し、少なくとも知的女性のイメージを形作りつつある。

私が出会った肖像のなかに、一つだけふと心ひかれるものがあって、それはデンデラのハトホル神殿のレリーフだった。珍しく息子シーザリオンとともに描かれており、母なるクレオパトラの姿を見て、私はいまさらのように彼女の、エジプト女王としての矜持《きょうじ》、そして悲しい孤独の運命をしみじみと感じずにはいられなかった。

こうして私は十五日間にわたる取材日程を終え、後ろ髪ひかれる思いで厳冬の日本に帰って来たが、興奮のあまりそのあと一週間以上も眠れず、毎晩のように睡眠薬のお世話になったものである。とろとろとまどろむ短かい時間にはいつもあの天上の微風、砂漠に没し去った馬上の男の後ろ姿、ルクソールの夕焼けなどがあらわれたが、どうやら私の魂はなおかの地にとどまったままであったらしい。

帰国後、私は長い期間をかけて蒐集したおびただしい資料と格闘段階に入ったが、取材旅行で得た感覚がひとつひとつきっかりと裏付けされてゆく快感は、自分のみが知る恍惚境《こうこつきよう》だともいえようか。

昭和初年に芽生え、いく十年胸中深く秘めたそのひとを、ようやく時到《いた》っていま、自分のこの手で描き上げるよろこびは得もいえず、私のクレオパトラ決して妖美《ようび》であってはならぬ、ひたすら清艶《せいえん》でなくてはならぬ、と思いつつ原稿紙に向かっている。

「週刊朝日」平成五年九月十日号、十七日号、二十四日号

さまざまの正月

人間七十年近く生きてあれば多くの経験を経てくるもの、そんな回顧が何となく、そしてしぜんにできてくるのが新年の功徳というものだろうか。

とりわけ、いくつの年、どこで、どんな正月を迎えたかと振返るのは、自分のことながらひどく興味深くて、年のはじめはそのときどきの光景など、つぎつぎに浮んでくる。

このごろよく思い出されるのは昭和三十年ごろから四、五年くらいの暮から正月にかけてのことで、その時代、私は保育所の保母を経て県社会福祉協議会の保育係だった。

日本の社会福祉事業は、いまでこそ老齢年金問題なども加わって、絶対に避けて通れない国家施策のひとつとして浮び上って来たが、その昔は、なお篤志家の温情に頼りがちな考えがあり、実情は極めて貧弱なものだった。

保育所への国家援助も実にケチな額で、たしか子供一人当りの給食費は一日七円十銭だったとおぼえている。

物価のちがいもあろうが、これでは味噌汁《みそしる》一椀を提供するのがやっとのこと、そこで当然ながら国に対する予算要求運動を盛上げざるを得なくなってくる。

予算編成期は毎年大体十二月末であって、このときを狙い、全国の保育関係者糾合して東京に集まり、各方面に陳情運動を展開するという寸法になるのである。

そのころの私は体力横溢《おういつ》していて、世の不条理を憤る元気な中年だったし、何よりも保育所の子供たちのために燃えていたといっていい。

家には姑《しゅうとめ》と夫、女の子二人もいて、日常主婦としても結構忙しかったけれど、毎年の予算獲得運動にはじっとしていられなかった。

上京のための費用は保母さんたちからのカンパだが、いつも足りたためしはなく、不足分自腹を切って仲間たちとともに十二月は二十九日か三十日ごろ、夜行列車に乗り込んで一路東京を目ざす。

もちろん寝台など取るわけはなく、固い座席でうたたねしつつ持参のお握りをほおばり、東京到着後は八面六臂《ろっぴ》の大活躍。

高知県出身の議員さんをつぎつぎと宿舎に訪ね、秘書さんに会ってもらって陳情書を手渡し、もちろん厚生省の廊下に坐り込みもする。

こんな働きが効果を生んだかといえば、それはたぶん答えはノーだと思われるが、当時はともかくガンばらねば、という使命感だけが体中のネジを巻く役目を果していたらしい。

思いつく限りに当って帰りはいつも大つごもりの夜行、初日の出を車窓より拝みながらという日程だったが、ふしぎに自分自身は充足感があった。

小さいころ、正月のしきたりのきびしい家に育ち、何はともあれ、正月行事の手抜きは罰があたると教えられてきた人間なのに、それらの一切合切を省き、子供は姑におしつけて家を明けるこの主婦の姿を、亡き父がもし見てあれば、どんなに怒り狂うだろうと思うかたわら、一方では大義のためなら正月のしきたりなど泡沫《ほうまつ》にすぎぬ、といういいわけもある。

おまけに、不眠不休の活動で疲れ果てて帰宅したあとは、たぶん寝るばかりだったと思われ、おそらく姑は渋面作っていたとの想像なり立つけれど、そのころの日記にそんな記述は全くない。

思うに、暮正月をフイにしてまでいいことをして来た、と有頂天になっていたにちがいなく、その満悦の前には姑や夫の皮肉や不機嫌など意にも介さなかったものであろう。

このあと、私はどんなにガンばっても何も実らない社会福祉事業に深い絶望感を抱き、〝まるで泥沼のなかを漕いでいるような仕事〟と日記に書きつけていて、そしてとうとう退職してしまった。

考えてみれば、私の経て来たたくさんの正月のなかで、この四、五年のみが集団のなかに身をおき、ひとのために自分の時間を提供した正月だった。

師走の木枯らしのなか、乏しい財布を握っての上京、厚生省の冷たいコンクリートの床、議員会館で陳情の時間を待つあせり、そして鈍行列車のなかから拝む初日の出、いまはどれもなつかしいが、正月はやはり家族揃って迎えるべきがほんとうなのかもしれない。しかしながら、家族揃って迎えた正月でも、つぶさに振返れば心のうちは決しておだやかではなかった正月も多々ある。

二度と思い出したくない正月ではあっても、同じ轍を踏まないためにはやっぱり忘れてはいけないし、むしろ年のはじめにこそ、いい正月とはいえなかったそのときのことを胸に呼びおこすことも必要なのではあるまいか。

「中央公論」平成七年一月号

ギリシアの旅で

ちょうど三年まえの秋、私は『クレオパトラ』取材のため、新聞記者Tさんとともにアテネに一週間ほど滞在した。

現地で雇った日本人女性ガイドは、年のころ四十あまり、ギリシア人の夫とのあいだに男児三人をもうけているひとだった。

一週間もずっと同行していれば、女同士のつねでしぜん身の上話となり、聞けば夫君とのなれそめは日本で、そのあと周囲の反対を押切り、彼のあとを追って海を渡ってきたのだという。

その夫は現在失業中で、一家五人の暮しは彼女の働きに頼っているよし、そのせいでもあるまいだろうが、彼女は実に堂々と振舞っていて明るかった。

どちらの発案だったか、一日、陸からいちばん近いエギナ島へ行くことになり、ピレウスの港から高速船に乗って海上四十分、島の船着場に着いた。

桟橋には白髪の、体格のがっしりした初老の婦人が立っており、彼女はつかつかと近づくとその婦人としばらく話していたが、やがてこちらを向いて、

「母ですの。この島に住んでいます」

と私に紹介してくれた。

母、というのはもちろん夫君の母君、彼女には姑に当るわけだが、島の家は広いので鶏を放し飼いにしてあり、運動の足りた鶏の卵は体にいいから、と嫁に渡すべく卵を持って桟橋まで出迎えてくれたのだという。

彼女の通訳によると、私に、

「このたびは嫁がお世話になります」

と礼をいい、そして、

「どうぞよい旅を」

と懇ろな挨拶をすると、

「ご一緒にお昼をいかが？」

という私のすすめを断り、柔和な笑顔を見せて港町の方へと去って行った。

私は思いがけぬ光景に接してすっかり感動し、しばらく立ってその後姿を見送った。

嫁はさだめし昨夜、電話で、

「明日そちらへ行くけれど、仕事だからお母さまのところへは寄れないかもしれません」

と連絡してあったにちがいなく、姑はまた、嫁も毎日大へんだろう、せめて卵くらいは手渡してやりたい、との思いで、船着場に立って船の着くのを待っていたことだろう。

このあと私たちは島の頂上のアフェタ神殿に向かったが、その車中、私の問いに答えて彼女は、

「主人は男ばかり三人兄弟の長男ですが、弟二人の嫁はギリシア人なんですね。姑はいつも、お兄ちゃんの嫁は遠い遠い国から来てくれたのだから、みんなして大切にしてあげなくちゃいけないよ、といってくれるんです。

おかげで私、こちらに来て以来さびしいと思ったことはありません」

といい、おそらくそれは、嘘いつわりのない彼女の本心だろうと私は思った。

この光景を、もう一歩踏み込んで考えてみると、母君は、失業中の息子に代って一家を支える嫁への気兼ねもあったろうし、また、世界中で日本の評価が高まっているなか、その日本から嫁を迎えていささか鼻の高い家では、当然嫁を過保護に扱うという風潮も、多少なりと手伝っていたのではないかと思われる。

しかしこの小さな体験で、私が強く感じたことは、言語、容貌、生活習慣がいかに異なろうとも、地球上に住む人間の人情、礼節はいずこも同じという感覚だった。

とりわけ船着場で会ったとき、嫁の客に丁寧に礼をのべる親のありかたは、日本にのみ存在する礼儀だと思っていたが、そうではなかった。嫁であれ、姑であれ、互いに人間として相手の立場を尊重し合う姿は、見ていていかにも美しい。

ギリシアの旅から戻って、私はそれまで雲を摑むようだったクレオパトラのイメージが俄《にわか》に鮮明になってくるのをおぼえた。

世界中、古代現代を問わず人間はみんなおんなじ、恋もすれば嫉妬《しっと》もし、横しまな欲望を抱く者があれば正義のために死ぬひともある、と思えばクレオパトラは急に血の通った生身の人間として私の前に姿をあらわして来たのである。

このあと、島から戻った翌日、ギリシア料理に飽いた私のために、彼女はギリシア米でお握りを作り、母君丹精の卵を使っておいしい卵焼を届けてくれた。

青い空、澄んだ海、清浄な空気に育てられたエギナ島の放し飼いの鶏の卵は、とびきりおいしかったし、またいち早く外米というものをこのとき試食させて頂いたのだが、どちらも私には十二分に満足の味だった。

「家庭画報」平成七年一月号

君は強き撫子の花

この秋のヨーロッパ旅行には、本来の目的、講演の他にもうひとつ、私だけのひそかな心づもりがあった。

それは、海外で暮す日本人女性の様子を自分の目で確かめてくることで、これは誰に頼まれたわけでもないけれど、ま、同じ民族としてある種納得しておきたいというお節介な気持から出たこと。

それというのも、夏、私の年来の友人の一人娘S子さんがロンドンに嫁ぐという騒ぎ（?）があり、そのときの友人夫婦の嘆きに接してこちらもせつない思いがしたこととあわせて、S子さん以外にも国際結婚の彼女たちがしあわせに暮しているかどうかも知りたかった。

S子さんは四年前、私が彼の地を訪れた際、ちょうどロンドン大学に留学しており、そのとき机を並べたイギリス人のP君と将来を誓い合ったらしい。

留学期間を終え、一旦帰国したS子さんはその後もP君と連絡を取り合って結婚の決意を固めたもようで、P君も来日して友人夫婦に会い、そのあと彼女は単身、イギリスへと渡って行ったのだった。

この知らせを聞いたとき、私の頭に閃《ひらめ》いたのは、あ、何と惜しいことを、と舌打ちしたい思いだった。S子さんは優秀な頭脳を持った美しい娘さんで、こんな上等な日本女性をみすみすイギリスに取られてしまうなんて、と悔んだが、他人の私でさえこれだったから親たる友人夫婦はさぞやの落胆であったろう。

ロンドンでの結婚式には父親と身内の方二、三人が列席し、その写真を見たところではS子さん、P君の親族の方々にあたたかく迎えられた様子でこちら側は一まず安堵、というおもむきではあった。

で、私、ロンドン到着の夜、S子さんから電話をもらい、翌日、昼食をともにしていろいろと話を聞いた。

気になるのは何よりも、日本人としてひけ目を感じるようなことはないか、P君は夫だからよいとしても、身内の方々はやさしくしてくれるか、日本へは二人で帰ってくる気はないか、などなど、親だったら必ず聞くであろう質問を浴びせかけたが、S子さんは以前とすこしも変らず余裕しゃくしゃくのていで、笑いながら、

「心配いりませんから」を繰返すのだった。

察するに、この若い夫婦は人種など全く意にも介さず、日本のカップルと同じく、夫が料理をすれば洗濯もし、結構仲むつまじくやっているらしい。時間の都合でP君には会えなかった

が、S子さんを見ただけで私は何やらすっかり安心し、この結婚の障碍《しようがい》といえば日本—イギリス十二時間という距離だけだな、と改めて思った。

ロンドンには、彼女の他、国際結婚組の知人は他にもあり、一例をあげると大英博物館の日本部長（正しい職名は知らないが）ハリスさんの夫人かつ子さんもその一人。

かつ子さんいつとても意気軒昂たるたのもしい人で、私の講演にも仲間多勢ひきつれて陣取り、大いに盛上げて下さった。のんべのハリスさんの手綱さばきも巧く、そしてロンドン在住の日本女性のお世話もよくなさり、S子さんの話をすると、

「私がその方引受けてあげる。電話知らせなさい」

と胸を叩いてくれたのだった。

日本女性の国際結婚といえば、戦後、駐留の米軍人と結ばれアメリカへ渡ったニュースがたくさん世を賑わしたが、そのなかで不幸な結末を迎えた例も少なくなかったのをおぼえている私は、いまも何となく、海を渡って他国で暮す同性の方たちが気になってならないのである。

三年まえ、アテネを訪れたとき、ガイドを引受けてくれたNさんもそうだった。三人兄弟の長男に嫁いだ彼女は、やさしい姑から大切にされ、ギリシア人の弟嫁二人からも、

「遠い東の国から来て下さったのだから」

と、いつもいたわってもらっているという。

また同じアテネのK子さんのご主人は公務員、娘一人に恵まれて安定した生活だが、長いバカンスで一家が島の別荘を訪れると、きまって父娘は羊の丸焼きをするといい、

「やはり私はダメ。娘は平気でパパと一しょに焼けた羊をナイフで切って食べるの」

こんなところがやはり日本とギリシアの血はちがうのかしらね、と笑ってらっしゃった。

聞けばハリス夫人かつ子さんも、

「骨はロンドンに埋めるつもり。もうお墓も買いました」

とのこと、いまは地球も狭くなり、人種はむろん、気候風土、文化のちがいなど大した問題ではなくなり、いずこなりと住めば都、という感覚がまかり通ってゆくものであるらしい。

また、結婚というかたちでなくとも、ご夫婦または単身海外で活躍していらっしゃる日本女性は数限りなくあり、今回の旅で、ドイツで書店経営をなさっておいでのTさん夫妻や、ドイツで日本式マッサージを二十年続けているOさん、パリでガイドのYさんMさんなど、実にいきいきとすごしておいでの様子を拝見して私、とてもうれしかった。

これが今度の旅のいちばんの収穫だったといえようか。

「本の旅人」平成八年一月号

はじめてのパリ

何ごともおく手の私が、こわごわ外国へと足を踏み出したのは五十七歳のとき。以来、その都度友人知己とは水盃《みずさかずき》の別れ、というほどの覚悟で飛行機に乗るのだが、それでも勘定してみるともう十三カ国ぐらいはかすめ歩いている。

そのなかで、何故か花の都パリだけは未見の地だったので、今回、ロンドン、デュッセルドルフでの仕事のあと、ちょいとばかり立寄り初見参させてもらうことにした。

このごろは外国観光の情報ははんらんしているので、図録やビデオなどすでに行ったような気分になってしまうのはいささか味気ないが、しかしパリへの旅といえば私には先ず思い出すことがある。

それは遠い昔の、私がまだ二十代のころの話。戦後、満州から引揚げて帰って来た私は、婚家先の農村で結核をわずらい、しばらくぶらぶらしていた時期があった。

病気もほぼ全快に近づいたころ、村役場の小使いさんを通じて、私にフランス語を教えてあげようという先生があり、よかったら訪ねていらっしゃいというお言伝《ことづ》てがあった。

先生というのは、同じ村の石《いし》ガ谷《たに》集落出身で京大名誉教授の小島祐馬博士のこと。先生は戦争末期、京都を引揚げて石ヶ谷に帰られ、目下は悠々自適で学問を楽しんでいられる境涯だという。

先生は京大卒業後、フランスに留学され、そこに移されていた中国関係の資料を調べてケネーという人の重農主義を研究、帰朝後は京大で中国哲学史、思想史を講じたのみならず、京大人文科学研究所の設立に力を尽くし、その初代所長となった方である。

私はもちろん、村の人たちも学問の中味までは知らず、ただ「石ヶ谷のハカセさん」と呼んで、心からなる尊敬と親愛の情を抱いている様子であった。

姑の話では、

「ハカセさんが京都の家を畳んで石ヶ谷へお帰るときには、本を山のように積んだトラックが三台も四台もお供して来たよ。

ハカセさんはあの本を守るために、石ヶ谷へ疎開して戻っておいでたらしい」

とのこと。当時は公けの図書館でさえ書棚はスカスカだったから、学者というのはすごいものだな、と息を呑んだのをおぼえている。

その偉いハカセさんから、こともあろうに一農家の嫁である私にフランス語を教えてあげようというお声がかかったのだから、まず私自身が仰天したのも無理はなかった。

何故に私に？ 何故にフランス語を？ とよくよく考えてみれば、思い当るふしはあり、それは先年、京都で夫人を亡くされたハカセさんのために、村の有志が世話をして後添いさんを推したが、その後添いのヨシコおばさんの実家が私の家のすぐ近所だった。

このころ、ハカセさんは七十過ぎ、ヨシコおばさんは六十近いトシではなかったろうか。二十代の私にまだ人を見る目はなかったが、のちに接してみて、このご夫婦、もういく十年もの古夫婦みたいに馴染んでおり、というのはいい替えれば新婚の甘さも花やかさも感じられない、ひどく生活的な匂いのする二人だったという記憶がある。

おそらく、ヨシコおばさんは「女中代り」の覚悟で石ヶ谷へ嫁いだと思われ、事実そのとおり、おばさんはまことにこまごまとハカセさんの身の廻りのお世話をした。

毎日地下足袋をはいて、ハカセさんのために実家の近くへ山羊の乳を買いに来ていたが、一日、私と路上であったとき、ふと私が、

「将来は作家になりたいという夢を持っています」

などと、たぶん口走り、村の嫁としてそういう人間はひどく珍しかったから、ヨシコおばさんの口からそれはただちにハカセさんの耳に達したものと思われる。

学問三昧《ざんまい》とはいっても、退屈な農村暮しのこと、ハカセさんもちょいと気晴しに、作家志望の嫁の顔を見てやろうという気を起されたもの、と私は推測している。

ので、私、恥じてご辞退、どころではなく勇躍して快諾申上げ、さっそく少し離れた石ヶ谷の

お邸へ訪ねて行った。

トラック三、四台分の書物を納めた書庫のある小島邸は、石垣を築き廻した立派なたたずまい、黒光りする玄関の式台に立った瞬間、さすがに私も固くなった。

初対面のハカセさんは、お元気ではあってももう老人という印象はまぬかれ難く、そしてやっぱりひどくこわかった。

ハカセさんは私に、小説を書くつもりならばまずフランス文学の研究から始めなければならない、それにはフランス語を身につけることが先決だと説き、私ははい、といい、やります、と誓い、この瞬間から師弟関係は成立して、京大名誉教授とのマンツーマン方式の、世にもぜいたくな学習の場がスタートしたのである。

しかしながら、もともと師のほうは退屈しのぎ、弟子はまた頭脳は凡庸というにも達せず、とくに語学力劣悪なるがため、学習すこしもすすまなかった。

こうしてとにもかくにも、私の石ヶ谷通いは前後二年間も続いたろうか。

だが中味をいえば弟子が休んだり、師が集中講義のため京都へおもむいたり、或は学習抜きで月見の会や花見の会を催したりで、かんじんのフランス語に身が入らなかったのは、かえすがえすも口惜しい。

ただ、ハカセさんとの接触で得たものは語学以外に実にたくさんあり、そのひとつとして、毎回必ず聞かされたフランス留学の話がある。

書庫のなかから取出して来たセピアいろに変色したパリのアルバムを示しながら、ハカセさんはこの上なく楽しそうに留学生活を語り、そしていつも必ず、

「外国旅行は若いうちに限りますよ。若ければ若いほどいい。とにかく足が丈夫なうちにあなたも一度行ってらっしゃい」

とつけ加えるのを忘れなかった。

ハカセさんの留学は大正十五年から二年間、とするとご自身四十五歳から七歳まで、というわけになるが、そのころの私に四十代の体力など想像もつかず、ひとごとのようにただぼんやりと聞き流しただけだった。

その言葉があざやかによみがえったのは今回のパリ行で、なるほど私はハカセさんの年をもう三十年近くも越している。

いまは車という手もあり、ガイドさんつきで見たいところあっちこっち行ってもらったが、やっぱり旅の楽しみは自分の足で人の知らない場所を歩いて、さまざまな発見をすることであり、車の入る表通りだけを窓ガラスから眺めつつ走るだけでは、ビデオを見ているのと大した変りはない。

ハカセさんの時代には、一留学生の身では手軽に車も使えなかっただろうから、この嘆きを

生涯持ちつづけたにちがいないが、私もまた、興奮のないパリの町を走りながら自分自身にひどく失望しているのだった。

シャンゼリゼもヴェルサイユもセーヌ川もいく度か見た場所の感じ、蚤《のみ》の市も薔薇《ばら》窓の話もたくさんたくさん聞かされており、多すぎる情報によっていかに人間の感受性が削《そ》がれてしまうか、よくよく思い知らされた感じだった。

わずかに、パリの新鮮な印象として残っているのは、ガイドさんの家の近くのマーケットで、腕に余るほど買ったミモザがたったの百円だったことや、まだ早い焼栗の代りに町かどでおいしいカフィをすすったことなどだが、これらは皆、老人の私の足で歩ける範囲の楽しみだったのである。

「別冊文藝春秋」平成八年新年号

本の運命

私は生れてこのかた、わりとひんぱんに転居を余儀なくされ、作家となってのちも仕事場を含めると五、六回は引越しして来ている。

子供のころはともかく、本が商売道具のひとつとなった作家生活では、この本の移動がどれだけの艱難《かんなん》辛苦であるか、ご同業の方ならお判り頂けよう。

それも、日ごろからキチッと分類してある方ならこそ、日々増えゆく本をただ無造作に積み上げ積み上げしている私など、これを移動させるとなると目の前がまっくらになってしまうほどの大事業なのである。

結局、人手を借りねばならず、その人手というのは、もちろん本の要不要の別はわからないから、混雑のなかでは一抱えに縛って捨ててしまったり、ダンボールに一緒くたにして運んでしまったりする。

一昨年、いまの家に引越すとき、手伝いの人たちから「どこまでも本がついてまわる人は大へんだねえ」といたく同情され、自分も全く同感で、一生本につきまとわれるのなら引越しはもう今回限りとしよう、と覚悟のほぞを固めたものだった。

私はものぐさだから、本はいつも机のまわりの、手の届くところに侍《はべ》っていてくれなければならず、そうなると数は限られてしまうため、引越しまえ、ずい分厳選して取捨したつもりだった。

しかしいざ引越しがはじまると、この取捨選択の基準はあいまいとなり、或はくるくると変り、結局また混乱のなかに移動し、ようやくいまの書棚に納まったのだった。

眺めてみると本の数はぐっと少なくなっており、これが我が頭脳のすべてかと思うと、いまさらながら何と貧しい、と嘆くものの、仔細に見れば間違って捨ててしまった本も大分あったらしい。

そのなかには『元朝秘史』の一部や、『資治通鑑《しじつがん》』の一部、また『槐記』や『南方録』など貴重な書もあったと思われ、私は容易にあきらめ切れず、ひょっとして他の場所に紛れ込んではいないかと、いく日もさがしまわったものだった。

自分が愛書家でないのを、本の運命におき代えていうのは大いに気が引けるが、書物もどこか女の着物に似て、身につくものとつかないものとに分かれると思うのだが、どうだろうか。

どんなに好きな着物でも、ふとした災難に遭ったり、魔がさしてつい人に上げてしまったり、かと思えば着もしないものがいつまでも箪笥《たんす》の底に残っていたりする。

今回も本棚のなかにはボロボロになった新書判の一冊があり、これを見たとき、私は思わず、まあお前、まだ私のそばにいたの、と独り言をつぶやいてしまった。

茶いろに変色したページの奥付を見れば、大正九年十月十二日発行、東京市本郷区東片町、一誠社版、定価二円十銭、『名文の秘訣及文例』とある。

これだけなら図書館でもめぐり合える古書だが、私が驚いたのはその最後尾に正しく私自身の手で、

「高知市朝倉町八五番地
　岸田とみ子」

と署名があることだった。

岸田は私の生家の姓で、記憶を手繰るとかなり正確にこの本のことはよみがえってくる。

これを私が古本屋から買ったのはたしか昭和十五、六年ごろ、私は女師付属高等科（いまの中学一、二年）の生徒だった。

学校へは教育実習に師範の上級生が来ており、当時の私は国語の時間、その教生先生を困らせてやろうと、頭をひねって質問を用意していったのを思い出す。

この本はそのためのアンチョコで、いま手に取ってみると、かなり精読したらしく、どのページも千切れ、めくれ、奮闘のあとが見えるのである。

しかし、このボロボロが五十年以上の歳月を経て、いま何故私の本棚に納まっているのか、

実に実にふしぎな気がする。

この本を買ったあと、しばらくして私は結婚、満州へ渡り、身に一物も持たず引揚げて来たし、その後の流転の生活のあいだにも身につくものはすべて失ってしまった。

こんにち、着物一枚、草履の一足、昔の持物は無く、もちろん本はすべて作家になってのち、必要から買い集めたもの、そしていくたびかの転居の際、この本はいったいどこに隠れていたものであろうか。

考えていると何やら因縁めくが、やっぱりこれは、名文の秘訣を一生死ぬまで研究せよという神の思召しかもしれないと思ったりする。

それにしても最後の署名の字の何とつたないことよ、我が筆跡もかく変遷してきたのかと、運命の本を眺めながらさまざま思うのである。

「一冊の本」平成八年四月号

仁淀川と暮した二十年

仁淀川、とその名を呟いただけで、私はいまでも心の洗われるような深い感動をおぼえる。

何よりも清浄無垢《むく》にして豊潤、その上、奔流もあれば激流もあり、水は浅瀬にも遊べば深淵《しんえん》にもよどみ、そして緩流曲流と、すべての変化を備えており、この一流は人の一生に似てすこぶる示唆に富む上、なお下流は悠々として美しいのである。

私が仁淀川を語るとき、それはいつも涙と悔悟と、そして長い時間を必要とする。それだけ重い関わりを持つわけだが、最初にこの川に接したのは、忘れもしない昭和十八年の秋だった。

私の生家は、代々高知の下町に住み、市外には親戚《しんせき》知人の一人もいないという町暮しで、川といえば市内を貫く鏡川しか知らなかった。

この川も昔、上流は清らかであったと聞いているが、長いあいだには、市民の生活用水として、便利な使われかたになってしまっていたらしい。

子供のころ私も、この川の下流でたまさか泳いだり、父に連れられてはぜ釣りもしたが、そのわきでは皆、平気でゴミや陶器のわれものを投げ込みもし、また犬や舟や、さまざまな洗い物などもしていたものだった。

そのうち、戦争がはじまり、次第に激しさを増し、青少年にまで勤労動員令がかかるようになったころ、私は女学校本科を卒業して家政研究科に通っていた。まもなく研究科一クラス全部、東京の軍需工場に連れてゆかれるという噂が流れ、それを聞いて私も、両親も大そうおびえた。

小さいときから体が弱くていつも病気がちだったし、こんな体で食糧不足と過激な労働をさせられたらひとたまりもない、と恐れ、何とか逃れる方法を、とさがして得たのが、四国山脈の県境に近い小学校の代用教員の口だったのである。

学校へ退学届けを出した翌日、私は県の教育事務所で教えられたとおり、高知駅から西行きの汽車に乗り、西佐川駅で降りた。

両親のもとを離れるのも生れてはじめてなら、たった一人で旅をするのもはじめて、という、何もかも初体験ずくめだったが、そのわりにしては少しも心細くなかったのは、満十七歳という若さのせいであったにちがいない。

西佐川の駅からは、四国山脈を横断して松山に向かう国鉄バスがあり、運転手はバスのお尻に木炭を入れ、ガラガラと廻して燃料を満たし、青い煙の尾をひきながらようやくにして発車。

乗客はほんの五、六人だった。

バスは佐川の町を通りぬけ、喘ぎつつ山道を登り、赤土峠を越して越知《おち》の町へ下りてゆく。このあと、町を出るバスはいよいよ四国山脈のふところ深く入ってゆくわけだが、上り坂の右側に見える一すじの紺碧の帯を見て、私は声をあげるほど驚いた。

それは、濁った鏡川しか知らなかった私がはじめて目にした、純粋この上ない美しい川の色であった。

私の目はこの青に吸いつけられ、右側のガラス窓に鼻をくっつけて凝視しつづけた。

川は、色ばかりでなく、山々のあいだを縫って蛇行する姿もまたとなく優雅で、それはまた、ときに白砂を盛上げた中洲ともよく調和する。

そして川は、バスの高さによって手の届く近さにも迫れば、はるか谷底に遠くなったりもし、少しも私を倦《あ》きさせなかった。

このバス路線は、ひんぱんな九十九《つづら》折りのためにいつとても酔う人が続出、洗面器持参も珍しくはなく、また悪路で揺られるのを防ぐのに、頭に座蒲団《ざぶとん》をくくりつけて乗る人をも私は見たことがある。

しかし私は、一度も気分の悪い目にあうことはなかった。

流れは、寺村橋を渡ると、今度は左窓の下に望めるようになるが、空いたバスの座席を右に左に代りつつ眺めていれば、名だたるこの難所も少しも苦にならなかった。

西佐川駅を出てから二時間余、大崎のバス停で降りて辺りを見まわすと、川は二またに分かれており、バス道に沿った流れとはちがう一方の川につけて、今度は徒歩で辿ってゆく。徒歩は一時間半、川とともに池川町に入ると、ここはもう四方八方、川に取り巻かれており、昼食のために入ったうどん屋でも、瀬音は切れ目なく鳴りつづけだった。

町には坂本に発する小郷川、瓜生野からの土居川、安居からの安居川、狩山からの狩山川と四つの流れが注いでいて、私が辞令をもらった安居小学校は川に沿って町からまだ六キロ余も山奥にある。

道は細くなり、山は深くなり、人の影さえ見ぬ坂道を、たった一人で分け入ってゆく私の、唯一の道案内となるのはすぐかたわらの清冽な渓流のみの静寂。

しかもその渓流は、さまざまの奇岩怪石あり、そのあいだを縫ってほとばしり流れる水はガラスよりも透明で、水晶のように硬質で美しい。

私はしばしば立ち止まり、小魚の泳ぐ瀬をのぞきこんでは一人で憩ったが、考えてみればこの日、十一月十八日という日を契機として、私の半生にわたる仁淀川との関わりがはじまったのだった。

仁淀川は、四国山脈の山中に湧き出す小枝のような無数のせせらぎを悉くあつめ、末は堂々として太平洋に注ぐ清澄な川だが、私はそのほぼ全域にわたってこの流れの姿を見てきており、それを語るのは私自身の人生を語るにひとしいことになる。

まず、安居と池川町でほぼ一年をすごし、そのあと、名野川から中津渓谷にかけてたびたび訪れ、そしてのちに、下流の村で十四年間をすごすのである。

上流と下流に分けて眺めれば、当然のことながら上流の澄明度が美しいが、私が驚いたのは、この川の水を土地の人たちは皆飲んでいることだった。

山仕事のあいま、谷へ下りてきてのひらで水をすくい、いかにも美味しそうに咽喉《のど》をうるおしたあと、腰につけた竹筒に水を満たしてまた山へ戻ってゆく杣男《そまおとこ》の姿、やかんに流れの水をすくい、すぐ近くのかまどで湯を沸かしている光景にも出会い、また汐汲《しおく》みのように前後に桶を担ってゆく主婦の姿も目撃した。

支流が山の高みから下りてきたあたりでは水はゆるやかによどみ、ここにははや、鮎《あゆ》、ふななどが棲むのを狙って、私もいく度毛針をあやつって漁をこころみたことか。

特筆したいのは、この川の上流で夏に啼く河鹿《かじか》。

ルルルル、とも、ヒュルヒュルとも聞こえ、その声は名笛のように涼やかで、えもいえぬ快さ、河鹿は水のきれいな川にしか生息しないそうだけれど、その実物は声とは似ても似つかぬ姿なので見ないほうがよいといわれ、私の記憶には声のみが美しく灼きつけられている。

そのうち戦局は破局へと向かい、私は夫と生れたばかりの長女との三人でこの地に別れを告げ、満州へ渡ったが、半年後にはもう日本の敗戦を知らされねばならなかった。

そのあとの、一年間にわたる難民収容所の生活は、私の人生観を根こそぎ変えてしまうもので、地獄のような毎日のなかで私が何よりも欲したのは、あの仁淀川のようなきれいな水だった。

満州は非常に水の悪い土地で、どこを掘っても赤茶けた泥水ばかり、それもごくわずかな量なので、最低の難民たる私たちはついに顔を洗う水さえもらうことはかなわなかった。

毎夜、夢に見るは、食べ物もさることながら、きれいな虹《にじ》の立つほど澄んだ水の飛沫《しぶき》をあげて、ざぶざぶと洗濯してみたい、という願望であって、これは日本人の主婦なら誰もが抱く夢ではなかったろうか。

一年後、神は私の願いを聞き届け給うたのか、命からがら、ようやくにして引揚げて帰って来た夫の実家は、あの仁淀川下流に面した弘岡上の村だったのである。

昭和二十一年九月のあの日、紙の町伊野で引揚げ列車を降りた私たち親子三人は、仁淀川の土手をゆっくりと実家に向かいながら、命あってふたたびこの地を踏むことのできた感動でいっぱいだった。

身は、乞食でもこれほどではあるまいと思えるほどのボロをまとい、どこも彼も垢だらけの難民の姿ではあったけれども、夢にまで見た仁淀川の清らかな流れをいま、この目でとらえられた喜びはたとえようもないものであった。

あの河鹿啼く清冽な上流は、ここ伊野町で大きく幅をひろげ、水量豊かな大河となってゆったりと南へ流れている。

八田村では沈下橋の上、堰《せき》があり、ここから分水して吾南八ヶ村の農業用水として広く地域をうるおしており、仁淀川はこの下流でも、大多数の人たちに大きな恵みを垂れているのだった。

夫の実家のすぐ前には、この用水が流れていたが、その水量の豊かなことは、まるで水面が弧を描いて盛上がっているように見え、もちろん透明度抜群で、魚たちが背びれ揃えて泳いでいるのもはっきりととらえられる。

農業用水とは、田に引く水だけでなく、牛馬や農機具も洗うが、私たち主婦もこの水で鍋釜《なべかま》から野菜まで洗い、そして思うさま水をはね散らして存分に洗濯もできた。

一掬《いっきく》の水も自由にならなかった難民収容所暮しを経てきた者にとって、透明な水ほどありがたいものはなく、当時の私には、水は神さまだと思えてならず、洗い場には水神さまを祀《まつ》ったこともおぼえている。

仁淀川のふところの深さはさらにあり、それはこの用水の向うの土手に上れば、そこには本流の水ぎわまで肥沃《ひよく》な川原田がひろがっているのが見える。

我が家もここに猫の額ほどの地があり、毎朝野良仕事に出かけるとき、姑が空っぽのやかんをさげているのを見て私が、焚火でもしてお湯を沸かすのかとたずねると、

「これは水を飲むための用だけ。きれいなものよ。仁淀川の水じゃもの」

と、こともなげにいうのを聞いて、あの上流の水はここまで流れてきてもなお汚《けが》れのないままなのか、と感じ入ったものだった。

姑に限らず、この辺りの人は作業のあいま、仁淀川の冷たい水を汲んで渇きを癒《いや》すのがふつうで、とき折、やかんの中には、

「ゴリが二匹入っちょった」

「こっちはナマズか？」

などといいつつ、稚魚の泳ぐままのやかんを口移しで飲んでいたのも思い出す。

水流の関係か、ここでも中洲があり、流域の人たちはこの場所をいろいろに利用して重宝もした。

土地の少ない農家は、中洲に苗を植えて川原西瓜《すいか》を作り、それは味がよいという評判でよく売れたので、私も一年、姑の手助けをしてみたことがある。

砂利の上は、よく乾燥するので干し物には最適であって、主婦は土用に蒲団の側《がわ》を剝いで洗

っては皆、ここへ干しに来たし、湿った藁《わら》やむしろなども、天秤棒《てんびんぼう》で担って持ってきたものだった。

ものが乾くあいだ、あたたまった砂利の上に腰を下ろしておしゃべりもし、誰かがふかしたお芋をさし出せば、誰かがやかんに川の水を汲んでまわし飲みをする、そんなこともいまはなつかしい思い出である。

山間に源を発した仁淀川は、流域の人々に自然の恵みと生きる喜びを与えながらここまで来たが、河口に至るとさらに堂々たる大河の姿となって太平洋に注ぐのも大きな感動であった。河口の仁西村は良質の甘蔗《かんしよ》を栽培して黒砂糖を炊いており、甘いものに飢えていた時代、私もその甘蔗苗を分けてもらうため、いく度かここを訪れ、川の終りをしっかりと見届けている。

十七歳の秋から深く関わってきたこの仁淀川から、私は二十年後、惜しくも訣別《けつべつ》し、その後は東京住まいとなったが、いつ、いかなる川を見ても、我が愛する仁淀川の透きとおった水と、高らかにうたうあの瀬音を思い出さないことはなかった。

世は進み、ときは刻々と流れ、いまでは自然破壊を惜しむ声は大いに高まっているが、それを見、聞きするたび、仁淀川の水はいまも竹筒ややかんに汲んで飲めるだろうか、河鹿はいまも耳を聾《ろう》するばかりに啼いているだろうか、ゴリやはやは、手ですくって獲《と》れるくらいたくさん棲んでいるだろうか、などとつぎからつぎへと、その昔の清らかに澄んだ光景が浮んでくるのである。

東京住まいののちも、故郷土佐へは年二、三回仕事で帰りはするものの、いつも仁淀川を見ることなくとんぼ帰りの旅だったが、一昨年昨年、上流下流に分けて、仁淀川に会うドライブに、思い立って出かけてみたのだった。

その昔の西佐川からの山道を辿り、面河《おもご》でUターンして池川町へ、そして狩山川をさかのぼるコースだったが、一年の大洪水のため様相が少し変りこそすれ、全体として五十年近い昔とほとんど同じく、山はあくまで青く、水はあくまで清き仁淀川であった。

どれだけ年月が経とうと、深い山々が育てた水の純粋さは、いまも変らぬと知った私の喜びはとても大きかった。

下流の旅は、伊野の町から土手を下り、堰で分かれて弘岡上に入り、仁淀川大橋を渡って対岸から私の住んだ村を眺めたのだが、ここでもやっぱり仁淀川は私を裏切りはしなかった。中洲のかたちこそ変っているものの、あの紺碧の帯の色はきっぱりと歯切れよく冴え返り、それはこの川水が決して汚れてはいない証しであることを、しっかりと私に見せてくれたのだった。

心ない人の手によって、ようしゃなく自然が侵されてゆく現在、川になお、昔ながらの清浄無垢が保たれているというのは、何と感動的なことであったろうか。

限りなく透明な水と、源から河口までうねりつつ旅をする川の姿全体も、またとなく美しい仁淀川。

きっとこの川は、流域に住む人々が私以上に川を愛し、はぐくみつづけた結果なのであろう。

できれば未来永劫《えいごう》、この水の清さを保ちつづけてほしい、と私は切に祈っている。

「美しい川」小学館　平成八年四月

雨の夜のお別れ

平成四年、高島屋デパートで宇野千代展が催され、私も講師のはしに連なってお話をさせて頂いたが、そのとき以来、もう意識のある先生にお会いすることがなかったのを、いまは何よりも口惜しく思う。

愚痴と未練を承知で書かせて頂くと、ここ十年ほど、どれだけ青山のお宅にお訪ねしたく思ったか知れないが、身じまいのよい先生のこと、人に会うためには髪も取上げ、紅もさし、きちんとなさらなければならないのを思うと、ついご迷惑ではないかとさし控えていたのがあだとなってしまった。

先生とお近づきになったのは私が作家になりたてのころ、以来有形無形の貴重な宝をたくさん頂いたが、そのうちのひとつを語ろうとすれば先ず野上弥生子先生とのことがある。

宇野さんは野上さんのことをつねづね深く畏敬《いけい》しておられ、

「『海神丸』が出てきたときは、こわくてふるえ上ったものよ」

と打明けて下すったことがある。

野上さんは宇野さんより十二歳お年上、『海神丸』は大正十一年の「中央公論」九月号に発表されたもので、そのとき、野上さんはたしか三十七歳、とすると宇野さんは二十五歳のはずとなる。

私など、お二方のこういう年の自分を振返れば、文学的にはまだ西も東もわかっておらず、それを思うと、お二方とも筋金入りの女流作家であったとつくづく思う。

こんな言葉を使っては適当でないかもしれないが、野上さんは骨太の硬派、宇野さんは情緒豊かな作風だから肌合いが合わないのではないかと思われるむきもあろうが、宇野さんはずっと『真知子』も『迷路』も賞讃しておられ、冗談まじりに、

「野上先生が何かおっしゃれば、われわれハハーッと平伏したものだった」

と笑われたこともある。

また、摂生して長寿をなさる野上さんの暮しぶりも宇野さんは鑑のひとつともなさっていたらしく、あるとき体がよわいよわい、と嘆く私を激励しておまじないを作って下さった。

それは一反の着物を裁って三つのおちゃんちゃんを作り、一枚はそのころもう九十歳を過ぎていた野上さんに贈り、一枚は八十代のご自分が着用、そして残り一枚は、元気の出るよう、私に下さったのだった。

私は二人の長寿の先生にあやかるよう、とても有難く頂いたが、もったいなくて着られず、しまったままだったところ、先生は電話で、汚れたらまた作ってあげるからじゃんじゃん着な

さい、と指示して下さり、その景気づけの元気なお声はまだ耳の底にある。

その後、私は軽井沢の野上先生のお宅を訪ねる機会があり、よもやま話に花が咲いて、野上さんはふと、そうそう宇野さんからのおちゃんちゃん、あなたとお揃いだったわね、とおっしゃりながら出して来て見せて下さったのは、箱に入れたまんまの、手つかずのあのおちゃんちゃんだった。

私はそのとき、汚れたらまた作って下さるそうですから、じゃんじゃんお召しになれば、などとは固くいえなかった。

何故なら、野上さんはちょっと困惑の表情で、こんなもの頂いたけど、お返しはどうすればいいのかしら、あなたは何かなさって？ と私に問いかけられ、何もしていない私は真っ赤になってうつむくだけだったからである。

このことは、私は宇野先生にはお話ししなかった。

先生は人にものをさし上げるのが大そうお好きな方だし、おかげさまで私もどれだけたくさんいろいろ頂いたか知れないが、このおちゃんちゃんはとくに宇野さんの三人長寿の祈りが込められていたと思えるからだった。

野上先生はその後、九十九歳で亡くなられ、ご自身の言葉でいえば「宇宙の星」になってしまわれたが、それを見て宇野さんは、仕事も長寿もご自分は野上先生をきっと越そう、と思われたにちがいなかった。

おちゃんちゃんでおまじないをかけて頂いた私はまことに腑甲斐《ふがい》なく、大先輩の如き長寿はとうてい望めないと考えているが、それにしても、立派な仕事をしつつほぼ一世紀を生きた先達が存在するとは、あとに続くものにとってどれだけ勇気を鼓舞されることであるか。

六月十日の午後四時十五分、目を閉じられた先生のもとへ、降りしきる雨のなか、私が駈けつけたのは七時半だった。

長い年月、先生を支えてこられた秘書の藤江さんの手できれいにお化粧された先生の顔に、私は手をのばしてさわり、しばらくそのままでいた。こちらは恥しいほど涙がしたたり落ちたが、先生の頰《ほお》は死後三時間余とは思えないほど、まだほかほかとあたたかかった。

「新潮」平成八年七月号

あとがき

こうして随筆集のあとがきを書くのは、昭和六十二年暮に『わたしの四季暦』を出して以来ですから、まる九年ぶりのことと相成ります。

そのときのあとがきに、少し随筆を書きすぎたので以後は休み、小説にのみ専念いたします、などの自分の決心をしたためてあり、事実そのとおり、あちこちからの刊行のお誘いをお断りして、頑固に我を通させて頂きました。

それが今回、九年ぶりに小文をまとめて頂き、またもや恥さらしの仕儀と相成りましたのは、理由ふたつございます。

一つは、仕事の取材を兼ねて、いく度か外国旅行をいたしました際の、雑多な思い出を記憶にとどめておきたいため、あとひとつは、私の作家生活も今年で足かけ二十五年、ちょっと一息ついて振返ってみたい思いもありました。

故に、刊行は手控えたこの九年ですが、その間浮世の義理で書いた拙文も少なからず、それを基調にして、作家生活二十五年の、他の随筆集には収録されてないものもたんねんに拾って頂いたのでございます。

いわば私の意見と暮しの集大成ですが、やはり読み返してみると恥しいの一語に尽きてしまいます。

しかしながら、作家とはおのれの業をひきずりながら書きつづけるもの、このごろいささかナマっている私としてはこの随筆集がよい鞭《むち》ともなることを願って、こうして皆さまのお目にかけることにいたしました。

出版は、私にははじめての飛鳥新社ですが、こちらには積年お世話になった梅澤英樹さんがおいでになり、それに少壮気鋭の改発祐一郎さんががんばって下さいました。よい本になり、とても感謝いたしております。

平成八年霜月、ひるさがり

宮尾登美子

（お断り）

本書は1996年に飛鳥新社より発刊された単行本『記憶の断片』を底本としております。
あきらかに間違いと思われるものについては訂正いたしましたが、
基本的には底本にしたがっております。
また、底本にある人種・身分・職業・身体等に関する表現で、現在からみれば、
不当、不適切と思われる箇所がありますが、著者に差別的意図のないこと、
時代背景と作品価値とを鑑み、著者が故人でもあるため、原文のままにしております。

宮尾登美子（みやお とみこ）
1926年（大正15年）４月13日―2014年（平成26年）12月30日、享年88。高知県出身。1979年『一絃の琴』で第80回直木賞を受賞。代表作に『天璋院篤姫』『藏』など。

P+D BOOKS
ピー プラス ディー ブックス

P+Dとはペーパーバックとデジタルの略称です。
後世に受け継がれるべき名作でありながら、現在入手困難となっている作品を、
B6判ペーパーバック書籍と電子書籍で、同時かつ同価格にて発売・配信する、
小学館のまったく新しいスタイルのブックレーベルです。

記憶の断片

２０１７年４月16日　初版第１刷発行
２０２４年８月７日　第２刷発行

著者　宮尾登美子
発行人　五十嵐佳世
発行所　株式会社　小学館
〒１０１－８００１
東京都千代田区一ツ橋２－３－１
電話　編集　０３－３２３０－９３５５
販売　０３－５２８１－３５５５
印刷所　大日本印刷株式会社
製本所　大日本印刷株式会社
装丁　おおうちおさむ（ナノナノグラフィックス）

ISBN978-4-09-352300-4

P+D BOOKS